KB093186

보물섬

클래식 보물창고 3

보물섬

펴낸날 초판 1쇄 2012년 6월 20일
지은이 로버트 루이스 스티븐슨 | **그린이** 노먼 프라이스 | **옮긴이** 민예령
펴낸이 신형건 | **펴낸곳** (주)푸른책들 | **등록** 제321-2008-00155호
주소 서울특별시 서초구 양재천로7길 16 푸르니빌딩(양재동 115-6) (우)137-891
전화 02-581-0334~5 | **팩스** 02-582-0648
이메일 prooni@prooni.com | **홈페이지** www.prooni.com

ISBN 978-89-6170-284-3 04840
* 잘못된 책은 구입한 곳에서 바꾸어 드립니다.

이 도서의 국립중앙도서관 출판시도서목록(CIP)은 e-CIP홈페이지(http://www.nl.go.kr/ecip)와 국가자료공동목록시스템(http://www.nl.go.kr/kolisnet)에서 이용하실 수 있습니다. (CIP제어번호:CIP2012002101)

보물창고는 (주)푸른책들의 유아, 어린이, 청소년 도서 전문 임프린트입니다.

TREASURE ISLAND

보물섬

로버트 루이스 스티븐슨 글
민예령 옮김

보물창고

∾ 차례 ∾

S. L. O.에게
미국인 신사여,
그대의 고전적인 취향에 따라
이야기를 구상하였으니
이 책은 그대와 함께 보낸 수많은 시간들에 대한 보답이오.
가장 따뜻한 마음을 담아 이 책을 그대에게 바치는 바입니다.

그대의 소중한 벗,
저자로부터

이 책 읽기를 망설이는 자들에게

노랫가락과 함께 들려주는 뱃사람들의 이야기,
폭풍과 모험, 더위와 추위,
범선, 섬, 무인도에 버려진 자들,
해적들과 땅에 묻힌 황금,
그리고 이것에 얽힌 모든 옛 모험기를
옛 방식 그대로 다시 들려준다면
내가 예전에 이야기를 들으며 즐거웠듯
오늘날의 지혜로운 젊은이들도 즐거우리라.

그렇다면 좋다. 어서 책을 펼쳐라. 그러나 그것이 아니라면
부지런한 젊은이들이 옛 열정을 잃어버렸다면
킹스턴[1]이나 밸런타인[2] 용사나
숲과 파도의 쿠퍼[3]를 원하지 않는다면
그것도 좋다! 그렇다면 나는
그 작가들과 나의 해적들과
그리고 그들이 만들어 낸 모든 것들과 함께
무덤에 묻히리라!

---

1. 19세기의 영국 청소년소설 작가로, 모험소설을 주로 썼다.
2. 19세기의 영국 청소년소설가였다. '용감한 밸런타인'은 밸런타인의 전기 제목이다.
3. 해양소설과 역사소설로 유명한 19세기의 미국 작가이다. 북미의 숲에 살던 원주민과 그곳을 배경으로 활동하던 개척자들 그리고 바다를 누비고 다니는 뱃사람들을 소재로 한 소설들을 썼다. 별명은 '숲과 파도의 쿠퍼'이다.

∽ 보물섬 지도 ∾

1 앞돛대산 2 큰돛대산(망원경산) 3 보물이 묻힌 장소 4 뒷돛대산 5 요새(말뚝 울타리)
6 북쪽 후미 7 숲의 곳 8 홀보라인 곳 9 해골섬

1부
늙은 해적

1장

늙은 뱃사람 하나가 손님으로 오다

대지주인 트렐로니 어르신과 의사이신 리브시 선생님을 비롯한 많은 분들이 나에게 보물섬의 이야기를 자세하게 처음부터 끝까지 써 보라고 권하셨다. 다만 아직 가져오지 못한 보물이 그곳에 남아 있기 때문에 섬의 위치는 밝히지 말라고 하셨다. 그래서 17XX년의 어느 날, 나는 이렇게 펜을 들었다. 그리고 아버지가 '벤보 제독 여관'을 운영하시던 시절, 얼굴에 칼자국이 선명했던 구릿빛 피부의 늙은 뱃사람을 처음 만난 이야기를 시작하려고 한다.

그가 우리 여관으로 터벅터벅 들어오던 모습이 마치 어제 일처럼 생생히 떠오른다. 그는 키가 컸고, 몸집 또한 크고 다부졌으며, 피부는 구릿빛이었다. 그의 뒤로는 궤를 실은 손수레 하나가 따르고 있었다. 입고 있던 흙투성이의 푸른빛 상의 위로는 타르(*목재나 석유 등을 분리할 때 생기는 검고 끈끈한 액체.-옮긴이 주. 이하 *표시 옮긴이 주.)가루 범벅인 땋은 머리카락이 흘러내려왔다. 손은 거칠고 상처투성이였으며, 손톱은 여기저기 부러져 있었다. 창백하고 때 묻은 한쪽 뺨에는 칼자국 하나가 길게 나 있었다. 그는 작은 만을 쓱 둘러보며 휘파람을 불기 시작했는데, 그 휘파람은 곧 오래된 뱃노래로 이어졌다. 이날 이후로 내가 수도 없이 듣게 되는 노래였다.

망자의 궤짝 위에 사내 열다섯 –
어기여차, 럼주 한 병 들이키세!

그의 늙은 목소리는 음정이 높았고 불안하게 갈라져서 마치 캡스턴(*닻 같은 무거운 물건을 끌어올리거나 당기기 위해 사용하는 장치.)이 끊어지는 듯한 소리였다. 그는 손에 들고 있던 지레 비슷하게 생긴 지팡이로 연신 문을 두들기다 우리 아버지가 다가가자 거친 목소리로 럼주 한 잔을 주문했다. 그는 럼주가 나오자 감식가가 맛을 음미하듯 천천히 럼주를 들이켰다. 그러고는 절벽 쪽을 잠시 바라본 뒤 우리 여관의 간판을 올려다보며 이렇게 말했다.

"후미(*만의 뒷부분.)가 아주 잘 빠졌군. 목이 좋아 손님이 많겠네, 주인장."

아버지는 아니라고, 유감스럽게도 손님이 많지 않다고 대답했다.

"잘됐군. 그렇다면 여기서 묵지. 어이!"

늙은 뱃사람은 손수레를 끌고 온 사람을 불러 이렇게 말했다.

"수레를 이리 끌고 와 궤짝을 위층으로 올려놔 줘. 예서 얼마간 머무를 걸세."

그러더니 그는 이렇게 말했다.

"나는 꽤 소박한 편이지. 럼주와 베이컨 그리고 달걀. 이거면 충분하고, 저 벼랑 꼭대기에 올라 배가 드나드는 거나 좀 보면 만족이지. 나를 뭐라고 부르면 좋으려나? 옳아, 그저 선장이라 부르면 되겠군. 아, 무슨 말을 하고 싶은지 알아. 여기 있소."

선장은 문턱 너머로 금화 서너 닢을 던진 후 거만하고도 사나운 표정으로 이렇게 말했다.

"그 돈이 값을 다하거든 또 얘기하시오."

선장이란 자의 옷은 너저분하기 짝이 없었고 말이나 행동도 상스러웠다. 하지만 그럼에도 불구하고 일반 선원으로 배를 타던 사람 같지는 않았다. 아마도 다른 사람에게 명령하거나 아랫사람을 두들겨 패는 데 익숙한 항해사나 선장쯤 되었을 터였다. 손수레를 밀고 왔던 사람은 그 선장이 전날 아침에 역마차를 타고 '로열조지 여관' 앞에 내려 해안가 숙소들 이곳저곳을 물어본 다음 이리로 온 것이라고 귀띔해 주었다. 그는 우리 여관이 인적 드문 곳에 있고 손님에 대한 대우도 좋다는 말을 듣고 숙소로 정한 것 같았다. 우리가 이 손님에 대해 알게 된 것은 이게 전부였다.

선장은 말수가 적은 편이었다. 종일 하는 일이라고는 놋쇠 망원경을 들고 포구 주변과 절벽 위를 어슬렁거리는 것뿐이었다. 날이 어두워진 뒤에는 식당 구석의 난롯가 옆에 자리를 잡고 독하게 탄 럼주를 마셨다. 누군가 말을 걸어도 대부분 대꾸하지 않았고, 가끔씩은 고개를 홱 들어 무시무시한 표정을 지으며 바다에서 울리는 뱃고동처럼 크게 콧김을 내뿜곤 했다. 얼마 지나지 않아 우리 가족과 손님들은 더 이상 선장을 건드리지 않게 되었다. 선장은 매일 산책을 하고 돌아와 혹시 뱃사람들이 근처를 지나가지 않았느냐고 물었다. 처음에는 그가 자신과 비슷한 뱃사람들을 만나고 싶어 하는 모양이라고 생각했다. 하지만 이내 그가 뱃사람들과 마주치지 않으려고 한다는 것을 깨닫게 되었다. 어느 뱃사람 하나가 우리 '벤보 제독 여관'에 묵게 되었을 때-우리 여관에는 가끔씩 해안 도로를 이용해 브리스톨(*영국 서쪽에 위치한 소도시로, 과거에는 큰 번영을 이룬 항구 도시였다.)로 가는 손님들이 묵었다.- 선장은 식당으로 들어서기 전에 문의 커튼을 슬쩍 젖혀 상황을 살펴보고는 했으며 뱃사람이 옆에 있을 때는 쥐죽은 듯 입을 꾹 다물고 있었던 것이다. 하지만 적어도 나에게는 그런 그의 행동이 비밀이 아니었다. 나도 그의 불안을 어느 정도 나누고 있었기 때문이다. 어느 날이었다. 선장은 나를 식당 한켠으로 데려가더니 '외다리 뱃사람이 오는지 지켜보다가' 보는 즉시 자신에게 보고하는 조건으로 매달 첫째 날에 4페니짜리 은화 한 닢을 주겠다고 제안했다. 그러나 매달 첫째 날이 되어 돈을 달라고 하면 내게 돈을 주는 게 아까웠던지 콧김을 흥흥 내뿜으며 나를 한참이나 노려보고 뜸을 들이다가 겨우겨우 은화를 내밀곤 했다. 그러고는 외다리 뱃사람을 절대 놓치지 않겠다는 다짐을 받고 또 받았다.

나는 직접 보지도 못한 외다리 뱃사람이 자꾸 꿈에 나타나는 바람에 악몽에 시달렸다. 바람이 집의 네 귀퉁이를 들썩들썩 뒤흔들고 파도가 포구와 절벽을 따라 울부짖는 폭풍우가 치는 밤이면, 그 외다리 뱃사람은 내 꿈에 천 가지 모습으로 천 가지 악마 같은 표정을 지으며 나타나곤 했다. 하루는 다리가 무릎에서 잘려 있었고, 하루는 엉덩이 부분에서 잘려 있었으며, 또 하루는 선천적으로 다리가 하나뿐인 모습이었다. 그중 가장 끔찍했던 꿈은 외다리 뱃사람이 울타리를 훌쩍 뛰어넘어 산 넘고 강 건너 계속해서 나를 쫓아오는 꿈이었다. 매달 받은 4페니 은화 한 닢의 대가로 나는 끔찍한 악몽에 시달려야만 했던 것이다.

나는 외다리 뱃사람을 생각할 때마다 두려움에 떨었지만, 선장만큼은 그를 아는 어떤 사람보다도 두려워하지 않았다. 선장은 이따금 정신을 완전히 놓을 정도로 럼주를 마셔 대곤 했다. 그럴 때면 다른 사람들을 전혀 신경 쓰지 않고, 노랫말이 거칠고 사악하기 그지없는 옛날 뱃노래를 불러 댔다. 때때로 주변 사람들에게 술을 한 잔씩 돌린 다음 두려움에 벌벌 떨고 있는 그들에게 자신의 무용담을 들려주거나 노래를 따라 부르라고 시키기도 했다. 가게 전체가 '어기여차 어기여차, 럼주 한 병 들이키세!'라는 노랫가락에 들썩였다. 손님들은 모두 귀하디귀한 목숨을 잃지 않으려고 함께 노래를 했고, 선장의 눈 밖에 나지 않으려고 다른 사람들보다 더 크게 불렀다. 선장의 횡포와 주사는 그게 끝이 아니었다. 그는 다른 사람들에게 조용히 하라며 탁자를 꽝 내리치기도 했고, 사람들이 질문을 하면 질문을 한다고 잠자코 있으면 아무런 질문도 하지 않는다고 화를 냈다. 그리고 자신의 이야기를 집중해서 듣지 않는다고 화를 내기도 했다. 더 큰 문제는 본인이 술에 취해 잠에 빠지기 전에 다른 사람들이 자리 뜨는 것을 매우 싫어한다는 것이었다.

사람들이 무서워하는 것은 무엇보다도 선장의 이야기였다. 그 고약하고도 무시무시한 이야기들은 이를 테면 이런 것들이었다. 교수형, 널빤지 걷기 처형, 바다 한가운데서 겪는 폭풍, 해적들의 기지인 드라이 토르투가스 제도 그리고 카리브해의 여러 장소들과 그곳에서 벌어진 살벌한 사건들 말이다. 그의 말에 따르면 그는 신이 바다에 허락한 자들 중에서 가장 악독한 사람들과 함께 세월을 보냈다. 사실 우리네 평범한 촌사람들에게는 그가 사용하는 낱말이나 표현법 또한 이야기만큼이나 충격이었다. 아버지는 이러다가는 우리 여관이 곧 망할 것이라고 했다. 손님들이 선장의 횡포에 당하고 살벌한 이야기에 기가 눌려 집에 가서는 벌벌 떨며 자야 할 정도이니 머지않아 손님이 발길을 끊을 거란 말씀이셨다. 하지만 나는 선장이 우리 여관에 있는 것이 오히려 도움이 된다고 생각했다. 사실 사람들은 당장에는 겁을 먹고 질려 했지만 은근히 그런 이야기들을 즐기고 있었다. 조용하고 따분한 시골 생활에 신선한 자극이 되었던 모양이다. 젊은 사람들 중에는 그를 떠받드는 무리까지 생겼다. 그들은 선장을 '진짜 바다표범'이나 '진짜 뱃사람' 같은 별명으로 부르면서, 영국이 바다에서 독보적인 존재로 군림할 수 있는 것은 선장 같은 사람이 있었기 때문이라고 말하곤 했다.

하지만 한편으로는 정말로 선장 때문에 우리 여관이 망할 수도 있을 것 같았다. 선장은 몇 주가 지나도 여관을 뜰 생각이 없어 보였고, 결국 몇 달 동안이나 우리 여관에 머물렀다. 선장이 처음에 지불했던 돈은 이미 예전에 제 할 일을 다했지만, 불행하게도 아버지는 그에게 가서 돈을 더 내야 한다고 말할 배짱이 없는 분이셨다. 간혹 아버지가 용기를 내어 그런 말을 꺼내려 할 때면 선장은 으르렁거리며 콧김을 내뿜고 아버지를 노려보다 방에서 내쫓기 일쑤였다. 나는 아버지가 선장의 방에서 쫓겨난 뒤 두 손을 마주 잡고 부들부들 떨며 괴로워하는 모습을 보았다. 그렇게 마음고생을 하셨으니 명줄이 짧아지지 않고는 배길 수 없었으리라. 나는 아버지가 일찍 불행한 죽음을 맞이하신 원인이 바로 이것이었다고 믿는다.

우리 여관에서 사는 동안 선장은 항상 똑같은 옷을 입었다. 새 양말은 행상인에게서 몇 켤레 사긴 했지만 말이다. 언젠가 위로 젖혀 올린 모자챙 중 가운데 챙이 밑으로 처져 버렸다. 바람이 부는 날이면 여간 불편한 게 아니었을 텐데도 선장은 줄곧 그렇게 다녔다. 윗옷은 낡디낡아 가끔씩 방에서 스스로 헤진 곳을 기워 입곤 했다. 그 옷은 그가 우리 여관에 머문 지 얼마 되지 않아 온통 기운 자국투성이가 되어 버렸다. 선장에게 편지가 오는 일은 없었으며, 선장이 누군가에게 편지를 써 보내는 일도 없었다. 자주 보는 가게 이웃들과 술을 마셨을 때 몇 번 이야기 나눈 것을 빼고는 낯선 이들과 절대 말을 섞지 않았다. 그리고 그가 가지고 온 커다란 궤 속은 아무도 보지 못했다.

그가 적수가 될 만한 사람을 만났던 것은 단 한 번이었다. 그가 우리 여관에 머무르던 막바지였으며, 불쌍한 우리 아버지의 건강이 몹시 나빠져 살날이 얼마 남지 않았던 무렵이었다. 의사이신 리브시 선생님이 오후 늦게 아버지의 왕진을 오셨다. 진료 후에는 어머니가 선생님께 저녁을 대접하셨다. 식사를 드시고 의사 선생님은 파이프 담배를 태우러 여관의 식당 안으로 들어가셨다. '벤보 제독 여관'은 마구간이 따로 없었기 때문에 타고 돌아갈 말을 기다리며 담배를 태울 곳은 그곳밖에 없었던 것이다. 나도 의사 선생님을 따라 여관 안으로 들어갔다. 선생님은 망아지 같은 촌사람들과는 달리 눈처럼 새하얀 분을 가발 위에 뿌린 상태였다. 검은 눈동자는 밝게 빛났으며, 위엄 있고 우아하며 고급스러운 모습이었다.

그 단정하고 화려한 모습과 가장 대조되는 사람은 당연히 지저분하고 흐리멍덩한 눈빛에 게으르고 어기적거리는 몸짓의 해적, 바로 선장이었다. 그때 선장은 럼주에 잔뜩 취해 팔을 탁자 위에 올려놓고 앉아 있었는데, 갑자기 큰 소리로 그 노래를 부르기 시작했다.

> **망자의 궤짝 위에 사내 열다섯**
> 어기여차, 럼주 한 병 들이키세!
> 나머지는 악마의 손에 맡기고 술을 마시세!
> 어기여차, 럼주 한 병 들이키세!

나는 노랫말 속에 나오는 '망자의 궤짝'이 위층 그의 방에 놓인 큰 궤라고 생각했다. 이런 나의 추리는 내 꿈으로 이어졌고 외다리 뱃사람에 대한 상상과 한데 섞여 나를 괴롭혔다. 하지만 이 무렵에는 나 말고 그 누구도 이 노래나 노랫말에 특별한 관심을 갖지 않았다. 그날 밤 그곳에 있던 사람들 중에서 그 노래를 처음 듣는 사람은 리브시 선생님뿐이었다. 선생님도 그 노래가 그다지 기분 좋은 노래가 아니라는 것을 느낀 듯했다. 선생님은 줄곧 굳은 표정을 짓고 있다가 옆에 있던 늙은 정원사 테일러와 류머티즘을 치료하는 새로운 치료법에 대해 이야기하기 시작하셨다. 선장은 자신의 노래에 취해 기분이 좋아졌는지 갑자기 앞에 놓인 탁자를 손으로 쾅— 하고 내리쳤다. 모두 그것이 조용히 하라는 신호인 줄 알고 있었기 때문에 즉시 입을 다물었다. 하지만 그런 사실을 알지 못했던 선생님은 계속해서 친절하고도 또박또박한 말투로 자신의 이야기를 이어갔다. 태우고 있던 담배도 물론 계속 피우셨다. 선장은 두

눈을 부라리며 선생님을 노려보다가 다시 탁자를 한 번 더 꽝- 내
리쳤다. 그런 다음 기분 나쁜 목소리로 나지막이 욕설을 읊더니 결
국 이렇게 소리쳤다.

"거기, 선실! 조용히 해!"

"제게 하시는 말씀이신지요, 어르신?"

의사 선생님이 물었다.

그 깡패 같은 사람이 그렇다고 대답하자 선생님은 다시 이렇게
말했다.

"그런데 한 가지만 말씀 드리지요. 만일 계속 그렇게 럼주를 마
셔 댄다면 곧 아주 더러운 악당 하나가 이 세상에서 영영 사라지
게 될 것입니다."

선장은 이 말에 분노하기 시작했다. 그 모습은 설명할 수 없을
정도로 엄청났다. 선장은 벌떡 일어나 뱃사람의 접이식 칼을 뽑아

칼날을 펼쳤다. 그러고는 칼을 손에 올려놓더니 그를 벽에 꽂아 버리겠다고 위협하기 시작했다.

의사 선생님은 동요하지 않았다. 좀 전과 마찬가지로 어깨 너머로 뒤를 돌아보며 사람들이 모두 들을 수 있도록 조금 더 목소리를 높였을 뿐이었다. 여전히 침착한 말투였다.

"만에 하나 그 칼을 즉시 호주머니에 넣지 않는다면 내 평생의 명예를 걸고 장담컨대, 다음 순회 재판에서 반드시 교수형에 처하도록 만들 것입니다."

의사 선생님의 말이 끝나자 두 사람 사이에서 눈싸움이 시작되었다. 하지만 선장은 곧 항복의 뜻으로 무기를 접어 치웠고 두들겨 맞은 개처럼 끙끙거렸다.

의사 선생님이 말을 이었다.

"어르신, 제 구역에 당신 같은 사람이 있다는 사실을 알게 되었으니 저는 불철주야 당신을 지켜볼 것입니다. 저는 의사인 동시에 치안 판사입니다. 만일 제 귀에 어르신에 대한 이상한 소리가 조금이라도 들린다면, 그것이 설사 오늘 밤과 같은 사소한 행동이라 해도 저는 합법적 수단을 모두 동원해서 당신을 이곳에서 내쫓을 것입니다. 오늘은 이정도로 경고하고 가겠습니다만."

곧 리브시 선생님의 말이 도착했고, 선생님은 여관을 떠났다. 선장은 그날 저녁 내내 잠잠했다. 그 뒤로도 여러 날 동안 별다른 물의를 일으키지 않고 지냈다.

∽ 2장 ∾
검둥개가 다녀가다

얼마 지나지 않아 선장을 우리 마을에서 영원히 사라지도록 만든 괴이한 사건들 중 첫 번째 사건이 일어났다. 선장이 사라졌다고 해서 선장으로 인한 문제들까지 사라진 것은 아니었지만 말이다. 그해 겨울은 유독 서리가 많이 낀 데다 강풍이 잦았다. 나는 겨울이 시작될 무렵부터 아버지가 봄을 맞이하실 수 없으리라고 짐작했다. 아버지의 병세는 하루가 다르게 악화되었다. 여관 일은 어머니와 내가 거의 도맡았다. 몹시 바빴기 때문에 이 불쾌한 늙은 뱃사람에게는 거의 신경을 못 쓰고 있었다.

1월의 어느 서리가 많이 내리고 차디찬 바람이 불던 아침이었다. 잔물결들은 부드럽게 바위 위로 부딪쳤고, 아직 완전히 뜨지 못한 해는 산꼭대기에 나지막이 모습을 드러낸 채 바다를 비쳤다. 선장은 평소보다 더 일찍 일어나 해안으로 나갔다. 낡고 푸른 외투의 넓은 밑단 밑으로 선원용 단도가 언뜻 비쳤다. 선장은 자신의 놋쇠 망원경을 팔 아래에 끼고 모자를 뒤로 비스듬히 쓰고 있었다. 선장이 내쉬는 허연 입김이 그의 발걸음을 따라 연기처럼 공중에 걸리던 게 지금도 눈에 선하다. 그때 내가 들은 마지막 소리는 그가 큰 바위 모퉁이를 돌아서며 리브시 선생님에 대한 기억을 떨쳐내지 못해 분하다는 듯이 내뿜던 커다란 콧김 소리였다.

어머니는 아버지와 함께 위층에 계셨고 나는 선장이 돌아올 때를 대비해 아침을 준비했다. 그때, 여관 문이 벌컥 열리더니 생전 처음 보는 낯선 사내가 안으로 들어섰다. 사내는 얼굴이 양초처럼 창백했으며 왼손의 손가락 두 개가 없었다. 그는 단검을 차고 있었지만 싸움꾼이나 난봉꾼처럼 보이지는 않았다. 나는 다리가 하나이건 둘이건 모든 뱃사람을 눈여겨보았는데 이자에게서는 왠지 이상한 느낌이 들었다. 전혀 선원 같지 않으면서도 바다 냄새가 물씬 풍겼기 때문이었다.

"어떻게 오셨어요?"

내가 물었다.

그가 럼주를 마시겠다고 대답했기 때문에 나는 럼주를 가지러 주방으로 가려 했다. 그런데 그가 탁자에 털썩 앉더니 손짓으로 나를 불렀다. 나는 행주를 손에 쥔 채 걸음을 멈췄다.

"얘야, 이리 와 보렴."

내가 한 걸음 다가서니 그가 이렇게 말했다.

"이리 더 가까이 오렴."

그러더니 나를 곁눈질로 힐끔거리며 이렇게 물었다.

"여기 이게 내 친구 빌이 먹을 것이더냐?"

나는 빌이란 사람을 모른다고 대답했다. 이것은 우리 여관에 묵는 손님의 식사이고, 우리는 모두 그를 선장이라고 부른다고 대답해 주었다.

"그래, 빌을 선장이라고 부를 수도 있겠지. 그는 한쪽 뺨에 칼자국이 있고 아주 흥겨운 친구지. 술에 취해 있을 때는 말이다. 그게 바로 빌이라니까? 자, 네가 말하는 그 선장이란 사람의 한쪽 뺨에 상처가 있다고 치자. 이왕이면 오른쪽 뺨이라고 해 두고 말이야. 그래, 그거야! 자, 그렇다면 내 친구 빌이 여기에 묵고 있단 말이로구나, 그렇지?"

나는 선장은 지금 산책 중이라고 말했다.

"어느 쪽이지, 얘야? 어느 쪽으로 갔지?"

나는 바위 쪽을 가리키며 곧 선장이 돌아올 때가 되었다고 말했다. 그가 묻는 다른 몇 가지 질문에도 더 대답해 주었다.

"아, 빌이 나를 본다면 얼마나 반가워하겠느냐? 마치 술이라도 발견한 듯 기뻐할 테지. 으흐흐."

낯선 사내는 이렇게 말했지만 전혀 반가운 표정이 아니었다. 설사 그의 말이 진심이라 해도, 내게는 그가 지금 거짓말을 하고 있다고 생각할 만한 이유가 따로 있었다. 하지만 내가 상관할 일이 아니라고 생각했다. 상관하고 싶어도 대체 어떻게 대처하는 게 좋을지 몰랐다. 낯선 사내는 여관 문 바로 안쪽에 붙어서 쥐를 기다리는 고양이마냥 계속 서성이며 문 밖 모퉁이 너머를 살폈다. 내가 밖으로 나갔을 때는 즉시 돌아오라고 소리쳤고 내가 자신의 성에 찰 정도로 빨리 돌아오지 않으면 얌전하고 창백했던 얼굴이 험상궂게 돌변했다. 그는 놀라 기절할 만큼 험한 욕설을 뱉으며 내게 한 발짝도 밖으로 나가서는 안 된다고 윽박질렀다. 하지만 내가 여관 안으로 들어가자마자 아첨 반, 조롱 반인 이전의 태도로 돌아갔고 내 어깨를 두드리며 내가 얼마나 착한 아이이며, 자신이 나를 얼마나 좋아하는지 이야기하기 시작했다.

"내게도 아들이 있지. 찍어낸 벽돌 두 장처럼 너와 꼭 닮았단다. 그 녀석은 나의 자랑이지. 하지만 사내아이들에게 가장 좋은 것은 규율이다, 애야. 규율 말이다. 알겠느냐? 만일 네가 빌과 함께 항해를 하는데 빌이 무언가를 두 번씩이나 말하게 한다면 너는 아마 무사하지 못할걸. 빌은 절대 널 그냥 내버려 두지 않겠지. 빌은 말이다, 함께 배를 탔던 모든 사람들에게 그렇게나 엄격했단다. 어이쿠, 저기 내 친구 빌이 팔에 망원경을 낀 채 걸어오는구나. 행운아야, 행운아. 흐흐. 자, 이제 너하고 나는 여관 식당 안으로 들어가자. 문 뒤에 숨어 있다 놀래 주는 거다. 어떠냐?"

그는 나를 끌고 식당 안 구석으로 가서 나를 그의 뒤에 세웠다. 여관 문에서는 보이지 않는 곳이었다. 내가 얼마나 겁에 질려 있었는지 여러분도 짐작하리라 믿는다. 더구나 웬일인지 그 낯선 사내 역시 겁에 질린 듯했다. 나는 더 불안할 수밖에 없었다. 그는 차고 있던 단검의 손잡이를 잡더니 칼집에서 검을 살짝 뽑아 놓았고, 기다리는 내내 무슨 덩어리라도 목에 걸린 것처럼 연신 꼴깍꼴깍 침을 삼켜 댔다.

마침내 선장이 성큼성큼 여관 안으로 들어섰다. 그는 문을 쾅— 닫고는 곧장 내가 차려 놓은 아침상 쪽으로 걸어갔다.

"빌."

낯선 사내가 선장을 불렀다. 대담한 척하느라 애쓰고 있다는 걸 알 수 있었다.

선장은 몸을 홱 돌려 소리가 나는 쪽을 바라봤다. 그의 구릿빛 얼굴은 한순간에 새파랗게–심지어 코까지– 질려 버렸다. 선장은 유령이나 그보다 더한 것을 본 사람 같은 얼굴을 했다. 한순간에 그렇게 늙고 병든 모습으로 변해 버리다니 나는 선장이 안쓰러웠다.

"이봐, 빌. 내가 왔어. 알아보겠지? 함께 배를 타고 바다를 누비던 옛 친구를 잊으면 쓰나."

그자가 이렇게 말하는 동안 선장의 숨은 점점 더 가빠졌다.

"검둥개!"

선장이 소리쳤다.

"아니면 누구란 말인가?"

그자가 이렇게 대꾸했다. 그러고는 한결 편해진 목소리로 이렇게 말하기 시작했다.

"변치 않은 자네의 오랜 배 친구, 검둥개가 여기 이 '벤보 제독 여관'으로 자네를 만나러 왔다네. 이보게, 빌. 우리 참 오랜만이지? 내가 손가락 두 개를 잃은 뒤로는 처음이니 말이야."

그자는 손가락이 잘려 나간 손을 들어 보였다.

"그렇군. 나를 용케도 찾아냈군. 그래, 나는 여기 있었지. 용건이나 말해 보게."

"자네답군, 빌. 옛날 그대로야. 빌리(*빌의 애칭.), 여기 이 귀여운 소년이 가져다 준 럼주가 있으니 이거라도 마시며 얘기하지. 아주 마음에 드는 아이야. 자, 이제 예전처럼 솔직한 대화의 장을 한번 열어 볼까나?"

내가 럼주를 가지고 갔을 때 두 사람은 이미 식탁에 마주 보고 앉아 있었다. 검둥개는 문 옆쪽으로 비스듬히 앉아 한쪽 눈으로는 자신이 찾은 옛날 배 친구를 보고 다른 한쪽 눈으로는 달아날 곳을 봐 두려는 것 같았다. 그는 내게 가 보라고 하면서도 문은 열어 놓으라고 당부했다.

"나는 누가 열쇠 구멍을 들여다보는 것은 딱 질색이란다, 꼬마야."

나는 그들을 뒤로 한 채 카운터 쪽으로 갔다.

나는 꽤 오랫동안 무언가를 들어 보려 노력했지만 낮게 웅얼거리는 소리 외에는 아무 것도 듣지 못했다. 하지만 그들이 조금 언성을 높이기 시작하면서 몇 마디를 엿들을 수 있었다. 대부분 선장의 거친 말들이었다.

"아니야, 아니야, 아니란 말이야! 이제 그 얘긴 그만 둬!"

한 번은 이렇게 소리쳤고, 또 한 번은 이런 말도 했다.

"목매달아 죽일 거라면 모두 매달아 버려야지, 안 그래?"

그리고 갑자기 큰 소리로 욕설이 터져 나오며 다른 소리들도 들리기 시작했다. 탁자와 의자가 한 번에 넘어지는 소리, 쇠붙이끼리 서로 부딪히는 소리 그리고 고통스러운 비명 등이었다. 다음 순간, 검둥개가 홱 하고 내달리는 게 보였다. 선장은 죽을 힘을 다해 그의 뒤를 쫓았다. 둘 다 단검을 뽑아 치켜들고 있었다. 검둥개의 왼쪽 어깨에서는 이미 피가 흐르고 있었다. 현관문에 다다랐을 때, 선장은 달아나는 검둥개를 향해 마지막으로 있는 힘껏 칼을 휘둘렀다. 만약 그 칼이 벤보 제독의 얼굴을 그려 넣은 우리 여관의 간판에 박히지 않았다면 틀림없이 검둥개의 등뼈를 관통했을 것이었다. 간판 틀 아래쪽에는 아직까지도 그 칼자국이 남아 있다. 선장의 공격이 그날 전투의 마지막이었다. 검둥개는 밖으로 빠져나갔고 부상을 당했음에도 불구하고 엄청난 달리기 실력으로 30초도 채 안 되어 산모퉁이를 돌아 사라졌다. 선장은 넋이 나간 사람처럼 간판만 멍하니 바라봤다. 선장은 손으로 이마의 땀을 한 번 훔치고는 몸을 돌려 여관 안으로 다시 들어왔다.

"짐, 러, 럼주를 다오."

선장은 잠시 비틀거렸지만 한 손으로 벽을 짚고 중심을 잡아 섰다.

"다치셨어요?"

내가 소리쳤다.

"어서 럼주를 가져오라니까! 여기를 떠나야 한다. 럼주! 럼주!"

나는 럼주를 가지러 달려갔다. 좀 전에 내가 본 일 때문에 마음이 어수선해서 술잔 하나를 깨뜨리고 술통 꼭지도 망가뜨렸다. 다시 식당으로 나가려는데 큰 소리가 났다. 누군가 넘어지는 소리였다. 달려가 보니 선장이 바닥에 널브러져 있었다. 이때, 비명과 신음에 놀란 어머니가 아래층으로 내려오셨다. 우리는 함께 힘을 합쳐 선장의 상체를 들어 올렸다. 선장은 헉헉대며 거친 숨을 몰아쉬었고, 눈을 감고 있었지만 낯빛이 매우 안 좋았다.

"어머나 이게 무슨 난리라니, 짐! 아버지도 편찮으신 와중에 말이야!"

어머니가 소리쳤다.

우리는 너무 당황한 나머지 선장이 낯선 이와 난투극을 벌이다 치명상을 당했다는 생각밖에 하지 못했다. 나는 럼주를 가져다 선장의 입으로 부어 넣으려고 했지만 그가 입을 꽉 다문 데다 턱이 강철처럼 단단해서 불가능했다. 바로 그때였다. 문이 열리며 리브시 선생님이 들어오셨다. 아버지를 왕진 오신 길이었다. 우리는 안도의 숨을 내쉴 수 있었다.

"오, 선생님!"

우리는 선생님을 보자마자 소리쳤다.

"어떻게 하죠? 선장이 어디를 다친 건가요?"

의사 선생님은 이렇게 말했다.

"다쳤냐고 물으셨나요? 당치도 않습니다! 두 분이나 저처럼 멀쩡합니다. 이자는 제가 경고한 대로 뇌출혈로 발작을 일으킨 것입니다. 호킨스 부인, 위층의 남편에게 올라가 계시되 가능하다면 남편에게 이 이야기는 하지 마십시오. 그럴 가치라고는 눈곱만치도 없는 사람이지만 저는 어쨌든 최선을 다하겠습니다. 짐, 가서 대야를 가져오너라."

내가 대야를 가져왔을 때 선생님은 이미 선장의 옷소매를 찢어맨 팔이 보이게끔 해 놓고 있었다. 선장의 팔은 근육이 단단했고 몇 군데 깔끔하고 정교한 문신이 새겨져 있었다. '행운이 여기에', '순풍아 불어라', '위대한 빌리 본즈'와 같은 내용이었다. 어깨 근처에는 교수대에 걸린 사람의 그림이 있었는데 진짜처럼 잘 그려진 것이었다.

"꽤나 예언적이군."

선생님이 그림을 만져 보며 말했다.

"자, 빌리 본즈, 이게 당신의 이름이겠지? 어쨌든 나는 당신의 피 색깔을 좀 봐야겠소."

선생님이 이렇게 말한 후 나를 향해 말을 이었다.

"짐, 피를 무서워하니?"

"아니요, 선생님."

내가 담담히 대답했다.

"좋다. 그럼 대야 좀 잡고 있어라."

선생님은 수술용 칼을 꺼내 그의 정맥을 갈랐다.

선장은 엄청난 양의 피를 쏟아 낸 다음에야 겨우 눈을 떴다. 몽롱한 눈빛으로 주위를 이리저리 두리번거리더니 리브시 선생님을 알아보고 얼굴을 찌푸렸다. 그러다가 나를 발견하고는 안심한 듯한 눈빛을 보냈다. 하지만 갑자기 안색을 바꾸더니 몸을 일으키려 하며 이렇게 외쳤다.

"검둥개! 검둥개는 어디 있지?"

"검둥개 같은 건 여기 없소. 당신 등에 새겨진 문신 말고는 말입니다. 당신은 럼주에 중독됐고 내가 예고한 대로 뇌출혈을 일으켰소. 딱히 원한 바는 아니지만 어쨌든 내가 당신을 살렸지. 자, 본즈 씨."

"그, 그건 내 이름이 아니오."

선장이 말했다.

"아무려면 어떻습니까."

의사는 말을 이었다.

"내가 아는 어느 해적의 이름이지요. 그저 나 편하자고 그렇게 불러 봤어요. 여하튼 내가 하고 싶은 말은 이겁니다. 럼주 한 잔을 마신다고 죽지는 않겠지요. 하지만 당신은 한 잔을 마시면 한 잔 더 그리고 또 한 잔 더, 계속해서 마시게 되오. 당장 술을 끊지 않는다면 머지않아 죽을 거라는 데 내 가발을 걸겠습니다. 성서에 나오는 누군가처럼 당신도 당신에게 정해진 어떤 곳으로 가겠지요. 그러니 이제라도 노력하시오. 오늘은 내가 당신을 침대로 데려다 주겠습니다."

우리는 있는 힘을 다해 선장을 위층으로 옮기고 침대에 눕혔다. 선장은 기절하듯 베개에 머리를 떨어뜨리고 잠에 빠져들었다.

"자, 절대 잊지 마시길. 양심상 다시 한 번 분명히 말하는데 당신에게 럼주는 곧 죽음입니다."

선생님은 그 말을 마친 뒤 내 팔을 잡아끌어 함께 아버지에게로 갔다.

"이건 아무것도 아니다."

선생님은 방문을 닫고 이렇게 말하며 내게 일러 주었다.

"저자가 한동안 아무것도 못할 만큼 피를 넉넉히 뽑아 놓았다. 적어도 일주일 동안은 저대로 누워 있어야 할 게다. 그게 저자에게도, 네게도 득이 되는 일이다. 만약 저자에게 발작이 한 번 더 일어났다가는 그대로 황천길이다."

3장
흑점

자정이 되었을 즈음, 나는 마실 것과 약을 들고 선장의 방문 앞에 멈춰 섰다. 선장은 몸이 약간 위로 올라가 있는 것을 뺀다면 아까와 별로 달라진 것 없이 그대로 누워 있었다. 매우 아파 보였고 동시에 불안해 보였다.

"짐, 이곳에서는 그나마 네가 나를 도와줄 수 있는 유일한 사람이다. 내가 너한테 얼마나 잘해 줬는지 기억하고 있겠지? 은화 사페니를 꼬박꼬박 주었으니 말이다. 나는 보다시피 몸도 이 모양이고 아무것도, 아무도 남지 않았다. 짐, 가서 럼주를 한 잔만 가져다 다오."

선장이 말했다.

"저, 의사 선생님께서……."

나는 이렇게 말을 꺼내려 했다. 하지만 선장이 그 몸을 하고서도 의사 선생님 욕을 거칠게 퍼부어 댔기 때문에 나는 더 이상 어

30

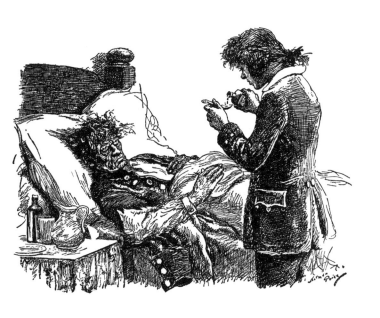

떤 말도 할 수가 없었다.

"의사들은 모두 아둔패기지. 그리고 이곳의 그 의사 놈, 그자가 대체 바닷사람에 대해서 뭘 알겠어? 나는 역청(*석유·천연가스·석탄이나 그것들의 가공물.)과 같이 뜨거운 곳에도 가 봤고, 동지들이 황열병에 걸려 나가떨어지는 것도 지켜봤고, 지진이 일어 땅이 바다처럼 솟구치는 것도 목격했다. 의사가 그런 걸 알기나 할까? 나는 럼주와 더불어 살아온 사람이야. 럼주와 나는 고기와 술, 남편과 부인, 뭐 그런 관계란 말이지. 지금 럼주를 마시지 못한다면 나는 바람 부는 해안가에 있는 낡고 처량한 배 한 척에 불과하단 말이다. 내가 럼주를 마시지 못해 죽는다면? 그렇다면 그 책임은 그 얼빠진 의사와 네가 나눠서 져야 할 게다, 짐."

선장은 또 한참 욕설을 퍼부었다.

"봐라, 짐. 너는 내 손가락들이 부들부들 떨리는 게 보이지도 않느냐?"

그러더니 애절한 목소리로 이렇게 말했다.

"손가락들이 정신을 못 차리는군. 오, 안 돼. 이런 젠장. 오늘 하루 종일 단 한 방울도 못 마셨단 말이다. 분명히 말하지. 그 아둔패기 의사 말을 듣고 럼주를 가져다주지 않는다면 나는 발작을 일으킬 게다. 벌써 몇몇이 눈앞에 아른거리는구나. 네 뒤 저쪽 구석으로 늙은 플린트가 보인다……. 마치 인쇄한 것처럼 선명하게 보인단 말이다……. 나는 거칠게 살아온 사람이다. 한 번 발작을 일으키면 어마어마한 난동을 부리겠지. 그리고 아마 의사도 한 잔은 해로울 게 없다고 했을걸? 자, 짐. 럼주 한 잔만 가져다주면 금화 일 기니를 주마."

선장의 불안은 점점 더 심해지는 듯했다. 나는 아버지가 몹시 걱정이 되었다. 아버지는 그날 유난히도 더 상태가 안 좋으셨고, 절대적으로 안정이 필요했다. 그리고 선장이 말했듯이 '의사도 한 잔은 괜찮을 것'이라고 했기에 조금 안심이 되기도 했다. 하지만 대가로 돈을 주겠다는 말은 조금 불쾌했다.

"내게 돈을 주실 필요는 없어요. 우리 아버지한테 내야 할 돈이나 내세요. 그리고 딱 한 잔이에요. 더는 안 돼요."

선장은 잠시 후, 내가 가져다 준 럼주 한 잔을 탐욕스러운 모습으로 집어 들고는 벌컥벌컥 단숨에 마셔 버렸다.

"이제 한결 낫구나. 그렇지. 그리고 애야, 그 의사가 뭐라 하더냐? 내가 이 낡아 빠진 침대에 얼마 동안이나 자리를 보존하고 있어야 한다더냐?"

"최소한 일주일이라고 말씀하셨어요."

"젠장!"

그가 소리쳤다.

"일주일이라니, 말도 안 돼. 일주일이면 놈들이 내게 흑점을 가져오고도 남을 시간이야. 지금 이 시각에도 그 애송이들은 나를 이겨 먹으려고 발악하고 있을 텐데 말이다. 자기네가 얻은 것을 지키기는커녕 남의 것을 훔치려 드는 애송이들 같으니라고! 그게 어디 뱃사람이 할 짓이냐 말이다. 하지만 난 독한 사람이지. 내 돈을 한 번도 허투루 쓴 적 없고 잃어버린 적도 없다. 이번에도 그놈들을 내 이 머리로 이겨 버리지. 두렵지 않다. 이번에도 암초를 피하고 놈들을 따돌릴 게다."

이런 말을 하며 선장은 힘겹게 침대에서 몸을 일으켜 내 어깨를 꽉 쥐었다. 너무나 아파서 나는 비명을 지를 뻔했다. 선장은 무거운 짐짝을 움직이듯 천천히 다리를 움직였다. 그가 한 기개 넘치는 이야기들은 그것을 말하는 그의 기운 빠진 목소리와 너무나도 비교되어 애처로울 정도였다. 선장은 말을 멈추고 침대 가장자리에 앉았다.

"그 의사란 작자가 나를 완전히 배려 놓았군. 귀에서 윙윙거리는 환청이 들려. 짐, 나를 다시 눕히거라."

선장이 이렇게 웅얼거렸다.

하지만 선장은 내가 어떻게 해 보기도 전에 그대로 쓰러져 버렸다.

"짐."

한동안 누워 있던 선장이 마침내 입을 열었다.

"오늘 그 뱃사람을 보았지?"

"검둥개 말씀이세요?"

내가 물었다.

"그렇다, 그 검둥개 말이다! 나쁜 놈이다. 하지만 그거 아느냐? 그놈보다 훨씬 더 나쁜 놈이 배후에 있다. 내가 어디로도 달아날 수 없게 된다면 그놈들이 내게 흑점을 가져다 줄 테지. 잊지 마라, 짐. 그놈들이 원하는 것은 나의 낡은 궤짝이다. 너는 어서 말을 타고……. 참, 말을 탈 줄은 알겠지? 그래, 말을 타고 어디로 가느냐 하면……. 그렇지, 바로 그거야! 그 천생 아둔패기 의사에게 가서 이렇게 전해라. 치안 판사니 뭐니 하는 사람들을 모두 모아 달라고 말이다. 그리고 그들과 함께 여기 '벤보 제독 여관'으로 몰려와 모두를 체포하는 게다. 늙어 빠진 플린트의 선원들을 모두 말이다. 어른이니 어린이니 할 것 없이, 남은 놈들을 모조리 말이다! 나, 나는 일등 항해사였지. 그 늙은 플린트의 일등 항해사였단 말이다. 그리고, 그리고 말이다─ 그곳을 아는 자는 오직 나 하나뿐이다. 플린트가 그것을 나에게 주었지. 사바나 항구에서 말이다. 지금의 나처럼 이렇게 죽어갈 때 말이다. 하지만 짐, 놈들이 내게 흑점을 주기 전이나 검둥개를 다시 보기 전, 혹은 다리가 하나뿐인 뱃사람을 보기 전에는 의사에게 가지 말고 기다려라. 짐, 그 누구보다 외다리 놈을 조심해야 한다. 알겠느냐?"

"선장님, 그런데 흑점이 뭔가요?"

내가 물었다.

"소환장이다, 애야. 놈들이 그걸 가져오면 네게 말해 줄 테다.

여하튼 정신 바짝 차리고 살펴라. 짐, 내 명예를 걸고 맹세하는데 말이다, 네게도 똑같이 나누어 주마. 내 명예를 걸고."

선장은 거의 횡설수설하며 이 말을 내게 들려주었다. 그의 목소리는 점점 더 작아졌다. 내가 약을 주자 그는 어린아이처럼 얌전히 약을 받아먹었다. 그러고는 이렇게 말하더니 결국 기절하듯 다시 잠에 빠져들었다.

"약을 먹는 뱃사람이 있단 소리를 듣고 어떤 놈이 그런 짓을 하나 했더니, 바로 내가 그러고 있군그래, 허허."

나는 방에서 나왔다. 만일 그 뒤에 아무 일도 일어나지 않았다면 나는 어떻게 했을까? 확실하진 않지만 아마도 선생님께 이 모든 것을 말했을지도 모르겠다. 당시 나는 선장이 내게 이 모든 것을 얘기한 걸 후회하여 나를 해칠지도 모른다는 두려움에 사로잡혀 있었기 때문이다. 하지만 그날 저녁, 아버지가 갑자기 돌아가셨고 나는 이런 문제들을 생각할 겨를이 없었다. 어머니와 나는 슬픔에 잠겼고 이웃 분들이 장례를 준비해 주었다. 그 와중에도 여관 일을 소홀히 할 수는 없었기 때문에 나는 너무나 바빴다. 그래서 선장에 대한 두려움을 느끼기는커녕 선장의 존재 자체를 거의 잊다시피 했다.

그는 다음 날 아침에 아래층으로 내려와 평소와 다름없이 식사를 했지만, 음식에는 거의 손을 대지 않고 럼주만 들이켰다. 평소보다 더 많이 마시고 있었다. 선장은 인상을 찌푸린 채 흥흥하고 콧김을 뿜으며 카운터에서 직접 럼주를 가져다 마셨다. 그런 그를 막을 수 있는 사람은 아무도 없었다. 장례식 전날 밤에도 선장은 역시 취해 있었다. 그가 초상집에서 뱃노래를 불러 재끼는 바람에 모두 기막혀 했다. 그는 쇠약해져 있었지만 우리는 여전히 그를 무서워하고 있었다. 게다가 갑작스레 먼 타지에 환자가 생겨 아버지가 돌아가시고 난 후로는 의사 선생님이 여관에 들르지도 못하는 상황이었다. 나는 방금 선장이 쇠약해졌다고 말했다. 그랬다, 그는 실지로 하루가 다르게 쇠약해지고 있었다. 여전히 계단을 오르내렸고, 여관 식당에서 카운터로, 카운터에서 다시 식당으로 왔다 갔다 했고, 가끔씩 문밖으로 코를 내밀고 바다 냄새를 맡기도 했지만, 움직일 때마다 벽에 손을 짚어 몸을 지탱해야만 했다. 그리고 그때마다 가파른 산을 오르는 사람처럼 가쁜 숨을 내쉬었다. 선장은 내게 별다른 말을 걸지 않았다. 나는 그가 내게 이야기했던 것을 다 잊었다고 생각했다. 하지만 선장의 변덕은 더욱더 심해졌으며, 기운이 다했음에도 불구하고 전보다 훨씬 더 폭력적이었다. 이제는 술에 취할 때면 단검을 뽑아 탁자 위에 올려놓는 끔찍한 버릇까지 생겨 버렸다. 하지만 주위 사람들에게는 더 이상 신경쓰지 않는 듯했으며, 무슨 망상에 사로잡혔는지 헛소리를 중얼거리기 일쑤였다. 한 번은 이전과는 전혀 다른 분위기의 소박한 사랑 노래 같은 것을 불러서 우리 모두가 선장을 보며 놀라워하기도 했다. 젊은 시절, 뱃사람이 되기 전에 배운 노래였으리라.

장례식 다음날이었다. 날이 추운 데다 안개가 깔리고 서리까지 내리는 오후 세 시쯤이었다. 나는 아버지에 대한 생각으로 슬픔에 잠긴 채 문간에 서 있었다. 누군가가 길을 따라 천천히 이쪽으로 걸어오는 것이 눈에 들어왔다. 나는 그가 장님이라는 것을 확실히 알 수 있었다. 눈과 코 위에 커다란 녹색 안대를 한 채 지팡이로 앞을 두드리며 걷고 있었기 때문이었다. 늙었기 때문인지 병이 들었기 때문인지는 모르겠지만 등이 굽었으며 모자가 달린 낡고 헤진 뱃사람용 망토를 두르고 있었다. 그는 꼭 꼽추 같았다. 나는 그때까지 그렇게 섬뜩하게 생긴 사람을 본 적이 없었다. 그는 우리여관에서 조금 떨어진 곳에 걸음을 멈추더니 마치 노래를 부르는 것 같은 높고 괴기스러운 목소리로 허공에 대고 이렇게 외쳤다.

"친절한 분이시여, 우리의 조국 잉글랜드를 사수하다 귀중한 두 눈을 잃은 가엾은 봉사에게 지금 제가 이 나라의 어디쯤에 와 있는지 알려 주실 수 있습니까! 국왕 폐하 만세!"

"지금 계신 곳은 블랙 힐 후미 옆 '벤보 제독 여관' 앞입니다, 어르신."

내가 말했다.

"목소리가 들리는군요. 어린 목소리. 오, 착하고 어린 친구여- 내게 손을 내밀어 나를 안으로 인도해 주겠소이까?"

내가 손을 내밀자 끔찍한 생김새와는 달리 선한 말씨로 말하는 그 눈 없는 사람이 죔쇠(*기계에서 무언가를 끼어 고정하는 기구.)처럼 내 손을 꽉 움켜쥐었다. 나는 화들짝 놀라 손을 빼려 했지만 장님은 팔을 움직여 나를 그의 몸 쪽으로 바짝 끌어당겼다.

"자, 꼬마. 이제 나를 선장에게 안내해라."

장님이 말했다.

"어르신, 그렇게는 못 합니다."

나는 대답했다.

"흥."

장님은 코웃음을 한 번 치고는 이렇게 말했다.

"어디서! 당장 나를 안내해라. 그렇지 않으면 너의 팔을 꺾어 놓을 테다."

그가 이렇게 말하며 내 팔을 비틀었다. 나는 비명을 질렀다.

"어르신, 저는 어르신을 위해 말씀 드리는 거예요. 선장님은 지금 옛날과 달라요. 단검을 빼 들고 앉아 있고, 한 번은 다른 분이 왔었는데……."

"잔말 말고 걸음을 옮겨라."

그가 내 말을 잘랐다.

나는 그의 목소리처럼 잔인하고 차가우며 추한 목소리를 들어 본 적이 없었다. 팔에 느껴지는 통증보다 그 목소리에 더욱 살이 떨렸다. 나는 그의 말에 순종할 수밖에 없었다. 그래서 곧장 문을 열고 병들고 늙은 선장이 럼주를 마시며 졸고 있는 식당 안으로 들어갔다. 장님은 내게 바짝 붙어 무쇠 같은 손으로 내 팔을 꽉 쥔 채 자신의 몸을 온전히 내게 기대며 걸었다.

"나를 곧장 선장에게 안내해라. 그리고 선장에게 '친구 분이 오셨습니다, 빌.' 하고 말하거라. 그렇지 않으면 너를 이렇게- 할 게다."

장님이 또 한 번 내 팔을 휙 잡아끌었다. 나는 그 자리에서 정신을 잃고 주저앉을 뻔했다. 나는 장님에게 극도의 공포심을 갖게 되어 선장에 대한 두려움이 한순간에 모두 날아갔다. 나는 식당의 문을 열며 떨리는 목소리로 장님이 일러준 말을 선장에게 전했다.

가엾은 선장이 눈을 들어 올렸다. 장님을 한 번 본 것만으로도 럼주가 그의 몸에서 싹 빠져나가는 듯했다. 선장은 술이 확 깬 얼굴로 장님을 바라보았다. 선장의 표정은 겁에 질린 표정이라기보다는 시한부 선고를 받은 환자의 표정이었다. 선장은 몸을 일으키려

했다. 하지만 아마도 그럴 만한 힘이 남아 있지 않았을 것이었다.

"빌, 그냥 그대로 앉아 있게."

거지가 말했다.

"난 볼 수는 없지만 손가락 움직임 소리까지 모두 들을 수 있지. 자, 이제 우리가 할 일을 해야지? 왼손을 내밀어라, 빌. 꼬마, 넌 저 친구의 왼쪽 손목을 잡아 내 오른손 쪽으로 가져와라."

나와 선장은 장님이 시키는 대로 하는 수밖에 없었다. 장님은 지팡이를 잡고 있던 손으로 선장의 손바닥에 무언가를 전해 주었다. 선장이 얼른 손을 접었기 때문에 나는 그게 무엇인지 볼 새가 없었다.

"그래, 이제 됐어."

장님이 이렇게 말하고는 나의 팔을 놓아주었다. 그러고는 믿기지 않을 정도로 아주 정확하고 빠르게 식당에서 나가 여관을 떠났다. 나는 발이 땅에 박힌 듯 꼼짝도 못하고 서 있었다. 멀리서 장님의 지팡이 짚는 소리가 탁– 탁– 탁– 하고 들려왔다.

나와 선장은 한참 후에야 제정신을 차렸다. 나는 그때까지도 선장의 손목을 잡고 있었기 때문에 얼른 그의 손목을 놓았다. 선장은 날카로운 눈빛으로 자신의 손바닥을 내려다보았다.

"열 시! 여섯 시간이 남았어. 아직 우리에게 시간은 있다."

선장이 벌떡 일어섰다.

순간 선장은 한 번 휘청하더니 손으로 자신의 목을 움켜쥐며 비틀거렸다. 그러고는 갑자기 꽈당 하고 괴상한 소리를 내면서 앞으로 넘어지고 말았다.

나는 선장에게로 달려가면서 위층에 계신 어머니를 불렀다. 하지만 서두른다고 달라질 것은 없었다. 선장은 급성 뇌출혈로 이미 이 세상 사람이 아니었다. 나는 그가 죽었다는 것을 깨달은 순간 울음을 터뜨렸다. 지금도 내가 왜 그랬는지는 모르겠다. 돌이켜 생각해 보면 나는 그 무렵 선장에게 어떤 연민과 동정을 느꼈던 것 같다. 하지만 맹세코 내가 그를 좋아했던 것은 아니었다. 어쨌든 이것은 내가 내 인생에서 맞이한 첫 번째 죽음으로 인한 슬픔이 채 가시기도 전에 겪은 두 번째 죽음이었다.

～ 4장 ～
궤짝

　나는 지체 없이 어머니께 가 이 모든 것을 털어놓았다. 어쩌면 진작 말했어야 했던 것인지도 몰랐다. 우리 모자는 우리가 아주 어렵고 위험한 상황에 빠져 있다는 것을 깨달았다. 만약 선장이 돈을 가지고 있다면 그 돈 중 일부는 당연히 우리의 몫일 터였다. 하지만 선장의 배 친구들, 특히 내가 아는 검둥개와 장님 거지는 죽은 자가 진 빚을 자신들의 재산에서 떼어 내 줄 사람들이 아니었다. 선장이 시킨 대로 말을 타고 리브시 선생에게 달려간다면 어머니는 아무도 없이 혼자 남게 될 것이어서 그렇게 할 수는 없었다. 두 사람이 대책 없이 집에 있을 수도 없는 노릇이었다. 부엌 난로에서는 석탄이 떨어지는 소리와 시침이 똑딱이는 소리가 들려왔다. 우리 모자에게는 이런 소리마저도 어떤 경고로 들렸다. 사방에서 우리를 향해 달려오는 발소리가 들리는 것만 같았다. 거실 바닥에는 선장의 시신이 널브러져 있었다. 나는 끔찍한 장님 거지가 주변에서 어슬렁거리고 있다가 다시 돌아올 수도 있다는 생각에 계속 불안했다. 나는 때때로 영혼이 살가죽 밖으로 튕겨 나가기라도 할듯이 소스라치게 놀라곤 했다. 어서 무언가를 해야만 했다. 우리 모자는 결국 이웃 마을 사람들에게 도움을 청하기로 결정했고, 즉시 움직였다. 어머니와 나는 모자도 쓰지 않은 채 싸늘한 안개가 내리깔린 어스름 속으로 달려 나갔다.

마을은 다음 후미 건너편에 위치하고 있어 우리 마을에서는 보이지 않았다. 하지만 거리상으로 멀지는 않았다. 마을이 장님 거지가 나타났던 방향과 반대 방향에 자리 잡고 있어 조금 마음이 놓였다. 우리는 길을 떠난 뒤로 종종 멈춰 서서 서로를 부둥켜안고 무슨 소리가 들리지는 않는지 여러 번 귀를 기울여 보았다. 썰물이 출렁이는 소리 그리고 먼 숲 속의 까마귀 울음소리가 전부였다.

우리가 이웃 마을에 도착했을 때는 촛불을 켤 시간이 되어 있었다. 창과 문틈에서 보이는 노란 불빛에 무척 기뻤다. 그때의 반갑고 안심되던 기분은 오래도록 잊지 못할 것이다. 하지만 우리가 그 동네에서 얻은 도움이라고는 그것이 전부였다. 마을 사람들 중 누구도 우리와 함께 '벤보 제독 여관'으로 가려 하지 않았다. 그들도 미안하고 부끄러웠겠지만, 어쨌든 그들은 우리가 처한 상황에 대해 이야기를 들으면 들을수록 남녀노소 할 것 없이 모두 피난처가 되어 줄 자신의 집에서 떠나려 하지 않았다. 내게는 생소한 이름이었던 '플린트'라는 이름을 그 마을의 주민들 몇몇은 잘 알고 있었다. 그들은 그 이름을 듣는 것만으로도 두려움에 몸서리를 쳤다. 게다가 몇몇 마을 사람들은 이미 '벤보 제독 여관' 건너편 밭으로 일을 나갔다가 낯선 사람들을 보고 밀수입자가 나타났다며 부랴부랴 집으로 도망쳐 오기도 했다는 것이었다. 어떤 사람은 우리가 '키트 후미'라고 부르는 곳에서 작은 배를 목격했다고 했다. 그들은 모두 선장의 무리에 지레 겁을 먹었다. 나중에 몇 사람이 우리 여관과는 반대 방향에 있는 리브시 선생님의 집까지 말을 타고 가서 연락을 취해 주겠다고 했다. 하지만 여관에 가 주거나 그곳에서 함께 우리의 일을 도와줄 사람은 한 사람도 없었다.

두려움은 전염되고 논쟁은 사람을 용감하게 만든다고 했던가. 사람들의 이야기가 다 끝나고 나자 어머니는 그들 앞에 당당히 나섰다. 어머니는 아버지 없는 아이가 가져야 할 돈을 이렇게 포기할 수는 없다고 말씀하셨다.

"아무도 나서 주지 않으신다면 짐과 제가 용기를 내겠습니다. 우리는 돌아갈 것입니다. 왔던 길로 다시 말입니다. 덩치만 컸지 간은 콩알만 한 여러 남자 분들께는 감사를 드려야 할지 어찌해야 할지 모르겠습니다. 하지만 어쨌든 우리는 그 궤를 열 것입니다. 만에 하나 우리가 그것 때문에 죽는다 하더라도 말입니다. 크로슬리 부인께는 이 합법적인 돈을 담을 가방을 빌려 주셔서 감사하다는 인사를 드립니다."

나는 물론 어머니와 함께 가겠다고 말했다. 사람들은 모두 그건 무모한 결정이라고 소리 높여 우리를 설득했지만 결국 우리와 함께 가겠다고 나서는 사람은 끝까지 나오지 않았다. 혹시 공격을 당하면 사용하라며 장전된 권총 한 자루를 내준 것이 전부였다. 사람들은 우리가 돌아오는 길에 추격당할 경우를 대비해 말에 안장을 얹어 놓아주겠다는 약속을 해 주기도 했다. 젊은이 하나는 우리를 도와줄 사람을 찾아 의사 집으로 가겠다고도 약속했다.

싸늘하기 그지없는 밤에 위험한 모험에 나서려니 심장이 쿵쿵거리며 거칠게 뛰었다. 보름달은 안개 위쪽 가장자리에 자리 잡고 붉은 얼굴을 한 채 우리를 내려다보았다. 그것을 보고 우리는 걸음을 서둘렀다. 이렇게 지체하다가는 곧 사방이 대낮처럼 밝아져 만약 누군가 우리 집을 감시하고 있다면 금방 눈에 띌 것이었다. 우리는 최대한 소리를 내지 않으려고 노력하며 빠른 걸음으로 산울타리를 따라 움직였다. 돌아가는 길에 우리를 무섭게 만들 만한 것은 없었다. 마침내 우리는 '벤보 제독 여관'에 도착했다. 안으로 들어가 문을 닫고 나서야 크게 숨을 내쉴 수 있었다.

나는 재빨리 빗장을 걸어 잠갔다. 우리 모자는 잠시 선장의 주검이 놓인 어둠 속에서 숨을 가다듬었다. 어머니가 곧 카운터에서 초를 가져왔다. 우리는 서로의 손을 잡고 식당으로 갔다. 선장은 아까와 똑같이 눈을 뜨고 한 쪽 팔을 위로 뻗은 채로 누워 있었다.

"커튼을 내리렴, 짐. 밖에서 누군가 우리를 지켜볼지 모르니 말이다."

어머니가 목소리를 낮추고 내게 말했다.

"저기서 열쇠를 꺼내 와야 할 텐데, 어떻게 저기에 손을 댈 수 있을까……."

어머니가 약간 울먹이는 듯했다.

내가 즉시 선장의 주검으로 다가가 무릎을 꿇고 앉았다. 그의 손 바로 옆에는 둥근 종이가 바닥에 놓여 있었다. 한쪽이 검은색이었다. 선장이 말하던 흑점이 분명했다. 나는 그것을 집어 들었다가 점 반대편에 쓰인 글을 발견했다. 필체가 매우 깔끔하고 훌륭했다.

'오늘 밤 열 시까지 시간을 주겠다.'

"오늘 밤 열 시까지 기다려 준다는 것 같은데요, 어머니."

내가 어머니께 이렇게 말을 하는 순간 낡은 벽시계가 종을 울리기 시작했다. 우리는 소스라치게 놀라고 말았다. 하지만 그것은 좋은 소식이었다. 종이 여섯 번밖에 울리지 않았던 것이다.

"자, 짐, 어서 열쇠를."

나는 선장의 호주머니를 하나씩 뒤지기 시작했다. 하지만 내가 찾은 것은 동전 몇 개, 골무, 실과 큰 바늘 몇 개, 이로 끝을 끊은 가늘게 꼬아 만든 담배 하나, 손잡이가 구부러진 큰 휴대용 칼, 휴대용 나침반 그리고 부싯깃 통이 전부였다. 절망감이 밀려왔다.

"목을 한 번 살펴보아라."

어머니가 말했다.

밀려오는 역겨움을 참으며 나는 그의 셔츠 목 부분을 잡아 뜯었다. 어머니의 짐작대로 선장은 타르를 칠한 줄을 목에 걸고 있었고 그 끝에 열쇠가 하나 매달려 있었다. 나는 선장의 휴대용 칼로 그 줄을 끊었다. 우리는 희망으로 가슴이 부풀어 즉시 선장이 묵었던 우리 여관의 작은 방을 향해 뛰어 올라갔다. 그가 도착한 날부터 궤는 계속 거기에 보관되어 있었다.

선장의 궤는 여느 뱃사람의 궤와 별반 다르지 않았다. 궤 뚜껑에 뜨거운 쇠로 새겨 넣은 'B'라는 이니셜이 눈에 띄었고, 오랫동안 거칠게 사용한 탓에 모서리들이 조금씩 부서지고 찌그러졌을 뿐이었다.

"열쇠를 내게 다오."

어머니가 말했다.

자물쇠 구멍은 뻑뻑한 듯했지만 어머니는 빠르게 자물쇠를 따고 궤의 뚜껑을 열었다.

뚜껑을 열자마자 궤 안에서 담배와 타르 냄새가 훅하고 풍겨 왔다. 세심하게 솔질해서 개어 놓은 아주 비싸 보이는 옷이 가장 위에 있었다. 어머니는 한 번도 입지 않은 새 옷이라고 말씀하셨다. 옷 밑으로 잡동사니가 가득 들어 있었다. 사분의(*망원경 이전의 천체관측 기구.), 주석 컵, 담배 몇 개비, 좋은 권총 두 쌍, 작은 은괴 하나, 낡은 스페인 시계, 외국에서 만든 듯한 싸구려 장신구들, 놋쇠 받침이 있는 나침반 한 쌍, 서인도 제도에서 난 기묘한 모양의 조개껍데기 대여섯 개 등이었다. 하루도 편안한 날 없이 쫓기는 생활을 하면서 조개껍데기를 가지고 다닌 이유는 무엇이었을까? 훗날에도 나는 가끔 그것이 궁금해 지곤 했다.

어쨌든 우리는 약간의 은과 장신구 외에 값나가는 것은 아무것도 찾지 못했다. 이 두 가지 또한 우리에게 직접적으로 도움이 되는 것은 아니었다. 궤의 밑바닥에는 낡은 승선용 망토가 하나 있었다. 수많은 항구를 휘젓고 다니다 얕은 물에 젖은 듯 바다 소금으로 하얗게 바래 있었다. 어머니는 초조한 표정으로 그 망토를 집어 올렸다. 그러자 그때, 궤에 남은 마지막 물건이 우리 눈앞에 모습을 드러냈다. 기름 먹인 천으로 싼 꾸러미 하나와 돛천으로 만든 가방 하나였다. 가방을 만져 보니 짤랑짤랑하고 금화 소리가 들렸다.

"이 악당들에게 내가 정직한 여인이라는 것을 보여줄 테다. 내 몫만 가지고 단 한 푼도 더 갖지 않을 테야. 자, 짐. 크로슬리 부인이 주신 가방을 잘 잡고 있어라."

어머니가 말했다.

어머니는 그 가방에서 선장의 외상값을 계산해 금화를 뺀 다음 내가 들고 있던 가방에 넣기 시작했다.

꽤나 힘이 들고 시간도 오래 걸리는 일이었다. 여러 나라의 돈이 섞인 데다 크기도 제각각이었다. 더블룬(*스페인 금화.), 루이도르(*프랑스 금화.), 기니(*영국 금화.), 8레알(*스페인의 옛 돈 이름.)짜리 은화, 이런 유럽 각국의 동전들과 내가 생전 처음 보는 동전들이 한데 뒤섞여 있었다. 이 중 기니가 가장 적었는데, 어머니가 계산할 줄 아는 금화는 오직 기니뿐이었다.

계산을 반쯤 끝냈을 때, 나는 어머니의 팔에 손을 얹었다. 차갑고 고요한 밤공기 속에서 심장이 덜컥 내려앉을 만한 소리를 들었기 때문이었다. 장님의 지팡이가 꽁꽁 언 길 위에 부딪히는 소리였다. 탁— 탁— 하고 울리는 소리가 점점 가까워졌다. 우리 모자는 숨을 죽이고 앉아 있었다. 곧 지팡이가 여관 문을 두드리는 날카로운 소리와 손잡이가 돌아가는 소리가 연이어 들려왔다. 그 끔찍한 자가 여관 안으로 들어오려고 문을 쥐고 흔들어 빗장이 덜걱거렸다. 오랫동안 안과 밖에서 정적이 흘렀다. 그러더니 딱— 딱— 하는 지팡이 소리가 다시 시작되었다. 그 소리는 서서히 멀어지더니 더는 들리지 않았다. 나와 어머니는 표현할 수 없이 기쁘고 감사했다.

"어머니, 그냥 전부 가지고 어서 떠나요."

내가 말했다.

나는 장님 거지가 빗장을 질러 놓은 문을 의심할 것이고, 곧 더 큰일이 일어날 것이라고 확신했다. 동시에 빗장을 질러 놓은 것이 얼마나 다행스러웠는지 모른다. 그 끔찍한 장님을 직접 보지 못한 사람은 결코 이해하지 못하리라.

어머니는 이런 상황에서도 우리의 몫 이상은 더 가져가지 않으려 하셨고, 다 포기하고 돈을 덜 챙긴 채로 달아나는 것도 원치 않으셨다.

어머니는 아직 열 시가 되려면 멀었다고 말씀하셨다. 어머니는 자신의 권리를 잘 알고 계셨고 그것을 꼭 찾으려 했다. 어머니와 내가 이런 실랑이를 벌이고 있을 때, 꽤 멀리 떨어진 산에서 낮은 휘파람 소리가 들렸다. 그걸로 충분했다. 아니, 충분 그 이상이었다.

"지금까지 넣은 것만 가지고 가야겠구나."

어머니가 이렇게 말하며 자리에서 일어섰다.

"그럼 모자란 것 대신 이걸 가지고 가요."

내가 기름 먹인 천에 싸여 있던 꾸러미를 집어 들며 말했다. 우리는 그렇게 촛불을 궤 옆에 남겨 둔 채 어둠 속을 더듬거리며 아래층으로 내려가 여관을 빠져나갔다. 우리는 열심히 달렸다. 안개가 빠른 속도로 흩어지고 있었고, 달은 이미 양쪽 언덕을 훤히 비추고 있었다. 우리는 더 빨리 출발했어야만 했다. 그나마 작은 골짜기의 아래쪽과 여관 문 주위의 안개는 아직 짙게 남아 우리 모자가 탈출하는 모습을 감춰 주었다. 하지만 우리는 언덕 기슭을 올라가야 했고, 조금만 올라가면 달빛 속에서 우리의 모습이 드러나리라. 그래 봤자 마을까지 반도 못 미치는 곳이었다. 더 큰 문제는 몇 사람의 달리는 소리가 우리 귀에 닿을 정도로 가까이 와 있었다는 것이었다. 뒤를 돌아보니 불빛 하나가 좌우로 춤을 추며 빠른 속도로 다가오는 것이 보였다. 우리를 쫓아오는 무리 가운데 하나는 등불을 가지고 있다는 의미였다.

"오, 이런. 짐, 이 돈을 가지고 계속 뛰거라. 나는 더는 못 가겠구나."

어머니가 이렇게 말했다.

나는 이제 모든 게 끝났다고 생각했다. 그때 비겁한 이웃 마을 사람들을 얼마나 저주했던가! 가여운 어머니의 한심한 정직함과

구차했던 탐욕 그리고 아까의 무모함과 현재의 나약한 모습을 얼마나 원망했던가! 하지만 다행히도 우리는 작은 다리 옆에 다다랐다. 나는 비틀거리는 어머니를 부축하여 둑 가장자리까지 갔다. 어머니는 그곳에서 힘겨운 숨을 한 번 푹 내쉬더니 그만 내 어깨에 그대로 쓰러지고 말았다. 거칠게 다뤄 죄송스러웠지만 어쨌든 나는 쓰러진 어머니를 질질 끌며 둑을 내려가 다리 밑으로 조금 몸을 숨겼다. 어떻게 그런 힘이 났는지는 모르겠다. 어머니는 더 이상 움직일 수 없었고, 다리는 너무 낮아 그 밑으로는 나 하나 들어가기도 벅찼다. 어머니의 몸은 미처 다 숨길 수가 없어 거의 밖으로 드러나 있었다. 어쨌든 우리는 그렇게 몸을 숨겼다. 여관에서 나는 소리를 다 들을 수 있는 거리였다.

∽ 5장 ∽
장님의 최후

나는 도저히 그대로 있을 수가 없었다. 두려움보다 호기심이 강했던 것이다. 나는 둑으로 다시 기어 나가 금작화 덤불 뒤에 몸을 감춘 채 여관 앞의 길을 내다보았다. 내가 자리를 잡자마자 일곱에서 여덟 명쯤 되어 보이는 적의 무리가 나타나기 시작했다. 그들은 매우 무질서했는데, 등불을 든 사람이 몇 발짝 앞서서 걷고 있었다. 세 사람은 손을 잡고 함께 뛰고 있었다. 안개 속이었지만 나는 그 세 사람 중 가운데 사람이 장님 거지임을 알 수 있었다. 그것을 알아채자마자 바로 그의 목소리가 들려왔다. 나는 내 짐작이 맞았다는 것을 알 수 있었다.

"문을 부수어라!"

장님이 소리쳤다.

"예, 알겠습니다!"

두세 명의 대답 소리가 들려왔다. 그들은 '벤보 제독 여관'으로 몰려갔고, 등불을 든 사람도 뒤따랐다. 하지만 그들은 이내 걸음을 멈추고 낮은 목소리로 웅성거렸다. 문이 열려 있다는 사실을 발견한 것 같았다. 그들은 오래 멈춰 있지 않았다. 장님이 다시 명령을 했기 때문이었다. 장님의 목소리는 더 크고 날카로워졌다. 그는 열망과 분노에 휩싸여 있었다.

"들어가! 들어가! 안으로 들어가란 말이다!"

부하들이 머뭇거리자 장님은 소리를 내질렀다.

무리 가운데 네댓 명은 즉시 명령을 이행했고, 두 사람은 장님 거지와 함께 여관 밖에 남아 있었다. 잠시 동안의 정적이 지나고, 여관 안에서 비명이 들려왔다. 한 사람이 이렇게 외쳤다.

"빌이 죽었습니다!"

장님은 그들을 다시 재촉하며 이렇게 소리를 질러 댔다.

"빼들거리고만 있지 말고 어서 빌의 몸을 뒤져라. 그리고 나머지는 올라가서 궤짝을 가져와!"

그들이 우리 여관의 낡은 계단을 쿵쿵거리며 올라가는 소리가 들렸다. 집 전체가 흔들리는 것만 같았다. 곧이어 또 한 번 놀라는 소리가 났고, 선장이 묵던 방의 창문이 열리며 쾅 소리와 함께 쨍그랑 하고 유리 깨지는 소리가 들렸다. 한 사람이 달빛 아래로 상체를 내밀고 밑에 있는 장님 거지를 향해 이렇게 외쳤다.

"퓨! 누가 벌써 다녀갔어요. 궤짝도 이미 샅샅이 뒤졌나 본데요!"

"뭐가 있는데?"

퓨, 그러니까 그 장님이 소리쳤다.

"돈이 있습니다."

장님은 돈에 대해 또 욕설을 퍼붓더니 이렇게 말했다.

"플린트 거 말이다."

"그건 안 보입니다. 아무리 찾아도 없습니다."

남자가 위에서 대답했다.

"어이, 아래층이 있는 놈들아. 빌의 몸에서 그걸 찾았나?"

장님이 소리쳤다.

"여기도 이미 누가 뒤져 가고 아무것도 없습니다."

아래층에 남아 있던 자가 여관 문 쪽으로 나와 대답했다.

"여관 사람들이다. 그 꼬마 녀석! 그 녀석의 눈을 뽑아 놓는 건데!"

퓨가 말했다.

"방금 전까지만 해도 안에 있었다. 내가 문을 열려고 할 때 잠겨 있었단 말이다. 흩어져 그들을 찾아라!"

"맞아요. 여기에 촛불을 남겨 놓고 갔습니다."

위층 창에서 아까 그 사람이 소리쳤다.

"어서 흩어져라! 집 안도 샅샅이 뒤져라!"

퓨가 지팡이로 길을 쾅쾅 내리치며 다시 명령을 내렸다.

낡은 우리 여관은 곧 쑥대밭이 되었다. 커다란 발들이 쿵쿵거리며 온 집 안을 쑤시고 다녔다. 가구를 쓰러뜨리고 문을 걷어차는 바람에 시끄러운 소리가 바위까지 닿아 메아리쳤다. 곧이어 퓨의 부하들이 하나둘 다시 길로 모여들며, 어디에서도 우리를 찾을 수 없다고 보고했다. 그 순간이었다. 어머니와 함께 죽은 선장의 돈을 세고 있었을 때 났던 휘파람 소리가 다시 밤공기 속에서 분명하게 들려왔다. 이번에는 두 번이었다. 처음 소리를 들었을 때는 자신의 부하들을 모아 공격하려는 장님의 나팔 소리 같은 것이라고 생각했다. 하지만 아니었다. 그것은 마을 근처 산비탈에서 나는 신호였으며, 장님과 부하들의 반응을 보아 하니 그들에게도 좋지 않은 신호였다.

"또 더크야. 소리가 두 번 났어! 얼른 튀는 게 상책이야."

무리 중 하나가 이렇게 말했다.

"한 발짝만 움직여 봐라, 이 멍청한 놈들아!"

퓨가 소리쳤다.

"더크는 원래가 겁쟁이 얼간이다. 그런 자식이 뭐가 대수냐. 꼬마 녀석이 틀림없이 이 근처에 있을 거야. 멀리 갈 리가 없지. 독 안에 든 쥐나 다름없다. 어서 흩어져 찾으란 말이다, 이 자식들아! 오 하늘이시여, 내가 눈만 멀쩡했어도!"

퓨가 더 크게 소리소리 질렀다.

그의 다그침이 어느 정도 효과가 있었는지 두 사람이 내가 숨어 있을 만한 곳을 따라 이곳저곳 뒤지기 시작했다. 하지만 그들은 자신들의 위험에 워낙 신경이 곤두서 있었던지라 최선을 다해 뒤지지 못했다. 게다가 그 둘을 뺀 나머지 사람들은 여전히 길 위에 어정쩡하게 서서 안절부절 못하고 있었다.

"엄청난 돈이 곧 너희 것이 된단 말이다. 이 얼간이들! 그것만 찾으면 너희는 금방 황제 못지않은 부자가 될 거다. 그리고 분명히 너희 코앞에 있단 말이다! 그런데도 그렇게 어정쩡하게 하고 있다니! 너희 가운데 빌의 맞수가 되는 사람은 아무도 없었지! 하지만 내가 했단 말이다! 이 장님 꼴을 하고 말이다! 그런 나더러 너희 같은 멍청이들 때문에 이 기회를 그냥 날려 버리라고? 마차를 타고 다니며 호의호식해야 할 내가 이렇게 땡전 한 푼 없는 거지가 되어 럼주나 구걸하고 있단 말이다! 너희가 과자 속의 바구미(*딱정벌레목의 곤충.)만 한 용기라도 내면 금세 그 꼬마를 잡을 수 있단 말이다!"

"그만둡시다, 퓨. 돈은 어느 정도 챙겼지 않습니까!"

한 사람이 불만을 토로했다.

"그리고 이미 어디로 빼돌렸을지도 모르지. 자, 금화를 줄 테니 이거나 잘 챙기시지요. 여기서 그렇게 안달해 봤자 무슨 소용이요?"

또 다른 사람이 말했다.

다른 사람들이 반대 의견을 말하자 퓨는 화가 치밀어 올라 또다시 꽥꽥 소리를 지르기 시작했다. 그는 완전히 이성을 잃은 채 눈이 보이지 않는 상태임에도 불구하고 이리저리 지팡이를 휘둘러 댔다. 몇몇 사람이 그의 지팡이에 맞는 둔탁한 소리가 들려왔다.

그러자 이번에는 그 사람들이 욕설을 퍼부으며 끔찍한 말로 퓨를 위협하기 시작했다. 그들은 퓨에게서 지팡이를 빼앗으려고 했지만 성공하지 못했다.

우리는 이 싸움 덕분에 살아난 것이나 마찬가지였다. 싸움이 한창일 때 마을 쪽 언덕 꼭대기에서 다른 소리가 들렸다. 말이 달려오는 소리였다. 그리고 거의 동시에 산울타리 쪽에서 불이 번쩍하며 총소리가 났다. 아마 위험을 알리는 마지막 신호였던 것 같다. 해적들은 걸음아 날 살려라 사방으로 흩어져 달아나기 시작했다. 한 사람은 포구를 따라 바다 쪽으로, 다른 사람은 언덕으로 올라가는 식으로 말이다. 30초도 지나지 않아 결국 거리에는 퓨 혼자 남게 되었다. 버려진 것이었다. 경황이 없어 미처 챙기지 못한 건지 아니면 그간의 못된 언행에 대한 복수였는지는 모르겠다. 어쨌든 그렇게 퓨는 홀로 남겨졌고 정신 나간 사람처럼 지팡이로 바닥을 쳐 가며 동료들의 이름을 불러 댔다. 더듬더듬 움직이긴 했지만 결국 잘못된 길로 들어섰고 내가 숨어 있는 곳을 지나쳐 마을 쪽으로 몇 발자국을 더 걸어갔다. 장님은 자기 친구들의 이름을 불러 보았다.

"조니야-, 검둥개야-, 이봐, 더크-."

그리고 다른 이름들도 불렀다.

"이 퓨를 버리고 간 게냐. 친구들아. 진정 이 늙어 빠진 퓨를 버리고 갔단 말이냐!"

그때였다. 언덕 꼭대기에서 말달리는 소리가 났고, 말을 탄 사람 네댓 명이 달빛 아래로 모습을 드러냈다. 그들은 전속력으로 언덕을 내려오고 있었다.

이 소리를 들은 퓨는 자신의 실수를 깨달았다. 그는 비명을 지르며 돌아서서 곧장 반대 방향인 도랑 쪽으로 내달렸는데, 불행히도 곧 도랑에 빠지고 말았다. 퓨는 곧바로 일어서서 다시 내달리기 시작했다. 하지만 하필이면 그를 향해 돌진하는 말들 중 가장 선두에 선 말을 향해 그대로 달려들었다.

말을 탄 사람은 그를 피하려고 했지만 소용이 없었다. 퓨는 말발굽 밑에 그대로 깔려 버렸고, 그의 비명 소리가 밤하늘의 높은 곳까지 쩌렁쩌렁하게 울렸다. 네 개의 말발굽은 그를 짓밟고 걷어차며 그대로 지나갔다. 퓨는 잠시 옆으로 누운 자세로 있었으나 곧 몸이 넘어가며 엎드린 자세가 되었다. 그리고 그게 끝이었다.

나는 얼른 일어나 말을 탄 사람들에게 소리를 질렀다. 그들은 내가 부르는 것 때문이 아니라 방금 전 사고 때문에 놀라 말을 멈추었다. 나는 그들이 누구인지 바로 알아챌 수 있었다. 맨 끝에 달려오던 사람은 바로 마을에서 리브시 선생의 집으로 갔던 청년이었고, 나머지는 그가 도중에 만난 세무서 관리들이었다. 청년은 그들을 만나서 함께 돌아왔던 것이다. 키트 후미에 작은 범선이 들어와 있다는 소식을 들은 댄스 감시관이 우리 여관 쪽으로 순찰을 오던 길이었다. 그 덕분에 어머니와 나는 죽음을 면하였다.

퓨는 죽었다. 완전히 말이다. 어머니는 마을로 데리고 가서 찬물과 소금을 먹이자 곧 정신을 차리셨다. 어머니는 이제 공포심은 극복한 듯했다. 하지만 돈을 마저 가져오지 못한 것에 대해서는 계속 안타까워하셨다. 감시관은 있는 힘껏 키트 후미로 말을 달렸다. 키트 후미에 거의 도착해서는 말에서 내려 작은 골짜기로 힘겹게 내려갔다. 부하 직원은 말을 끌며 혹시라도 적이 있을지 몰라 초조해 했지만 그들이 키트 후미에 도착했을 때 배는 이미 해안에서 멀어지고 있었다. 그리 멀리 멀어진 상태는 아니어서 댄스 감시관은 배를 향해 멈추라고 소리를 질렀다. 배에서 돌아온 대답이라고는 '달빛이 비치는 곳에 계속 서 있다가는 몸에 총알이 박힐지도 모른다.'는 경고뿐이었다. 그리고 동시에 총알 하나가 쌩 하고 감시관의 팔을 스치고 지나갔다. 배는 곶(*바다 쪽으로 돌출한 육지.)을 돌아이내 모습을 감추었다. 댄스 감시관은 자신의 말대로 '물 밖에 나온 물고기'처럼 멍하니 서 있었다. 그저 부하 중 한 명을 'B−'로 보내 연안 감시선에 주의를 줄 뿐이었다.

"어차피 소용없는 일이겠지. 저자들은 말끔히 도망쳐 버렸고,

이것으로 끝이 났으니."

댄스 감시관이 말했다.

"그래도 우두머리인 퓨에게 한 방 먹여서 기쁘군."

댄스 감시관은 이미 내 이야기를 알고 있었다.

나는 그와 함께 '벤보 제독 여관'으로 돌아갔다.

여관은 그야말로 쑥대밭이 되어 있었다. 그들은 어머니와 나를 미친 듯이 찾아 헤매다 애먼 시계 따위나 박살 내놓기도 했다. 그들은 기껏해야 선장의 돈 주머니와 은화 몇 푼을 가져갔을 뿐인데, 내 눈앞은 완전한 폐허였다. 댄스 감시관은 이 사태가 이해가 안 된다는 표정이었다.

"그자들이 돈을 가져갔다고 했느냐? 그런데 호킨스, 대체 그자들이 뭘 더 찾고 있는 거냐? 더 많은 돈을 찾고 있었던 게냐?"

"아뇨, 감시관님. 돈은 아닌 것 같아요. 사실, 그 사람들이 찾는 것은 제 셔츠 주머니에 있는 그것 같아요. 그리고 솔직히 말씀드리면 이것을 조금 안전한 곳에 보관하고 싶어요."

"물론이지, 얘야. 당연히 그래야 할 게다. 원한다면 내가 맡아 주마."

"제 생각에는, 아마 리브시 선생님께서……."

"네 말이 옳다. 그는 신사이고 치안 판사이니 말이다. 그러고 보니 나도 가서 선생님이나 지주님께 보고를 드리는 게 좋을 것 같구나. 장님 퓨도 죽었고, 모든 것이 끝났다고 말이다. 안타깝다는 것은 아니지만, 어쨌든 퓨는 죽었다. 사람들은 이런 경우에도 세관이 관리를 소홀히 했다고 탓하곤 하지. 자, 호킨스, 같이 가겠느냐?"

나는 그의 제안에 기꺼이 응했다. 우리는 말이 있는 마을로 돌아갔다. 내가 어머니에게 이런 것들을 이야기하는 동안 그들은 이미 말에 올라타 있었다.

"도거, 자네 말이 좋은 말이니 이 아이를 자네 뒤에 태워 가지."

댄스 감시관이 말했다.

내가 말에 올라 도거의 허리춤을 붙잡자마자 감시관이 출발 명령을 내렸다. 우리 일행은 리브시 선생님의 집을 향해 달리기 시작했다.

6장

선장의 서류

우리는 리브시 선생님의 집에 도착할 때까지 쉬지 않고 달렸다. 집 앞은 칠흑처럼 어두웠다.

댄스 씨가 나에게 말에서 내려 문을 두드려 보라고 했다. 도거가 내릴 수 있도록 말 발걸이를 건네주었다. 내가 문을 두드리자 하녀가 문을 열고 얼굴을 내밀었다.

"리브시 선생님 계세요?"

내가 물었다.

하녀는 선생님이 오후에 집에 돌아왔으나 지주님과 저녁을 함께 먹으러 저택으로 올라갔다고 했다.

"그럼 그리로 가야겠구나."

댄스 씨가 말했다.

이동 거리가 짧았으므로 나는 다시 말에 올라타지 않았다. 나는 도거의 말 발걸이 가죽 끈을 든 채 대문까지 달려간 다음, 달빛이 나뭇잎들의 방해를 받지 않고 환하게 비추는 큰길을 따라 걸어 올라가기 시작했다. 곧 양옆으로 오래된 넓은 정원을 갖춘 하얀 저택이 모습을 드러냈다. 댄스 감시관이 말에서 내려 하인에게 한마디를 건네자 하인은 우리를 집 안으로 안내했다.

하인은 우리를 매트가 깔린 복도로 인도한 다음 그 끝에 있는 커다란 서재로 안내했다. 사방이 책장으로 둘러싸여 있었고 책장 위에는 흉상들이 놓여 있었다. 지주님과 선생님은 손에 파이프를 들고 불이 타오르고 있는 벽난로 양편에 앉아 있었다.

나는 이렇게 가까이에서 지주님을 본 것이 처음이었다. 그는 180센티미터가 넘을 정도로 키가 컸고, 체구 또한 컸다. 각진 얼굴은 오랜 여행 탓인지 피부가 거칠고 붉은 빛을 띠었으며 주름도 많았다. 그의 눈썹은 아주 짙었고, 눈썹을 자주 움직이는 것이 버릇인 듯했다. 그 버릇 때문에 그가 한 성격 하겠다는 느낌을 받았다. 악한 성격이라기보다는 급하고 욱하는 성격인 것 같았다.

"들어오시오, 댄스 씨."

지주님의 태도는 매우 당당하고 위엄이 있었다.

"어서 오십시오, 댄스 씨."

선생님이 목례를 하며 인사를 건넸다. 내게도 인사를 하셨다.

"짐도 왔느냐. 잘 지냈지? 무슨 일이라도 있는 게냐?"

감시관은 똑바로 서서 몸이 굳은 채로 마치 배운 것을 복습해 읊듯이 조금 전의 일을 이야기했다. 두 신사분이 이야기를 듣는 모습은 혼자 보기에 아까울 정도였다. 몸을 앞으로 기울인 채 서로 얼굴을 마주 보고 계셨고, 이 놀랍고도 흥미로운 이야기에 담배를 태우는 것조차 잊어버린 듯했다. 어머니가 여관으로 돌아가는 부분에서 선생님은 허벅지를 손바닥으로 내리쳤고, 지주님은 '그렇지!'라고 소리치며 긴 파이프 담배를 벽난로의 쇠살대에 대고 두드렸다. 이야기가 끝나려면 아직도 멀었지만 트렐로니(기억하겠지만 이것이 지주님의 이름이다.) 씨는 자리에서 일어나 큰 보폭으로 방 안을 서성이며 돌아다녔다. 선생님은 이야기를 더 잘 들으려고 분을 뿌린 가발을 벗어 놓고 앉아 있었다. 짧게 자른 검은 머리가 매우 낯설게 느껴졌다.

마침내 댄스 감시관은 이야기를 끝마쳤고, 지주님은 이렇게 말했다.

"댄스 씨, 당신은 아주 고귀한 사람이군요. 그 검고 흉측한 악당을 말로 밟아 버린 것을 나는 오히려 덕행으로 보고 있소. 바퀴벌레를 밟은 거나 마찬가지인 게지. 여기 이 호킨스라는 아이는 진정 장군감이군. 호킨스, 거기 종을 좀 쳐 주련? 댄스 씨에게 맥주라도 한 잔 대접해야겠구나."

"자, 그러니까 짐. 그자들이 찾던 물건을 네가 가지고 있단 말이더냐?"

의사 선생님이 물었다.

"네, 여기 있어요, 선생님."

나는 기름 먹인 천에 싼 주머니를 그에게 내밀었다. 의사 선생님은 꾸러미의 겉모습을 꼼꼼히 살폈다. 주머니를 열어 보고 싶은 마음이 가득해 보였지만 그는 그렇게 하지 않았다. 그저 윗옷 주머니에 찔러 넣을 뿐이었다.

"지주님, 댄스 씨는 맥주를 다 마시고 나면 전하께서 하명하신 일을 하러 가야 하겠지요. 여기 이 아이는 제가 저희 집에서 데리고 자겠습니다. 그리고 괜찮으시다면 차가운 파이라도 내주어 저녁 요기를 하게 해 주시면 어떨까요?"

"그렇게 하시오, 리브시 선생. 호킨스는 그보다 더 좋은 음식을 먹을 자격이 있지."

곧 방 한쪽에 있는 탁자 위에 커다란 비둘기 파이가 놓였다. 나는 매우 배가 고픈 상태였기 때문에 허겁지겁 배를 채웠다. 댄스 감시관은 조금 더 칭찬을 들었고 이윽고 자리를 떠났다.

"자, 지주님."

의사가 말했다.

"자, 리브시 선생."

지주님도 동시에 말했다.

리브시 선생이 웃음을 터뜨리며 말을 이었다.

"한 번에 한 사람씩 말하지요. 한 번에 한 사람씩 말이에요. 지주님께서도 플린트란 자에 대해서 들어 보셨지요?"

"들어 봤냐니!"

지주님이 큰 소리로 말했다.

"들어 봤냐고 했소? 세상에서 가장 피에 굶주린 해적, 검은수염 (*18세기 영국에서 가장 유명한 해적이었으며 본명은 에드워드 티치이다.) 도 감히 상대가 안 되던 인물이었지. 특히 스페인 사람들이 플린트를 굉장히 두려워했다고 알고 있네. 솔직히 말한다면, 나는 사실 가끔 그자가 영국인이라는 것이 자랑스러웠소. 트리니다드 연안에서 직접 그 해적선의 돛을 보기도 했었더랬지……. 하지만 내 배를 몰았던 멍청한 선장은 겁을 먹고 배를 돌리고 말았어. 결국 포트오브스페인(*서인도 제도 남동부에 있는 섬나라, 트리니다드 토바고의 수도.)으로 돌아오고 말았지."

"흠, 저도 잉글랜드에서 플린트에 대해 들은 적이 있습니다. 그런데 그에게 돈이 그렇게 많았을까요?"

"돈이 많았냐고?"

지주님은 소리쳤다. 그리고 이렇게 말했다.

"이제까지 무엇을 들은 게요? 그 악당들은 돈을 쫓고 있소. 돈이 아니면 뭐란 말입니까? 그런 자들이 돈 외의 무엇에 목숨을 걸겠냐 말입니다."

"곧 밝혀지겠지요. 하지만 지주님께서 너무 흥분해서 말씀하시니 제가 뭐라 말할 수가 없군요. 제가 알고 싶은 것은 바로 이것입니다. 만일 제 주머니 안에 있는 것이 플린트가 묻어 놓은 보물에 대한 어떤 단서를 알려 주고 있다면 말입니다. 그 보물은 정말로 대단한 물건일까요?"

"대단한 물건이라고 하셨소!"

지주님은 또다시 목청을 높였다.

"그게 얼마나 대단한 물건일지 내가 말해 드리다. 만일 선생이 말하는 그 실마리가 정말 우리 손에 들어온 것이라면 나는 당장 브리스톨에 배를 준비해 선생과 호킨스를 데리고 떠날 거요. 그것을 찾는 데 일 년이 걸리든, 얼마가 걸리든 나는 꼭 그 보물을 찾고야 말 거요."

"좋습니다. 자, 짐도 허락한다면 이제 주머니를 열어 봅시다."

의사 선생님이 주머니를 탁자 위에 올려놓았다.

꾸러미는 실로 단단히 꿰매져 있었다. 선생님은 도구함에서 수술용 가위를 꺼내 실을 자르고 주머니를 열었다. 주머니 안에는 두 가지가 들어 있었다. 장부책과 봉인된 서류였다.

"먼저 장부부터–."

리브시 선생님이 말했다.

선생님은 파이를 먹고 있던 내게 이리 오라고 손짓하셨다. 주머니를 열어 비밀을 밝혀내는 기쁨을 맛보게 해 주시려는 것이었다. 그 덕에 나는 지주님과 함께 선생님의 어깨 너머로 그가 펼치고 있는 장부를 볼 수 있었다. 첫 장은 온통 낙서였다. 펜을 쥔 누군가가 심심해서 혹은 무언가를 연습하려고 긁적여 놓은 것이었다. 그중 하나는 선장의 몸에 있던 문신과 똑같이 '위대한 빌리 본즈'라고 적혀 있었고, 다음 것은 '항해사 W. 본즈'라고 적혀 있었다. 이외에도 '럼주는 이제 그만', '그는 팜 키 근처에서 그것을 얻었다.'와 같은 낙서들이 있었다. 다른 것들도 더 있었는데, 모두 한 단어로 되어 있었고 이해하기 어려운 단어들이었다. 그럼에도 나는 '그것을 얻었다'는 사람이 누구인지, 그가 얻었다는 '그것'이 무엇인지 무척이나 궁금했다. 등에 칼이라도 맞았다는 말일까?

"여기에서는 그다지 얻을 것이 없는데."

리브시 선생님이 책장을 넘기며 말했다.

그다음 열 페이지에서 열두 페이지 정도는 이상한 항목들이 빼곡히 적혀 있었다. 한쪽 끝에는 날짜가, 다른 쪽 끝에는 돈의 액수가 적혀 있었다. 보통 장부와 다를 바가 없었다. 적어도 여기까지는 말이다. 하지만 그 두 항목 사이에는 돈을 쓴 내역의 설명 대신 십자가가 그려져 있었다. 십자가의 개수는 항목마다 달랐다. 예를 들어 1745년 6월 12일에는 선장이 누군가에게 70파운드를 준 것이 확실한데, 그에 대한 설명 대신 십자가만 여섯 개 그려져 있었

다. 물론 몇몇 군데에는 '카라카스 연안'과 같은 장소들이 적혀 있기도 했다. 또 '62° 17′ 20″, 10° 2′ 40‴'와 같이 위도와 경도가 적혀 있기도 했다.

이러한 기록이 거의 20년 동안 이어졌다. 시간이 흐를수록 항목들의 숫자는 커졌고, 맨 마지막에는 대여섯 번의 실수를 반복한 끝에 덧셈의 합계가 적혀 있었다. 그리고 '본즈, 그의 재산'이라고 쓰여 있었다.

"대체 무슨 말인지 이해가 잘 안 되는군요."

리브시 선생님이 말했다.

"왜, 명백하구먼. 이건 그 시커멓고 비열한 자의 회계 장부이지 않소. 십자가들은 그들이 침몰시키거나 약탈한 배나 도시의 이름을 가리키며, 숫자는 그 악당의 몫이오. 좀 애매하다고 생각되는 곳에는 설명을 덧붙였지. '카라카스 연안' 같은 것 말이오. 실제 이곳에서 공격당한 가엾은 배 하나를 알고 있지. 오, 하늘이시여. 그 배에 탔던 가엾은 영혼들을 달래 주소서……. 이미 오래전에 산호가 되었겠지만 말이오."

지주님이 말했다.

"그렇군요! 과연 여행을 많이 해 보신 분이라 다르네요. 그러고 보니 이 악당의 직급이 올라가면 올라갈수록 액수도 늘고 있군요."

장부의 끝으로 가면서 빈 종이 위에는 그저 몇몇 장소의 위치가 표시되어 있거나 프랑스, 영국, 스페인 돈을 공통의 가치로 환산하는 표가 있을 뿐이었다.

"알뜰한 자로군! 사기당할 놈은 아니야."

선생님이 큰 소리로 말했다.

"자, 그럼 다음 것으로 넘어가 보지."

지주님이 말했다.

서류는 밀랍 대신 골무를 몇 군데 끼워 봉해져 있었다. 내가 언젠가 선장의 호주머니에서 보았던 골무와 같은 것인 듯했다. 선생님이 조심스럽게 골무를 빼내자 섬이 그려진 지도 하나가 툭 하고 떨어졌다. 지도에는 위도, 경도, 수심, 산 이름, 만과 어귀 등 배가 해안에 도달하고 닻을 내리는 데 필요한 모든 것이 세세하게 적혀 있었다. 섬의 크기는 세로로 15킬로미터, 가로로 8킬로미터 정도였고, 퉁퉁한 용이 서 있는 모습과 흡사했다. 섬에는 육지에 완전히 둘러싸인 멋진 항구가 둘, 그리고 '망원경'이라는 이름이 붙은 산이 하나 있었고, 지도 위에는 빨간 잉크로 그려 넣은 세 개의 십자가 표시가 있었다. 섬의 북쪽에 두 개, 남서쪽에 한 개였다. 남서쪽의 십자가 옆에는 같은 빨간 잉크로 무언가가 적혀 있었다. 선장의 꾸불거리는 글씨체와는 전혀 다른 작고 단정한 글씨체였다.

'보물 대부분이 이곳에 있음'

그리고 종이 뒷면에 같은 필체로 더 많은 정보가 적혀 있었다.

'북북동에서 북쪽으로 1포인트(*나침반의 360도를 32등분한 것 가운데 한 부분.), 망원경산의 등성이, 키 큰 나무, 해골섬 동남동에서 약간 동쪽. 열 발짝. 은괴는 북쪽 은닉처에 위치. 은닉처는 동쪽 산비탈 옆에서 보임. 마주 보고 있는 검은 바위에서 남쪽으로 18미터 떨어진 곳.

무기는 북쪽 후미 곶의 북쪽 끝, 동쪽으로 향한 후 4분의 1포인트 북쪽으로 방향을 튼 지점의 모래 언덕에서 쉽게 찾을 수 있음.

J. F.'

이게 전부였다. 나로서는 도저히 알 수 없는 이런 것을 보고 지주님과 선생님은 기쁨에 겨워 환호했다.

"선생, 선생은 이제 그 시시한 의사 일을 그만 둬야 할 테지. 나는 내일 브리스톨로 갈 거요. 삼 주! 아, 아니 이 주? 아니, 그래 열흘, 열흘이야. 그때면 우리는 영국 최고의 배와 선원들을 거느리게 되겠지. 호킨스는 선실 급사로 임명하세. 너는 유명한 선실 급사가 될 몸이다, 호킨스. 선생은 선의를 하시게 되겠지요. 나는 사령관을 맡겠소. 하하하! 레드루스, 조이스, 헌터도 데려가야 할 테지. 우리는 순풍을 만나 가장 빠른 항로를 발견하고 순조롭게 그 장소를 찾아낼 거요. 평생 재산을 모으는 일 따위는 신경 쓰지 않아도 되는 돈, 그 속에서 뒹굴 수 있을 만큼의 돈, 물 쓰듯 마구 써도 상관없을 만큼의 돈이 들어오는 거요. 으하하하!"

지주님이 흥분해서 말했다.

"트렐로니 씨, 물론 저도 갑니다. 약속하지요. 짐도 마찬가지입니다. 우리는 아주 자랑스러운 일을 이루게 될 테지요. 하지만 걱정되는 사람이 딱 한 명 있군요."

의사 선생님이 말했다.

"아니, 그게 누구란 말이오? 그놈 이름을 대 보시오!"

지주님이 외쳤다.

"바로 지주님이십니다. 지주님은 입을 다물지 못하십니다. 이런 지도가 있다는 것을 아는 사람은 우리만이 아니지요. 오늘 여관을 공격한 자들은 무지막지하고 필사적입니다. 게다가 그 범선에 타고 있었을 나머지 해적들과 그리 멀지 않은 곳에 잠복하고 있었을 많은 사내들 역시 우리와 비슷한 심정일 겁니다. 아마 어떠한 난관이 있더라도 보물을 차지하고 말겠다는 투지를 불태울 겁니다. 우리는 바다에 나갈 때까지 함께 행동해야 합니다. 저는 짐과 함께 움직일 테니 지주님께선 브리스톨에 갈 때 조이스와 헌터를 데려가십시오. 그리고 말입니다. 지금 이 순간부터 이 일이 끝날 때까지 우리 중 누구도 우리가 발견한 것을 단 한마디도 누설해서는 안 될 것입니다."

"리브시 선생, 언제나 현명하시오. 알았소, 내 죽은 듯 입 다물고 있으리다."

2부
선박 요리사

7장

브리스톨로 가다

우리가 바다로 나갈 준비를 하는 데는 처음 지주님이 말씀하셨던 것보다 훨씬 더 오랜 시간이 필요했다. 그 어느 것도 계획대로 되지 않았다. 심지어 리브시 선생님이 나와 함께 있겠다고 했던 가장 간단한 계획조차도 지켜지지 못했다. 리브시 선생님은 일 때문에 갑자기 런던에 가게 되었으며, 지주님은 브리스톨에서 여러 가지 일을 처리하느라 매우 바쁘셨다. 나는 거의 죄수마냥 늙은 사냥터지기인 레드루스의 감시를 받으며 홀로 저택에서 지내야 했다. 하지만 바다와 매혹적인 낯선 섬과 모험에 대한 기대에 한껏 부푼 상태여서 이 시기를 그렇게 힘들게 보내지는 않았던 듯하다. 나는 하루에 몇 시간씩이나 지도에 그려진 섬을 연구했다. 그래서 지도의 모든 부분을 다 외울 정도가 되어 버렸다. 나는 하녀의 방 벽난로 앞에 앉아 여러 방향에서 그 섬에 다가가는 방법들을 상상해 보았고, 섬 구석구석을 탐험하는 상상도 해 보았다. 상상 속에서 망원경산이라고 불리는 그 높은 산을 오르고 또 올랐으며, 그곳에서 아래를 내려다보며 시시각각 변하는 아름다운 풍경들을 만끽하기도 했다. 그 섬에 사는 수많은 야만인들과 전쟁을 치르기도 했고, 위험한 들짐승에게 위협을 당하기도 했다. 불행한 것은 우리가 실제 모험을 하며 겪었던 괴기스럽고 비극적인 일들은 나의 수많은 상상 속에 포함되지 않았다는 것이다. 그렇게 몇 주가 흘렀다. 화창했던 어느 날, 리브시 선생님 앞으로 편지가 한 통 도착했다. 겉봉에는 이렇게 적혀 있었다.

'선생이 없을 경우 톰 레드루스 또는 어린 호킨스가 열어 볼 것.'

우리는 아니 나는(사냥터지기는 필기체를 읽을 수 없었기 때문에) 그 말에 따라 아래와 같은 중요한 소식을 접했다.

리브시 선생께

선생이 저택으로 돌아왔는지 아니면 아직 런던에 있는지 확인할 길이 없어 같은 편지를 2부 작성해 양쪽으로 보내는 바이오.

배를 샀고 모든 준비도 마친 상태요. 지금은 바다에 나갈 날만을 기다리며 정박 중이오. 아, 이보다 더 아름다운 200톤짜리 범선은 본 적이 없을 게요. −이 배는 아이라도 몰 수 있을걸.− 배 이름은 히스파뇰라라고 하오.

오랜 친구인 블랜들리를 통해 구했는데 그는 이 과정에서 아주 믿음직한 모습을 보여 줬소. 이 친구는 우리의 항해 목적−그러니까 보물−에 대해 눈치채자마자 날 위해 말 그대로 노예처럼 봉사해 주었고, 이곳 브리스톨의 다른 사람들도 블랜들리와 마찬가지요.

"레드루스 할아버지."

나는 편지를 읽다 멈추고 사냥터지기에게 말을 걸었다.

"리브시 선생님이 이 말을 들으면 화내실 것 같은데요? 결국 지주님은 사람들에게 다 말씀하셨다는 거 아녜요."

"쳇, 그럴 수도 있지."

사냥터지기가 그르렁거리며 말했다.

"리브시 선생이 하지 말라 해서 지주님이 말을 못한다면 그게 도리어 말이 안 되지. 안 그러냐?"

사냥터지기의 말에 나는 더 이상 어떤 이야기도 하지 못했다. 나는 편지를 계속 읽기로 했다.

히스파뇰라호를 찾아낸 사람도 블랜들린데, 그는 아주 수단이 좋아 매우 싼 값이 이 배를 구했다오. 브리스톨에는 블랜들리에 대해 안 좋은 말을 하고 다니는 사람들이 있지. 이 사람은 돈을 위해서라면 무슨 짓이든 한다, 히스파뇰라호는 원래 이 사람 것이었는데 내게 터무니없이 비싼 값에 팔아먹은 것이다 하는 이야기가 돌고 있으니 말이야. 하지만 이것이야말로 중상모략이 아니고 뭐란 말이오. 그들도 이 배가 훌륭한 배라는 것은 모두 알고 있고 부인하지 못할 거요.

지금까지는 아무런 문제가 없소. 물론 일하는 사람들—정비공 등등—은 매우 느려 터졌지만 문제가 있다 해도 시간이 해결해 줄

거라 믿소. 사실 나는 선원들이 골칫거리였소. 내가 원한 인원수는 스무 명 정도였소. 원주민이나 해적, 그리고 얌체 같은 프랑스인들을 만날 상황에도 대비해야 하니 말이오. 이곳 실정으로는 대여섯 명도 구하기 힘들어서 걱정이 이만저만이 아니었지. 그런데 말이오, 내가 아주 운이 좋았지. 내가 원했던 딱 그런 사람이 제 발로 나타나지 않았겠소?

나는 어느 날 부둣가에 있다가 우연히 누군가와 대화를 나누게 되었소. 대화를 나누며 그가 뱃사람 출신이고, 현재 음식점과 술집을 운영하고 있으며, 브리스톨에 살고 있는 모든 뱃사람을 알고 있다는 것을 알았소. 그리고 육지에서 오래 생활하다 보니 건강이 안 좋아져서 다시 바다로 나가고 싶어 한다는 것까지 알게 되었지. 그는 요리사 자리를 바라고 있었소. 그날 아침에도 바닷물 냄새를 맡기 위해 부둣가로 내려온 것이었다 하지 않겠소?

이렇게 감동적인 만남이 대체 어디에 있단 말이요.―선생이라도 분명 그렇게 생각했을 것이오.― 나는 그 자리에서 바로 그를 우리 배의 주방장으로 고용했소. 순전히 동정심에서 우러나온 일이오. 그의 이름은 키다리 존 실버요. 다리가 하나 없지만 나는 오히려 그것이 잘됐다는 생각이 드오. 그는 우리의 영원한 영웅 호크(* 에드워드 호크 남작. 영국의 해군 제독으로, 1759년 영국을 공격한 프랑스 해군 함대를 물리친 사건으로 유명하다.) 밑에서 조국을 위해 헌신하다 저렇게 되었다 하오. 헌데 나라에서 연금도 안 준다니, 리브시 선생 우리는 얼마나 비정한 나라에서 살고 있소이까!

선생, 나는 이때 좋은 주방장 하나만 건졌다 생각했소. 하지만 그것은 시작일 뿐이었소. 알고 보니 나는 내가 원했던 선원 전체를 건져 낸 것이었소. 실버하고 함께 다닌 며칠 만에 나는 세상에서 가장 강인한 뱃사람들 한 무리 전체를 꾸릴 수 있게 되었소. 뭐, 다들 용모가 단정하거나 멀쩡하진 않지만 얼굴만 봐도 얼마나 용맹무쌍한 사람들인지 알 수 있을 것이오. 이 정도 대원들이라면 프리깃함(*갑판에 포를 장비한 목조 쾌속 범선.)과 맞서 싸워도 충분히 승산이 있을 정도요.

키다리 존은 내가 이미 고용해 놨던 예닐곱 중 두 명을 해고해 달라고 요청했소. 그는 이런 중요한 모험 중간에 두려움을 느껴 바들거릴 민물의 데퉁바리 두 마리를 한눈에 알아보고 증명해 보이더이다.

현재 내 건강과 기분은 최고요. 황소처럼 잘 먹고 나무처럼 잘 자지. 하지만 선생, 나는 대원들이 출범하기 위해 캡스턴 주위를 쿵쾅거리며 걸어 다니는 소리를 듣기 전까지는 온전히 기뻐할 수가 없겠소. 자, 어서 바다로 갑시다! 보물 따위가 문제겠소? 지금 나는 오직 바다의 영광만으로도 바다로 나가고 싶소! 리브시 선생, 그러니 어서 서둘러 주시오. 나를 존중한다면 잠시도 지체하지 말고 서둘러 주시오.

호킨스는 레드루스를 데리고 자신의 어머니에게 가서 떠나기 전 마지막 인사를 하게 하고, 선생이 함께 데려오시오. 최대한 빨리 브리스톨로 오시기를 간절히 기다리는 바이오.

17XX년 3월 1일
브리스톨의 '낡은 닻 여관'에서
존 트렐로니

추신.

　참, 블랜들리가 우리 일행이 8월 말까지 돌아오지 않으면 구조선을 보내 우리를 찾겠다고 약속했소. 그는 또 항해장으로 아주 훌륭한 친구를 찾아 주었소. 조금 무뚝뚝한 것이 아쉽지만 다른 면에서는 보물과도 같은 친구요. 키다리 존 실버는 또 다른 아주 유능한 항해사로 애로라는 사람을 구해 줬소. 나는 호각으로 신호를 보낼 갑판장도 구해 놓은 상태요, 리브시 선생. 히스파뇰라는 군함과도 같은 형태를 띠게 된 게지.

　실버가 상당한 재산가라는 이야기를 빠뜨린 것 같구려. 내가 알아본 바로는 그에게는 은행 계좌가 있고 그 계좌에는 한 번도 돈이 떨어진 적이 없소. 실버는 자신의 부인에게 여관 운영을 맡기고 우리와 합류할 예정인데, 선생과 나 같은 독신자들은 그가 다시 방랑 생활을 하려는 이유가 건강 때문이 아니라 부인 때문일 것이라고 추측해 볼 수도 있지 않겠소?

　J. T.

　재추신.
　호킨스는 그의 집에서 하룻밤 묵고 와도 괜찮소.

　J. T.

이 편지를 받고 기쁨과 흥분에 가득 찬 내 모습이 상상이 될 것이다. 나는 너무 기쁜 나머지 반은 제정신이 아니었다. 다만 늙은 톰 레드루스에게는 정말이지 화가 치밀어 견딜 수가 없었다. 그는 툴툴거리며 한숨을 내쉬는 것 외에는 아무것도 하지 않았다. 그보다 낮은 직급의 하인들은 모두 그를 싫어했으며 그의 자리를 넘보고 있었다. 하지만 지주님은 마음을 바꿀 생각이 전혀 없어 보였고, 지주님이 원하는 것이 그들에게는 곧 법이었으므로 레드루스를 제외한 그 누구도 감히 투덜거리지 못했다.

다음날 아침이 되자 나는 레드루스와 함께 '벤보 제독 여관'으로 갔다. 어머니는 건강하고 편안해 보였다. 오랫동안 우리를 힘들게 했던 선장은 악당들이 설치지 못하는 먼 곳으로 가 버렸고, 지주님이 여관을 전부 수리해 주어서 휴게실과 간판은 페인트를 다시 칠했고 새 가구도 들여왔다. 카운터에는 어머니를 위한 예쁘고 튼튼한 안락의자까지 놓여 있었다. 게다가 어머니를 도와줄 아이도 한 명 구해 내가 멀리 떠나 있을 동안 어머니가 편하게 지내실 수 있도록 편의를 봐 주셨다.

그 아이를 보고서야 나는 현재 상황을 실감할 수 있었다. 나는 그때까지 모험 생각에 한껏 들떠서는 내가 떠나게 될 집과 어머니는 아예 잊고 있었던 것이다. 내 대신 우리 집과 여관에 머물며 어머니를 도울 낯선 아이의 모습을 보자 나는 눈물이 났다. 그 불쌍한 아이가 내 대신 힘든 생활을 해야만 했다. 나는 이런 일이 처음인 그 아이를 야단치고 윽박지르며 가르쳤다.

그렇게 밤이 지나갔다. 다음날 저녁 식사 후, 나는 레드루스와 함께 큰길로 나섰다. 나는 어머니와 내가 태어나면서부터 살았던 후미와 오랜 정이 든 '벤보 제독 여관'–하지만 칠을 다시 했기 때문에 예전과 같은 애틋한 느낌은 그다지 없었다.–에게 작별 인사를 고했다. 챙이 위로 젖혀진 모자를 쓴 채 낡은 놋쇠 망원경을 들고 해변을 거닐던 뺨에 칼자국이 난 선장이 잠시 눈앞에 어른거렸다. 모퉁이를 돌자 집은 더 이상 보이지 않았다.

해가 지고 어스름이 내리깔린 저녁, 우리는 황야에 있는 로열 조지 여관 앞에서 역마차에 올라탔다. 나는 레드루스와 체격이 큰 노신사 분 사이에 끼어 앉았고, 마차의 빠르고 거친 움직임과 차가운 밤공기에도 불구하고 처음부터 곯아떨어졌다. 나는 마차가 산을 오르고 골짜기를 내려가고 역에서 역으로 달리는 내내 나무토막처럼 잠에 빠져 있었다. 마침내 누가 내 갈비뼈를 주먹으로 쳤고, 그 바람에 잠에서 깼다. 마차는 어느 번화가의 커다란 건물 앞에 서 있었다. 이미 다음날 아침이었다.

"여기가 어딘가요?"

내가 물었다.

"브리스톨이다. 내리거라."

톰이 대답해 주었다.

트렐로니 씨는 범선의 일을 감독하기 위해 부두 쪽에 가까운, 한참 아래에 있는 여관을 숙소로 정해 놓았다. 레드루스와 나는 그곳으로 걷기 시작했다. 선창가 길을 따라가면서 우리는 크기와 모양과 국적이 다양한 수많은 배를 아주 가까이에서 구경했다. 나는 무척 기분이 좋아졌다. 어떤 배 위에서는 뱃사람들이 노래를 부르며 일하고 있었고, 또 어떤 배에서는 사람들이 높은 곳에 설치된 거미줄처럼 가는 그물에 매달려 일하고 있었다. 나는 태어나면서부터 바닷가에서 살긴 했지만 이제야 처음으로 바다 가까이에 있다는 느낌을 받았다. 타르와 소금 냄새가 새롭게 다가왔고 먼 바다에서 온 훌륭한 이물 장식들이 무척이나 생경했다. 늙은 뱃사람들도 눈에 많이 띄었는데, 그들은 모두 귀고리를 착용했으며 구레나룻을 둥글게 말고 있었다. 또 타르가 묻은 머리를 땋아 기른 채 으스대면서도 엉거주춤한 뱃사람 특유의 자세로 걸어 다니고 있었다. 왕이나 대주교님들 여럿을 본다고 해도 그 뱃사람들을 만난 것보다 기쁘지는 않았을 것이다.

나는 항해를 앞두고 있었다. 호각을 부는 갑판장과 머리를 땋아 기르고 노래를 부르는 뱃사람들과 함께 훌륭한 범선을 타고 바다로 나갈 것이었다. 미지의 섬을 찾아 그리고 그 섬의 땅속 깊이 묻혀 있는 보물을 찾아 떠날 것이었다.

이런 즐거운 상상에 사로잡힌 내 눈앞에 커다란 여관 건물이 들어왔다. 질긴 파란 천으로 해군 장교처럼 옷을 만들어 입은 지주님의 환한 얼굴도 보였다. 그는 마치 뱃사람처럼, 뱃사람의 걸음걸이로 여관 문에서 걸어 나와 우리를 맞아 주었다.

"어서 오너라. 리브시 선생은 어젯밤에 런던에서 바로 도착했지. 좋아! 이제 배에 탈 사람들이 모두 모인 게야!"

지주님이 큰 소리로 외쳤다.

"지주님! 우리 언제 출항해요?"

나도 큰 소리로 말했다.

"출항이라! 바로 내일이다!"

∽ 8장 ∽
'망원경' 간판 앞에서

아침 식사를 마친 후, 지주님은 나에게 '망원경'이라는 간판이 붙은 가게로 존 실버를 찾아가서 쪽지를 하나 전하라고 말했다. 부두를 쭉 따라가다 보면 간판에 큰 놋쇠 망원경이 그려진 작은 선술집이 있다고 했다. 나는 배와 뱃사람들을 더 볼 수 있는 기회였기에 기쁜 마음으로 여관을 나섰다. 부두가 가장 바쁠 때여서 사람과 수레와 짐이 가득한 곳을 힘겹게 뚫고 지나간 후에야 마침내 지주님이 말했던 선술집을 찾을 수 있었다.

작지만 햇볕이 잘 드는 술집이었다. 간판은 새로 칠한 지 얼마 되지 않은 듯했다. 창문에는 빨간색 커튼이 단정히 달려 있었고, 바닥에는 깨끗한 모래가 깔려 있었다. 술집은 양쪽이 모두 길이었기 때문에 문이 양쪽으로 두 개였다. 그래서 낮고 넓은 방이 밖에서도 아주 잘 보였다. 비록 안에는 담배 연기가 자욱했지만 말이다.

손님들은 거의 대부분 뱃사람이었다. 아주 큰 소리로 떠들고 있었기 때문에 나는 선뜻 안으로 들어갈 엄두가 안 났다. 나는 밖에서 서성였다. 그러자 한 남자가 술집 안의 옆방에서 나왔다. 나는 그가 키다리 존이라고 확신했다. 왼쪽 다리가 엉덩이 근처에서 잘려 왼쪽 겨드랑이에 목발을 끼고 있었기 때문이었다. 그는 목발을 아주 현란하게 다뤘다. 목발을 짚고 새처럼 폴짝폴짝 뛰기까지 했다. 그는 키가 컸고 아주 강인한 인상을 풍겼다. 얼굴은 거대한 햄 덩어리처럼 커다랗고 창백한 데다 못생기기까지 했다. 하지만 그는 매우 똑똑해 보였고, 웃고 있었다. 그는 활달한 성격을 가진 사람 같았다. 탁자들 사이사이를 돌아다니며 사람들에게 농담을 건네기도 했고 친한 사람들과는 어깨를 툭툭 치며 대화를 나누었다.

지금이라도 솔직히 고백해 보자면, 나는 트렐로니 씨에게서 온 편지를 읽고 처음 키다리 존 이야기를 들었을 때부터 어쩌면 그가 '벤보 제독 여관'에서 내가 열심히 망을 보며 기다리던 외다리 뱃사람일지도 모른다는 걱정에 사로잡혀 있었다. 하지만 나는 눈앞에 있는 이 사람을 한 번 보고 모든 걱정을 접었다. 나는 선장, 검둥개, 장님 퓨 등을 보아 오며 이제 해적은 알아볼 수 있다고 생각했다. 지금 내 눈앞에 있는 이 멀끔하고 유쾌한 술집 주인은 해적과는 거리가 멀었다.

나는 용기를 얻어 입구로 들어갔다. 그는 목발에 몸을 의지한 채 손님과 이야기를 나누고 있었다. 나는 그에게 다가갔다.

"실버 씨 되시지요?"

이렇게 물으며 쪽지를 내밀었다.

"그래, 꼬마야. 그게 바로 내 이름이지. 그러는 너는 누구냐?"

그가 되물었다. 지주님의 편지를 받은 그가 깜짝 놀라는 표정을 지었다.

"아!"

그는 외마디 감탄사를 좀 크게 내더니 내게 손을 내밀었다.

"옳거니. 너는 새로운 선실의 급사로구나. 만나서 반갑다."

이렇게 말하며 그는 커다란 손으로 내 손을 꽉 잡았다.

바로 그때였다. 건너편에 있던 손님들 중 한 명이 갑자기 자리에서 일어나더니 문 쪽으로 걸어갔다. 문과 그리 멀리 떨어진 곳이 아니어서 그는 금세 거리로 나가 버렸다. 서둘러 자리를 뜨는 모습이 이상해 보였다. 그리고 나는 한눈에 그를 알아보고야 말았다. 흰색 양초처럼 창백한 얼굴! 손가락 두 개가 없던 사람! '벤보 제독 여관'에 처음 왔던 사람! 바로 그자였다!

"아, 저 저 사람을 알아요! 검둥개예요!"

내가 소리쳤다.

"저 사람이 누군지는 전혀 관심 없단다. 하지만 계산을 안 했구나. 해리, 가서 저 사람을 잡아 와라!"

실버가 이렇게 외쳤고, 문에서 가장 가까운 곳에 있던 한 사람이 벌떡 일어나 검둥개를 뒤쫓기 시작했다.

"설사 저자가 호크 제독쯤 된다고 해도 밥값을 떼먹으면 안 되지, 암."

실버는 또 큰 소리로 이렇게 말했다. 그리고 내 손을 풀어 주며 이렇게 물었다.

"그런데 저 사람이 누구라고? 검둥…… 뭐?"

"검둥개요. 트렐로니 씨에게 해적들 이야기 못 들으셨어요? 저 사람도 한 패예요."

"그렇단 말이냐? 감히 내 집에 오다니! 벤, 가서 해리를 도와라. 그 악당들과 한 패였단 말이지? 모건, 자네가 저 놈과 술자리를 갖고 있었지? 이리 좀 와 보게!"

실버가 소리쳤다.

모건이라는 사람은 흑갈색 얼굴에 흰 수염이 난 늙고 초라한 뱃사람이었다. 그는 민망하다는 표정으로 씹는 담배 한 움큼을 돌돌 말며 우리에게 다가왔다.

"그래, 모건. 저, 검둥─ 그래, 검둥개란 자를 오늘 처음 만난 거지? 그렇지?"

"그렇지요."

모건은 대답하며 경례를 덧붙였다.

"자네 그자의 이름도 모르지? 안 그런가?"

"그렇지요."

"좋아, 탐 모건! 아주 좋아! 만일 저런 작자와 두 번 다시 어울렸다가는 영영 내 집에 발도 들여 놓지 못할 거네. 내 말 허투루 듣지 말게. 자, 그 작자가 자네한테 무슨 이야기를 하던가?"

술집 주인은 큰 소리로 물었다.

"그게 글쎄 잘 모르겠습니다요. 나리."

모건이 대답했다.

"자네 어깨 위에 달린 그건 머리인가 아니면 뱃전에 매다는 장식품인가? 이런 우라질!"

키다리 존은 고래고래 소리를 질렀다.

"'잘 모르겠습니다요'라고? 뭘 몰라! 누구와 이야기하고 있던 건지도 모르는 거 아냐 혹시? 자, 어서 그 자식이 뭐라고 지껄였는지 말해 봐. 항해? 선장? 배? 빨리 말해, 무슨 말을 하더냔 말이다!"

"우리는 용골끌기(*밧줄을 잡고 배 밑을 지나가게 하는 형벌.)에 대해서……."

모건이 대답했다.

"용골끌기라? 자네들다운 얘기군 그래. 그냥 자네 자리로 돌아가 하던 거나 마저 하게, 톰."

"아주 정직한 자야. 저 톰 모건 말이야. 단지 좀 멍청한 게 흠이지. 근데……."

모건이 어기적거리며 자신의 자리로 돌아간 다음 실버는 무슨 비밀이라도 털어놓듯 내게 속삭이며 말했다. 덕분에 나는 기분이 좋아졌다.

"가만, 뭐라고? 검둥개? 나 그 이름은 생전 처음 듣는걸. 가만 생각해 보자……. 그래, 근데 내가 저 작자를 전에도 꼭 본 것 같단 말이야. 맹인 거지와 함께 여기 왔던 것 같은데. 맞아, 그랬지."

실버는 다시 큰 소리로 이렇게 말했다.

"맞아요. 그랬을 거예요. 저 그 장님도 알아요. 그 장님 이름은 퓨예요."

"맞다!"

실버가 소리쳤다. 실버는 흥분한 것 같았다.

"퓨! 그렇지. 그게 그자의 이름이었다. 아, 얼마나 탐욕스럽게 생겼던지! 그렇지, 그 검둥개란 놈만 잡으면 트렐로니 선주님은 많은 것을 알게 되겠군. 벤은 달리기를 잘해. 벤보다 잘 뛰는 뱃사람은 거의 없단다. 그러니 벤이 그놈을 반드시 잡아 오고야 말 거다.

틀림없다. 그놈이 용골끌기에 대한 얘기를 늘어놨다고? 곧 용골끌기로 죽게 만들어 주겠다!"

실버는 이렇게 말하며 목발을 짚고 선술집 안을 돌아다녔다. 때때로 손바닥으로 탁자를 내리쳐 가며 몹시 화를 냈다. 중앙형사재판소의 판사나 경찰재판소의 형사라도 그의 그런 모습을 봤다면 모두 속아 넘어갔을 것이다. 하지만 이곳에서 검둥개를 본 후 나는 완전히 의심이 되살아났다. 나는 주방장을 꼼꼼히 살펴보았다. 불행하게도 이 사람은 어린 내가 그 속을 읽어 내기에 너무나 음흉하고 교활했으며 똑똑했다. 나는 두 남자가 숨을 헐떡이며 돌아와 사람들 속에서 검둥개를 놓쳤다고 보고한 후 죽을죄를 지은 범죄자라도 되는 것처럼 실버에게 심하게 야단맞는 것을 보았다. 그 후, 다른 이들 앞에서 키다리 존의 보증이라도 설 정도로 그를 신뢰하게 되어 버렸다.

"내 말을 좀 들어 보거라, 호킨스. 나 같은 사람에게 이런 일이 벌어지다니 너무 황당하구나, 안 그러냐? 트렐로니 선주님이 나를 대체 어찌 생각하시겠냐 말이다. 그 망할 놈의 뱃사람이 내 가게에서 럼주를 마셨다니 기가 막히는구나. 그자가 어떤 놈인지도 일러 주었는데 나는 눈앞에서 놈을 놓쳤다. 호킨스, 말 좀 잘해 주거라. 너는 아직 어리지만 아주 영리한 아이지. 나는 처음 본 순간 그걸 알았단다. 자, 이것을 봐라. 이 낡은 나무 지팡이를 짚은 내가 뭘 할 수 있겠느냐? 내가 최고 선원이던 시절만 해도 그와 멱살을 잡고 한방 먹인 다음 즉시 저세상으로 보낼 수 있었을 텐데 말이다……."

실버는 불현듯 말을 멈추고 무엇인가가 생각난 듯 놀라 벌어진 입을 다물지 못했다.

그러더니 이렇게 소리를 질렀다.

"젠장. 술값! 럼주가 석 잔이었다. 이런, 맙소사. 천하의 존 실버가 술값을 떼이다니! 이런 천지가 개벽할 일이 있나!"

그는 의자에 털썩 주저앉아 버렸다. 그러더니 곧 눈물까지 흘릴 정도로 껄껄 웃어 대기 시작했다. 나도 함께 웃지 않을 수가 없는 지경에 이르렀다. 우리는 계속 웃었고, 선술집은 다시 시끌벅적해졌다.

"이런, 나도 이제 늙어 빠진 바다표범 꼴이구나!"

실버가 뺨에 흘러내린 눈물을 닦으며 마침내 다시 입을 열었다.

"우리는 서로 잘 지내야 한다, 호킨스. 나도 배의 급사 등급밖에 미치지 못하기 때문이다. 하지만 자, 준비하자. 우리는 곧 나가야 하니 말이다. 이렇게 가만히 있을 수는 없다. 의무는 의무인 것이다, 전우들이여. 이제 나는 챙이 젖혀진 낡은 모자를 쓰고 너와 함께 트렐로니 선주님께 가서 오늘 이곳에서 있었던 일을 모두 보고하겠다. 왜냐하면 말이다, 잘 들어 두거라. 왜냐하면 이건 심각한 문제이기 때문이다. 호킨스, 너나 나나 이 사건에서 공로라고 부를 만한 일은 하지 못했다. 우리 둘 다 똑똑히 처신하지 못했단 말이다. 하지만, 젠장. 술값을 떼이다니, 이런 기막힐 데가!"

실버는 또다시 웃음을 터뜨렸다. 나는 실버만큼 이 일이 웃긴 일이라고 생각되지는 않았지만 다시금 그를 따라 함께 웃을 수밖에 없었다.

내가 묵는 여관으로 돌아가는 길에, 부두를 걷는 잠깐의 시간 동안 실버는 아주 재미난 이야기들을 들려주었다. 그는 우리가 지나치고 있는 배들의 장비, 톤수, 국적 등을 말해 주었고 그 배에서 일어나고 있는 일이나 그 배에 관련된 이야기들을 들려주었다. 이 배는 짐을 내리고 있고, 저 배는 짐을 싣고 있으며, 저 배는 바다로 떠날 준비를 하는 중이라는 것 등을 말해 주었다. 때때로 배나 뱃사람들의 간단한 일화나 비화를 들려주기도 했고, 배에서 쓰는 표현이나 단어들을 내가 완전히 외울 때까지 여러 차례 되풀이해 가르쳐 주기도 했다. 나는 나와 실버가 최고의 배 친구가 될 것 같다는 예감이 들었다.

우리가 여관에 도착했을 때, 지주님과 리브시 선생님은 함께 앉아 축배를 들고 있었다. 맥주를 1리터쯤 비우고 있었는데, 곧 범선에 올라가 시찰을 할 예정이라고 했다.

키다리 존은 좀 전에 있었던 일을 아주 밝은 태도로 있는 그대로 이야기했다.

그리고 때때로 내게 이렇게 물었다.

"그렇게 된 게 맞지, 호킨스?"

나는 그때마다 그의 이야기에 맞장구를 치며 확신을 더해 주었다.

두 신사 분은 검둥개를 놓친 것에 대해 안타까워했지만 어쩔 수 없는 일이었다고 생각하셨다. 키다리 존은 칭찬을 받은 뒤 목발을 짚은 채 다시 돌아갔다.

"모든 선원은 오늘 오후 네 시까지 승선한다!"

지주님이 키다리 존의 뒤에 대고 이렇게 외쳤다.

"예이, 선주님."

주방장이 복도를 나가며 큰 소리로 대답했다.

"자, 지주님. 전 지주님이 모아 놓은 사람들을 그다지 신뢰하지 않습니다만 존 실버만큼은 그래도 괜찮은 자인 것 같군요."

선생님이 말했다.

"저 사람은 완벽히 신뢰할 수 있지."

지주님이 말했다.

"자, 그럼 짐도 우리와 함께 배에 올라가 봐도 되겠지요, 지주님?"

선생님이 물어봤고, 지주님이 이렇게 대답하셨다.

"암, 마땅히 그래야지. 호킨스, 모자를 챙겨라. 함께 배를 보러 가자."

ᑎᑌᓂ 9장 ᑎᑌᓂ
화약과 무기를 옮기다

히스파놀라호는 해안가에서 조금 떨어진 곳에 정박해 있었다. 우리는 작은 나룻배를 타고 그곳으로 이동해야만 했다. 다른 많은 배들의 이물(*배의 앞부분.) 장식 밑을 지나거나 고물(*배의 뒷부분.)을 돌아갔는데, 다른 배들의 닻(*배가 한곳에 머무르게 하려고 줄에 매어 물 밑바닥으로 가라앉히는 갈고리가 달린 기구.)줄들이 이따금씩 우리 배의 용골(*이물에서부터 고물까지 선박 바닥의 중앙을 지나는 길고 큰 재목으로써 선박 전체를 받치는 기능을 한다.) 밑을 긁거나, 우리의 머리 위에서 대롱대롱 흔들리기도 했다. 우리 나룻배는 마침내 히스파놀라호에 도착했고, 항해사 애로 씨의 환대와 인사를 받으며 한 사람씩 범선에 올라탔다. 늙은 뱃사람인 애로 씨는 피부가 갈색이고, 사팔뜨기였으며, 귀고리를 하고 있었다. 애로 씨와 지주님은 아주 친하고 다정했지만 웬일인지 선장님과 지주님은 그렇지 않았다.

히스파뇰라호의 선장님은 매우 날카로워 보였으며 배에서 벌어지는 모든 일에 화가 난 듯한 표정이었다. 우리는 곧 그 이유를 알 수 있었다. 우리가 선실로 내려가자마자 한 선원이 우리를 뒤따라왔다.

　"스몰릿 선장님께서 좀 뵙고 싶어 하십니다."

　"선장의 명령에 언제나 따를 준비가 되어 있다. 안으로 뫼시게."

　지주님이 이렇게 대답했다. 선원의 바로 뒤에 있던 선장님이 곧 안으로 들어와 문을 닫았다.

　"그래, 스몰릿 선장, 할 말이 뭡니까? 모든 것이 문제없이 잘 돌아가고 있지요? 마무리도 다 되었고 바다에 나가는 것도 문제가 없지요?"

　"흠, 선주님. 어떻게 받아들이실지 모르겠지만 그래도 솔직히 말씀드리는 게 나을 것 같아 말씀드립니다. 저는 이 항해가 썩 내키지 않습니다. 대원들도 성에 안 차고, 항해사도 마음에 들지 않습니다. 간단히 말씀드리면 그렇습니다."

　"선장, 혹시 이 배 자체도 마음에 안 드는 것 아닌가?"

　지주님은 화난 표정으로 이렇게 말했다.

　"아직 이 배를 몰아 보지 않았기 때문에 배는 잘 모르겠습니다. 겉보기에는 훌륭하기 그지없지요."

　"그럼 선장, 혹 당신을 고용한 내가 마음에 안 드는 것인가?"

　지주님이 되물었다.

　이때 리브시 선생님이 끼어들었다.

　"잠시, 잠시만요, 지주님. 그런 질문들은 서로 감정만 상하게 할 뿐 문제 해결에는 아무런 도움도 되지 않습니다. 선장은 말을 너무 많이 했거나 아니면 너무 적게 했습니다. 설명이 조금 더 필요합니다. 선장, 당신은 이 항해가 마음에 들지 않는다고 하셨는데 그 이유가 뭐지요?"

"저는 봉함 명령을 받은 채 고용되었습니다. 아무것도 모르고 아무것도 묻지 않은 채 오직 저 분이 가라는 곳으로 배를 몰고 가야 합니다. 좋습니다, 거기까지는 괜찮습니다. 하지만 지금 보니 일반 선원들이 나보다 더 많은 것을 알고 있더군요. 이런 경우는 없습니다. 이렇게 불공평한 경우가 어디 있단 말입니까?"

"그렇소. 그 말이 맞습니다."

"어쨌든 저는 그렇게 우리가 보물을 찾으러 간다는 것을 알게 되었습니다. 부하들을 통해서 말입니다. 그것도 마음에 들지 않지만, 문제는 제가 보물을 찾는 여행을 좋아하지 않는다는 사실입니다. 그것은 상당히 까다로운 일이지요. 게다가 지금은 그것이 비밀이기까지 합니다. 송구스런 말씀이지만 트렐로니 씨, 그 비밀을 앵무새에게까지 말해 버리시다뇨."

"실버의 앵무새 말이오?"

지주님이 물었다.

"말이 그렇다는 겁니다. 비밀이 누설되었다는 뜻이지요. 어쨌든 여기 계신 두 분 모두 지금 상황이 어떻게 돌아가는지 전혀 모르고 계신 것 같습니다. 이것은 말입니다, 사느냐 죽느냐가 달린 아주 거대하고도 중대한 모험입니다."

"무슨 말씀이신지 압니다. 그리고 선장의 이야기가 모두 사실일 겁니다."

리브시 선생님이 대답했다. 그리고 이렇게 덧붙였다.

"맞습니다. 우리는 모험을 하고 있습니다. 하지만 선장이 생각하는 것처럼 우리가 그렇게 뭘 모르는 것은 아닙니다. 그리고 선장은 방금 선원들이 마음에 들지 않는다 하셨는데, 그들이 선원으로서 실력이 없다는 뜻인가요?"

"저는 그 사람들이 마음에 들지 않습니다. 이왕 말이 나왔으니 말씀드리지만, 제 선원들이니 제가 직접 뽑는 것이 옳았을 테지요."

"그렇습니다. 어쩌면 지주님께서 선장과 함께 다니며 대원들을 뽑았어야 하는 것인지도 모르겠습니다. 그런데 애로 씨도 마음에 안 드십니까?"

"마음에 들지 않습니다. 그는 물론 훌륭한 뱃사람이지만, 다른 대원들과 너무 허물없이 지내기 때문에 훌륭한 항해사는 되지 못할 겁니다. 항해사는 혼자여야 합니다. 일반 대원들과 함께 술이나 마시고 다녀서는 안 되지요!"

"그가 술을 마신다는 뜻이오?"

지주님이 놀라 물었다.

"아닙니다. 그저 그가 대원들과 그렇게 친하게 지낸다는 뜻일 뿐입니다."

"자 그래, 이제 정리를 조금 해 봅시다. 선장, 원하는 게 무엇입니까?"

"묻겠습니다. 두 분은 이 항해를 꼭 하실 것입니까?"

"물론입니다."

지주님이 대답했다.

"좋습니다. 허면 지금까지 제가 증명할 수 없는 이야기를 해도 잘 들어주셨듯이 몇 마디만 더 들어주시길 부탁드립니다. 선원들이 화약과 무기를 앞쪽 선창에 싣고 있습니다. 선실 밑에도 좋은 창고가 있습니다. 화약과 무기는 그곳에 실었으면 합니다. 이것이 첫 번째입니다. 그리고 두 분은 일행 네 명과 함께 가신다고 하셨는데, 그중 일부는 앞쪽에서 재우기로 하셨다지요? 그 사람들을 이곳 선실 옆에 재웠으면 합니다. 이것이 두 번째입니다."

"또 있소?"

트렐로니 씨가 물었습니다.

"한 가지가 더 있습니다. 지금 너무나 많은 말들이 돌고 있습니다. 아시지요."

"네, 너무 많이 돌고 있지요."

의사 선생님이 맞장구를 쳤다.

"그럼 제가 직접 들은 이야기를 전해 드려도 괜찮겠습니까?"

스몰릿 선장님은 말을 이었다.

"두 분이 섬의 지도를 가지고 있다고 들었습니다. 그 지도에는 보물이 있는 곳을 알려주는 십자가 표시가 있다고도 들었습니다. 그리고 섬의 위치 말인데……."

선장님은 위도와 경도를 정확하게 읊었다.

"나는 누구에게도 그 말을 한 적이 없는데!"

지주님이 펄쩍 뛰며 외쳤다.

"선원들이 알고 있습니다."

선장님이 대답했다.

"아니, 그렇다면 리브시 선생이나 호킨스가 아니오!"

지주님이 소리쳤다.

"누가 떠벌렸냐는 지금 그다지 중요한 문제가 아닌 것 같습니다."

의사 선생님이 대답했다.

리브시 선생님도 나처럼 트렐로니 씨의 말을 믿지 못했던 것 같다. 아닌 게 아니라 트렐로니 씨는 입이 너무나 가벼웠다. 하지만 이번만큼은 트렐로니 씨의 말이 사실이었던 것 같다. 실제로 아무도 섬의 위치에 대해서는 말하지 않았던 것 같다.

"자, 저는 그 지도를 누가 보관하고 있는지 모릅니다. 하지만 이 점만큼은 분명히 하고 싶습니다. 그 지도는 저와 애로에게도 비밀로 해야 합니다. 그게 안 된다면 이 자리에서 그만두겠습니다."

선장님이 이렇게 말을 이었다.

"그렇게 하겠습니다."

의사 선생님이 대답했다.

"선장이 우리에게 원하는 것은 비밀 유지와 배의 고물 부분을 요새로 만들어 내 친구의 부하들을 배치하는 것 그리고 배의 모든 무기와 화약을 그곳에 보관하기, 맞습니까? 선장은 폭동을 걱정하는 것이로군요."

"선생님, 기분 나쁘실 줄은 알지만 아무리 선생님과의 대화라 해도 그런 말까지 입에 담을 수는 없습니다. 그런 것이 뻔히 보이는데도 출항을 하는 선장이 어디에 있단 말입니까. 애로는 강직하고 정직한 사람입니다. 선원들 가운데도 몇 그런 사람들이 있지요. 아니, 어쩌면 제 생각이 틀렸는지도 모릅니다. 그들 모두 착한 자들일지요. 하지만 저는 배의 안전과 배에 탄 모든 이들의 목숨을 책임져야 합니다. 제가 보기에 이 배는 매우 위태롭습니다. 그러니 예방 차원에서라도 그렇게 하자는 것입니다. 동의하지 않으시면 제가 물러나겠습니다. 저는 더 이상 할 말이 없습니다."

"스몰릿 선장."

선생님이 얼굴에 미소를 띤 채 말을 이었다.

"태산이 요란히 울리더니 쥐 한 마리가 나왔다…… 라는 이야기를 들어 본 적이 있습니까? 죄송하지만 당신은 그 이야기를 떠올리게 합니다. 내 가발을 걸고 말하지요. 당신이 처음 여기에 들어왔을 때는 틀림없이 지금 말한 것 이상을 말하려 했을 겁니다."

"눈치가 빠르시군요, 선생님. 저는 그만둔다는 말을 하려고 들어왔습니다. 트렐로니 씨가 제 말을 한 마디도 들어 주지 않을 거라 생각했기 때문입니다."

"더 이상 들어주지는 않을 거요. 게다가 리브시 선생이 없었다면 당신을 쫓아냈겠지. 어쨌든 선장의 이야기를 들었으니 자네가 원하는 대로 하지. 하지만 이 일로 자네에 대한 나의 평가가 많이 낮아졌다는 것을 명심하게."

지주님이 이렇게 쏘아붙였다.

"알겠습니다, 선주님. 훗날 선주님도 지금 제가 제 의무를 잘 이행하고 있다는 것을 깨닫게 되실 겁니다."

선장님은 이렇게 말한 후 밖으로 나갔다.

"트렐로니 씨, 걱정했던 것과는 달리 꽤 정직한 사람 둘을 배에 태우신 것 같습니다. 저 사람과 존 실버 말입니다."

의사 선생님이 말했다.

"실버야 그렇다 치고, 저자는 어쩜 저리 남자답지도 못하고, 뱃사람답지도 못하고, 영국인답지도 못한지. 쯧쯧."

지주님이 큰 소리로 말했다.

"글쎄요, 그거야 두고 볼 일입니다."

우리가 갑판으로 나왔을 때 선원들은 이미 큰 소리로 기합을 넣으며 무기와 화약을 옮기고 있었다. 선장님과 애로는 서서 그 모습을 감독하고 있었다.

나는 새로운 배치가 마음에 들었다. 배에 대한 전체적인 정비는 이미 모두 끝나 있었다. 그 과정에서 고물에 있던 제1창고의 뒷부분을 선실로 개조했고, 그곳에 침상 여섯 개를 들여놓았다. 이 선실은 좌현 쪽의 둥근 재목이 튀어나온 통로를 통해 취사실과 앞갑판, 이렇게 두 곳으로만 연결된 선실이었다. 원래 이 선실은 선장님, 애로, 헌터, 조이스, 선생님 그리고 지주님, 이렇게 여섯 명이 쓸 계획이었다. 하지만 바뀐 계획에 따라 레드루스와 내가 그중 두 개를 쓰게 되었고, 애로와 선장님은 갑판의 선실 승강구 옆 공간을 사용하기로 했다. 이 공간은 정비 과정에서 양쪽으로 넓혀 놓았기 때문에 '뒷갑판 선실'이라고 불러도 부족하지 않을 만큼 훌륭한 장소가 되었다. 천장이 낮긴 했지만 해먹 두 개를 걸어 놓을 공간은 충분했다. 항해사도 새 배치에 기분이 좋은 듯 보였다. 나는 어쩌면 항해사도 선원들에게 의심을 품고 있을지 모른다고 생각했다. 하지만 우리는 그와 대화할 기회가 거의 없었기 때문에 그가 어떻게 생각하는지 알 길이 없었다.

화약과 침상의 위치들을 바꾸느라 배에 탄 사람들 모두가 매우 바빴다. 그때 마지막 선원 한두 사람이 키다리 주방장 존과 함께 나룻배를 타고 배로 왔다. 주방장은 원숭이처럼 재빠른 몸짓으로 뱃전에 올라선 후 눈앞에 놓인 상황에 기겁을 했다.

"어이, 어이, 이보게들! 이게 다 뭐란 말인가?"

"화약을 옮기고 있습니다, 존."

그중 한 사람이 대답해 주었다.

"뭐라, 이럴 수가! 이러다간 아침 조수를 놓친다니까!"

키다리 존이 소리쳤다.

"내 명령이네!"

선장님이 무뚝뚝하게 대답했다.

그리고 이렇게 명령을 내렸다.

"자네는 아래로 내려가 선원들의 저녁을 준비해 주게."

"예, 예, 선장님."

주방장은 손을 들어 경례를 하곤 주방 쪽으로 사라졌다.

"저 친구는 괜찮은 사람이

오, 선장."

의사 선생님이 말했다.

"그런 것 같습니다."

선장님이 대답했다. 그리고 화약을 나르던 선원들에게 이렇게 소리쳤다.

"그건 조심, 조심히 다뤄라!"

나는 선체 중앙에 옮겨진 4킬로그램짜리 포탄이 들어 있는 회전 포대의 긴 놋쇠 대포를 구경하고 있었다. 선장님이 내게 이렇게 소리쳤다.

"거기, 급사! 대포에서 물러나! 주방장에게 가 일을 도와라!"

나는 서둘러 주방으로 달려갔다. 뒤로 선장님이 의사 선생님에게 나 들으라는 듯이 큰 소리로 말하는 소리가 들렸다.

"내 배에서는 누구를 특별히 편애하고 그러지 않을 겁니다."

확실히 말해 두지만 나도 지주님처럼 선장님을 미워했었다.

ᑐᗣ 10장 ᗣᑐ
항해가 시작되다

그날 밤 우리는 물건들을 정리하느라 매우 바빴다. 블랜들리 씨를 포함한 지주님의 여러 지인들이 나룻배를 타고 한꺼번에 몰려와 잘 다녀오라는 인사를 하는 바람에 떠들썩해지기도 했다. '벤보 제독 여관에 있었을 때도 일을 했지만, 그건 내가 이날 밤 했던 일의 반도 되지 않았다. 새벽이 되기 직전, 갑판장이 호각을 불었고 선원들은 캡스턴 손잡이를 돌리기 시작했다. 나의 체력은 이미 바닥이 나 있었다. 하지만 그보다 두 배쯤 더 피곤했다 해도 갑판을 떠나지는 않았을 것이다. 나에게는 간단명료한 명령어들, 날카로운 호각 소리, 아른거리는 배의 등불에 의지해 급히 자신의 자리를 찾아가는 선원들, 이 모든 것들이 새롭고 흥미로웠다.

"어이, 바비큐(*존 실버의 별명, 현재에는 거의 이렇게 사용하지 않지만 영어의 '바비큐'라는 단어에는 '요리사'라는 뜻도 포함되어 있었다.), 한 곡조 뽑아 보지!"

누군가 이렇게 외쳤다.

"그 옛날 노래 말이야."

다른 목소리가 이렇게 외쳤다.

"그래 볼까, 친구들?"

목발을 짚은 채 옆에 서 있던 키다리 존이 이렇게 대답했다. 그러고는 노래를 부르기 시작했다. 바로 그 노래였다. 내가 아주 잘 아는 그 노래 말이다.

망자의 궤짝 위에 사내 열다섯 —

존이 이렇게 선창을 하자 나머지 선원들이 모두 합창을 하며 따라 불렀다.

어기여차, 럼주 한 병 들이키세!

'여차'의 소리에 맞춰 선원들은 캡스턴 손잡이를 힘차게 돌렸다. 가슴 벅차는 순간인데도, 나는 그 노래를 듣자마자 '벤보 제독 여관'으로 다시 돌아간 것만 같은 느낌을 받았다. 선원들의 합창 소리 가운데 이미 죽은 선장의 목소리가 섞여 있는 것 같았다. 닻이 위로 당겨졌고, 선원들은 물이 뚝뚝 떨어지는 닻을 이물대에 매달았다. 곧 돛이 펼쳐졌다. 어느새 양쪽의 육지와 배들이 빠르게 스쳐 지나가는 것처럼 보일 정도로 배에 속도가 붙었다. 단 한 시간 눈을 붙일 틈도 없이 보물섬을 향한 히스파뇰라호의 항해는 시작되었다.

항해에 대해서는 자세히 적지 않을 것이다. 상당히 순조로운 항해였기 때문이다. 히스파뇰라호는 아주 훌륭한 범선이었으며, 선원들 모두 유능했고, 선장님은 자신의 맡은 바 임무를 다했다. 하지만 보물섬에 도착하기 전에 일어난 일들 중 두세 가지는 얘기해 두어야만 할 것 같다.

우선 애로는 선장님이 애초에 우려했던 것보다 훨씬 더 형편없었다. 선원들은 그를 존경하지 않았고 그에게 멋대로 굴었다. 이것은 시작에 불과했다. 항해가 시작되고 하루 이틀이 지나자 애로는 눈이 풀리고 얼굴이 붉어지며 혀가 꼬부라지는 등 온갖 취한 모습을 보이며 갑판 위를 돌아다녔다. 시간이 지날수록 애로의 위신은 점점 더 낮아졌다. 그는 이따금 혼자 넘어져 다치는가 하면 때로는 하루 온종일 작은 침상에 누워 시간을 보냈다. 겨우 하루나 이틀 정도 조금 제대로 된 정신으로 자신의 일을 했을 뿐이었다.

우리 모두 그가 어디에서 술을 구해 마시는지 알지 못했다. 우리 배의 풀리지 않는 수수께끼였다. 아무리 열심히 감시를 해도 답을 찾지 못했다. 직접 물어보았지만 그는 취해 있을 때는 웃어넘기려 했고, 취하지 않았을 때에는 자신은 물밖에 마시는 것이 없다며 시치미를 떼기 일쑤였다.

애로는 높은 직급의 선원으로서 아무런 도움이 되지 못했고, 오히려 선원들에게 나쁜 영향을 끼쳤다. 게다가 술을 너무 많이 마셔 댔기 때문에 머지않아 죽을 것이 분명했다. 그리하여 어느 역풍이 불어오던 어두운 밤, 그가 완전히 사라져 다시 돌아오지 않게 되었을 때에도 아무도 놀라지 않았을뿐더러 그것을 유감스럽게 여기지도 않았다.

"배 밖으로 떨어진 게지! 자, 이제 그를 철장에 가두는 수고를 덜게 되었다."

선장님은 이렇게 말했다.

하지만 어쨌든 항해사가 없어진 격이었고, 누군가를 항해사로 승진 시켜 배의 운전을 맡겨야 했다. 갑판장 조브 앤더슨이 가장 유력했다. 그는 갑판장 자리를 지키면서 항해사 노릇도 해 왔던 것이다. 트렐로니 씨는 항해 경험이 많았기 때문에 아는 것이 많았다. 그것은 배에 큰 도움이 되었다. 트렐로니 씨는 날씨가 좋을 때는 때때로 직접 망을 보기도 했다. 키잡이 이즈라엘 핸즈라는 사람은 경험 많은 선임 선원으로, 필요시에는 거의 모든 역할을 다해낼 수 있는 사람이었다. 그는 조금 조심스럽고 잔꾀가 많은 편이었다. 이즈라엘 핸즈와 키다리 존은 아주 친한 사이였다. 이제 요리사 바비큐에 대한 이야기를 해야 할 것 같다. 사람들은 존 실버를 바비큐라고 불렀다.

배가 출항한 후 존 실버는 목에 건 죔줄에 목발을 묶고 다녔다. 두 손을 마음대로 쓰기 위해서였다. 실버가 벽 틈에 목발을 집어넣고 목발에 기댄 채 배의 움직임에 몸을 맞춰 뭍에서처럼 아주 안정된 자세로 요리하는 모습은 그야말로 진풍경이었다. 날씨가 거친 날에 갑판을 오가는 그의 모습은 더욱 대단했다. 실버는 폭이 넓은 곳을 지날 때 잡고 다니려고 밧줄 한두 가닥을 길게 매달아 늘어뜨려 놓았는데, 사람들은 이 밧줄을 '키다리 존의 귀고리'라고 불렀다. 때로는 목발을 이용해서, 때로는 목발을 죔줄에 묶어 다니며, 실버는 보통 사람들과 같은 빠른 속도로 이동할 수 있었다. 전에 그와 함께 항해를 했던 사람들은 그가 불쌍하다고 말했다.

"바비큐는 보통 사람이 아니야. 젊었을 때 공부도 많이 했고,
책에 나오는 사람처럼 고급스럽게 말하고 행동할 줄도 안다니까.
또한 용감무쌍했지. 사자도 키다리 존 앞에서는 상대가 안 됐지.
나는 실버가 사자 네 마리의 머리통을 박살 내는 것도 봤어. 맨손
으로 말이야."

선원들은 모두 실버를 존경했다. 그리고 그의 말에 무조건 따르
는 편이었다. 실버는 선원 한 사람 한 사람과 대화를 잘 나누었고,

언제나 그들을 도와주려 했다. 실버는 내게도 여전히 친절했고, 주방에서는 웃으며 대해 주었다. 주방도 깨끗하게 잘 관리해서 접시들은 항상 반짝반짝 닦여 있었다. 실버는 부엌 한쪽 구석에 놓인 새장에서 앵무새를 한 마리 키우고 있었다.

"왔어, 호킨스? 이리 와, 이야기를 나누자. 내가 너를 얼마나 좋아하는지 아느냐? 자, 여기 이쪽은 플린트 선장이란다. 그 유명한 해적, 플린트의 이름을 따 '플린트 선장'이라 지었다. 멋지지 않느냐? 여기 이 플린트 선장님이 그러는데 우리 항해가 성공적일 것이라는 구나! 그렇지요, 선장님?"

"팔 레알! 팔 레알! 팔 레알!"

앵무새는 아주 빠른 속도로 이렇게 말했다.

앵무새는 숨이 막히지 않을까 걱정이 될 정도로 빨리 말하다가 존이 새장을 향해 수건을 던지고 나서야 말을 멈추었다.

"한 이백 살은 되었을 거다, 저 새 말이다, 호킨스. 앵무새는 대게 영원의 세월을 살지. 저 새보다 더 나쁜 것이 있다면 악마일 게다. 저놈은 잉글랜드와 함께 배를 타기 시작했다. 그 위대한 해적 잉글랜드 선장 말이다. 마다가스카르, 말라바르, 수리남, 프로비던스, 포르토벨로 등을 다녔다. 난파한 배를 끌어올린 적도 있었지. 아마 거기서 '팔 레알'이란 말을 배운 걸 테다. 팔 레알짜리 은화가 삼십오만 개나 발견되었다고 하니 놀랄 일이 아니지. 호킨스, 저 녀석은 고아 앞바다에서 인도 총독이 탄 배를 습격했던 적도 있었지. 너는 저 녀석을 보고 어리다고 생각했겠지만 저 녀석은 화약 냄새도 맡아 보았단다. 그렇지요, 선장?"

"침로 변경 준비!"

앵무새가 또 이렇게 소리를 질렀다.

"아 정말 저 녀석은 꼭 잘 만들어진 배 같다니깐, 암."

요리사는 주머니에서 설탕을 꺼내 앵무새에게 줬고, 앵무새는 나무 막대 위에서 그것을 쪼아 먹으며 믿을 수 없을 만큼 거친 욕을 퍼부어 댔다.

"이것 좀 보거라. 이 불쌍하고도 순진한 늙은 새는 욕을 퍼붓고 있지만 사실 그게 무슨 뜻인지도 모른다. 저 녀석은 아마 신부님 앞에서도 욕을 해 댈 테지."

키다리 존은 이렇게 덧붙이고는 엄숙한 태도로 이마에 손을 올려 경례를 하곤 했다. 그 모습을 보면 그가 최고로 멋진 남자라는 생각이 들었다.

지주님과 스몰릿 선장님은 여전히 사이가 나빴는데, 더 큰 문제는 지주님이 그것을 감추려고 노력하지 않고 노골적으로 선장님을 무시한다는 점이었다. 선장님은 선장님대로 지주님이 말을 걸기 전에는 절대 말을 거는 법이 없었다. 하는 수 없이 말을 해야 할 때도 아주 차갑고 무뚝뚝한 말투로 최대한 짧게 이야기했다. 선장님은 이야기 끝에 궁지에 몰리자, 자신이 선원들에 대해 잘못 생각했던 점도 있는 것 같고, 선원들 중 일부는 꽤 손이 빠르고 성실하다고 인정하기도 했다. 그리고 배에 대해서는 꽤나 만족하고 있는 듯했다.

"이 배는 다른 배보다 한 포인트는 더 바람에 바짝 다가가더군요. 아무리 부인이라도 남편에게 그렇게 가까이 가지는 못할 겁니다."

선장님이 말했다.

"하지만 분명히 해 두고 싶은 것은 우리는 항해를 다 마친 게 아니고, 나는 여전히 이 항해가 마음에 들지 않는다는 것이지요."

선장님은 이렇게 덧붙였다.

지주님은 선장님이 이런 말을 할 때마다 고개를 돌려 턱을 들고 갑판을 왔다 갔다 하다가 이렇게 말하곤 하셨다.

"저 사람 말을 조금이라도 더 듣는다면 난 폭발하고 말 거야."

날씨가 궂은 날도 있었다. 하지만 그럴 때마다 히스파뇰라호는 더욱 빛을 발했다. 배에 올라탄 사람들 모두 히스파뇰라호에 만족하는 듯했다. 아마 히스파뇰라호에 만족하지 못하는 사람이라면 다른 어떤 배에도 만족하지 못할 터였다. 노아의 방주 이후로 배에 탄 선원들이 이렇게 좋은 대접을 받는 경우는 없었을 것이다. 우리는 무슨 사소한 일만 생겨도 물 럼주를 두 배로 배 안에 돌렸고, 지주님은 누군가의 생일이라는 이야기만 들어도 푸딩을 내게 했다. 중앙 상갑판의 뚜껑 없는 사과 통에는 사과가 가득 들어 있어서 누구든 마음대로 꺼내 먹을 수도 있었다.

"자꾸 이러시면 안 됩니다. 일반 선원들을 저렇게 버릇 들이면 악마가 되고 말 겁니다."

어느 날 선장님이 선생님께 이렇게 말했다.

그런데 여러분도 곧 알게 되겠지만, 이 사과 통 덕분에 우리에게는 좋은 일이 생겼다. 사과 통이 거기 있지 않았다면 아무도 위험을 눈치채지 못한 채 배신자의 손에 죽었으리라.

사건의 전말은 이러했다.

우리는 바람을 맞으며 우리가 찾는 섬—더 이상 자세히는 이야기할 수 없다.—으로 나아가기 위해 무역풍(*아열대 고기압에서 적도를 향해 부는 편동풍.)을 타고 항해하는 중이었다. 이제는 밤이고 낮이고 망대에 사람을 세워 두었다. 섬 근처에 거의 다 왔던 것이다. 대략적인 계산에 따르면 우리가 넓은 바다를 항해하는 마지막 날일 것으로 짐작되는 날이었다. 우리는 그날 밤이나 늦어도 다음 날 오전에는 보물섬을 만나게 될 것으로 예상했다. 남남서 방향으로 항해하고 있었고, 미풍이 배와 직각으로 계속해서 불어주었으며 바다는 한없이 평온했다. 히스파놀라호는 꾸준히 옆질을 했고 선수사장(*이물에서 앞으로 튀어나온 돛대 모양의 둥근 나무.)이 때때로 물에 들어갔다 나오며 물보라를 만들어 냈다. 갑판 위아래로 돛이 펼쳐졌고, 모험 제1막의 끄트머리에 다가온 우리는 모두 들떠 있었다.

해가 지자마자 나는 내 할 일을 마친 후 침실로 가다가 사과가 먹고 싶어지는 바람에 갑판으로 올라갔다. 망을 보는 선원들은 섬을 찾으려고 앞만 봤고 키잡이는 돛의 앞깃을 바라보며 낮게 휘파람을 불었다. 배의 이물과 옆구리에 부딪치는 파도 소리 말고는 휘파람이 유일한 소리였다.

사과가 거의 남아 있지 않았기 때문에 나는 몸을 거의 사과 통 안으로 넣었다. 파도 소리를 들으며, 배의 흔들거림을 느끼며 나는 어두운 사과 통 속에서 깜빡 잠이 들었던 모양이다. 아니, 막 잠이 들려는 참이었다. 무거운 사내 하나가 사과 통 옆에 털썩 기대앉는 소리가 들렸다. 남자가 어깨를 기대자 통이 흔들거렸다. 내가 밖으로 얼른 나가려는데 그 남자가 말을 시작했다. 목소리의 주인공은 실버였다. 그가 채 열 마디를 하기 전에, 나는 무슨 일이 있어도 지금 나를 드러내서는 안 된다는 것을 깨달았다. 두려움과 호기심을 동시에 느끼며 나는 그 자리에서 꿈쩍 않고 귀를 기울였다. 지금 이 배에 타고 있는 정직한 사람들의 목숨이 전부 내게 달려 있다는 것을 깨달았기 때문이었다.

11장

사과 통 안에서 엿듣다

"아니, 나는 아니었어."

실버가 말을 이었다.

"선장은 플린트였어. 나는 이 나무다리 때문에 키잡이였지. 그때 그 일로 나는 다리를 잃었고 늙은 퓨는 눈을 잃었지. 훌륭한 의사였어. 내 다리를 절단한 사람 말일세. 대학교도 나오고 그랬다지, 아마. 라틴 어도 청산유수로 하드만. 하지만 그 의사도 나머지 사람들과 마찬가지로 개처럼 목이 매달려서 태양 아래에 몸을 말리는 꼴이 됐지. 코소 요새에서 말이야. 그들은 죄다 로버츠의 부하들이었지. 이 모든 게 그들이 배 이름을 바꿨기 때문이었어. 로열포춘호라나? 그래, 내가 늘 말하지 않나. 한번 배에 이름을 달면 그냥 쭉 가야 한다고. 카산드라호가 그랬잖아. 잉글랜드가 인도 총독을 공격한 다음 우리 모두를 말라바에서 고향으로 안전하게 데려다 준 배 말이지. 옛날에 그 월러스호도 그랬을걸. 플린트가 갖고 있던 옛날 배 말이네. 그 배가 붉은 피로 범벅이 되어 포효하는 것을 내가 봤지. 금을 어찌나 많이 실어놨는지 배가 가라앉지 않은 게 천만 다행이었지."

"아!"

또 다른 목소리가 이렇게 감탄 섞인 탄성을 내질렀다. 배에서 가장 젊은 선원의 목소리였다.

"플린트! 그분은 해적의 왕이셨군요!"

그가 이렇게 덧붙였다.

"데이비스도 남자 중에 남자였는데. 모든 면에서 말이지."

실버가 말했다.

"하지만 그와는 함께 배를 타 본 적이 없어. 처음에는 잉글랜드하고 탔고, 그 다음에는 플린트, 그게 전부지. 여기는 뭐 그냥, 나혼자 탄 거지. 잉글랜드하고 배를 탔을 때 구백 파운드를 모았고, 플린트하고 배를 탄 뒤에는 이천 파운드를 저축했어. 일반 선원으로는 나쁘지 않지? 모두 은행에 안전히 모셔져 있지. 얼마를 버느냐는 중요치 않아. 중요한 것은 얼마를 모으느냐지. 내기해도 좋다. 지금 잉글랜드의 부하들은 다 어디에 있지? 모르지? 플린트의 부하들은? 글쎄, 대부분 여기에 타고 있겠지. 이 배를 타기 전에는 구걸을 했으니 푸딩씩이나 먹게 된 것을 행복해 하고 있겠지. 시력을 잃은 그 늙은 퓨 말이다. 자기가 뭘 잘못했는지 알았으려나? 일년에 천이백씩 써댔다더구나. 지가 무슨 의회의 상원의원이라도 된 듯 말이다. 지금 그가 어떻게 되었느냐고? 흠, 죽었다니까? 갑판 밑에 가 있는 거지. 그렇지만 죽기 전 이 년 내내 어땠느냐, 우라질! 바로 비렁뱅이 신세였다. 구걸을 하고, 도둑질을 하고, 살인을 하는! 그러고도 배를 곯았지!"

"어찌 보면 돈을 벌어도 결국은 별 소용이 없을지도 모르겠네요."

젊은 선원이 말했다.

"멍청이들한테는. 내기해도 좋다. 멍청이들한테는 아무것도 소용없다!"

실버가 소리치더니 이렇게 말을 이었다.

"하지만 말이지. 잘 들어봐. 자네는 젊어. 아주 젊지. 마치 새로 칠한 페인트처럼 산뜻하다니까. 자네를 처음 봤을 때부터 알아봤지. 그래서 이렇게 남자 대 남자로 이야기를 나누는 거네."

역겨운 늙은 악당은 내게 했던 것과 똑같은 방법으로 다른 사람을 이용하려는 것이다. 이런 대화를 들었을 때 내 기분이 어땠을지 상상이 될 것이다.

나는 사과 통을 뚫고 나가 그를 찔러 죽이고 싶은 마음이 굴뚝같았다. 실버는 자신의 이야기를 누가 엿듣는 것을 알지 못한 채 계속 말을 이었다.

"높으신 부자 나리들 얘기를 해 주련? 그들은 거칠게 살아. 교수형을 당할 위험도 있지만 마치 싸움닭처럼 먹고 마시지. 항해가 끝나면, 오호, 주머니 속에 수백 파운드쯤은 들어 차 있지. 수백 파딩(*영국의 옛 화폐 단위로, 1천 파딩은 1파운드 정도이다.)이 아니야. 그 돈 대부분을 술을 마시며 방탕한 생활을 하는 데 써 버리고, 주머니가 거덜 나면 또다시 바다로 나가지. 하지만 나는 그런 삶을 선택하지 않았어. 모두 저축한 거지. 얼마는 여기에, 얼마는 저기에, 이런 식으로 말이야. 절대 한 군데 많이 집어넣지는 않네. 의심이 많은 편이지. 자네, 내 나이가 몇인지 아는가? 이제 쉰일세. 이 항해를 마치고 돌아가면 나는 아주 올곧은 신사가 될 거야. 이 짓도 이제 진절머리가 나고. 하지만 나는 그래도 편하게 산 편이지. 바다에 나왔을 때야 어쩔 수 없지만 말이네. 나는 하고 싶은 것도 다 하고, 편안한 잠자리에서 맛있는 음식을 먹었지. 나도 자네처럼 일반 선원으로 시작했었지."

"글쎄요, 하지만 다른 돈은 이제 다 없는 셈 아닌가요? 이 일이 끝난 뒤에는 브리스톨에 다시 가실 수 없을 테니 말입니다."

"나 참, 자네 내가 그 돈을 어디다 뒀다고 생각하는가?"

실버가 냉소하며 물었다.

"브리스톨 아닙니까? 은행 같은 곳 말입니다."

"그랬었지. 우리가 닻을 올리기 전까지는 말이야. 하지만 지금은 내 부인이 다 갖고 있지. '망원경 술집' 임대권과 영업권과 집기까지 몽땅 팔았어. 부인은 자취를 감췄다가 후에 나와 만나기로 약속했지. 어디에서 만나기로 했는지 말해 줄 수도 있네. 내가 그만큼 자네를 신뢰하고 있다는 소리야. 하지만 다른 선원들이 시기할지도 모르니 그만두기로 하지."

"부인은 믿을 만한 분인가요?"

"부자 신사들은 보통 그들끼리 잘 안 믿는 경향이 있지. 이해가 가. 하지만 내기할까? 나는 내 나름의 삶의 방식이 있네. 내 동료가 닻줄을 풀고 뱃머리를 틀어 나를 배신한다는 것은 절대 일어날 수 없는 일이지. 퓨를 두려워한 자들도 있었고 플린트를 두려워한 자들도 있었다. 하지만 플린트는 나를 두려워했다. 동시에 자랑스러워 했지. 플린트의 부하들은 최고로 거친 뱃사람들이었다. 제 아무리 악마라 한들 그자들과 함께 바다로 나가는 것은 가슴 졸였을 테지. 이런, 말해 두지만 나는 잘난 척이나 하는 사람이 아니다. 하지만 자네도 보았지? 내가 얼마나 사람들을 잘 사귀는지 말이다. 내가 키잡이였던 시절에는 플린트의 늙은 해적들에게 순한 양이라는 말 따위는 전혀 어울리지 않았다. 그것만은 이 배를 걸고 말할 수 있네."

"선생님과 대화를 하기 전까지는 이 일이 마음에 들지 않았지만, 지금은 말씀 드릴 수 있겠네요. 저도 끼워 주십시오."

"아주 용감하고 똑똑하기까지 한 젊은이로세."

실버는 이렇게 말했다. 실버가 그 젊은이와 세게 악수를 한 나머지 사과 통이 흔들렸다.

"'부의 신사'치고 이렇게 잘생긴 얼굴은 처음 보는군."

나는 그제야 그들의 말뜻을 이해했다. '부의 신사'는 일반적으로 해적을 지칭하는 말이었다. 충직한 선원 하나가 타락의 마지막 단계를 거치는 중이었다. 그리고 어쩌면 그가 이 배에 마지막으로 남아 있던 충직한 선원이었는지도 모른다. 하지만 나는 곧 이 걱정이 괜한 것이라는 것을 알게 되었다.

"딕은 반대하더군."

실버가 이렇게 말했기 때문이다.

"아, 내 그럴 줄 알았지. 바보가 아니거든."

키잡이 이즈라엘 핸즈의 목소리였다. 입안에서 씹던 담배를 돌리더니 침을 뱉고 말을 시작했다.

"이거 보쇼, 알고 싶은 게 있다지, 바비큐. 대체 언제까지 망할 놈의 장삿배처럼 어기적거릴 거냐고. 정말이지 그 스몰릿 선장 얼굴만 보면……. 난 그자에게 시달릴 만큼 시달리고 있다고, 이런 빌어먹을. 선장실로 가서 그자들이 먹는 피클과 포도주를 마시고 싶은 걸 겨우 참고 있단 말이지."

"이즈라엘, 참 답답하게 구는군. 어찌 그리 둔한가? 하지만 말귀는 알아듣겠지? 귀는 크니까 말이지. 자네, 내가 하는 말 똑똑히 들어. 계속 일반 선원들과 잠을 자고, 죽도록 일하고, 고분고분 말하고, 술은 입에 대지도 말아. 내가 무슨 명령을 내리기 전까지는 말이야. 알아들어?"

"누가 뭐 그렇게 안 한다고 했나요? 그러니까 내 말은 언제까지, 언제까지 그렇게 해야 하냐고요."

키잡이가 불만을 토로했다.

"언제까지라고 했냐?"

실버가 소리쳤다.

"정 알고 싶다면 말해 주지. 최대한 버틸 수 있을 때까지다! 일급 선원인 스몰릿 선장이 이 배를 몰고 있고, 지주와 의사 놈이 지도를 가지고 있다. 지도가 어디 있는지 모르는 게 문제지. 물론 너도 모르지? 지주와 의사가 물건을 찾아 낸 후 우리와 함께 그것들을 배에 싣겠지. 우리는 그때부터 기회를 엿봐야 한다. 내가 음흉하기 짝이 없는 너희를 모두 믿을 수 있겠다는 확신이 서고, 스몰릿 선장이 절반쯤은 배를 돌렸을 때, 바로 그때가 거사를 치러야 할 때다."

"어째서 그렇지요? 이 배에 탄 사람들 모두 뱃사람입니다."

젊은 딕이 물었다.

"모두 일반 선원이라고 하는 게 맞겠지."

실버가 딕을 향해 말하고는 이렇게 말을 이었다.

"물론 우리가 키를 잡을 수는 있다. 하지만 침로(*배가 나아갈 방향)는 어떻게 정하지? 아마 우리는 저마다 딴소리를 하겠지. 그러니 적어도 무역풍을 타는 곳까지는 스몰릿 선장이 배를 모는 것이 맞다. 그래야 우리가 제대로 고향에 돌아갈 것 아니냐? 하지만, 뭐그래, 좋다. 돈을 배에 싣자마자 섬에서 거사를 치러 버리자고. 안됐지만 할 수 없지. 너희는 술에 끝까지 취해야만 만족하는 놈들이니. 이 얼마나 우스운 일이냐, 내가 너희 같은 놈들과 항해라는 것을 하고 앉아 있다니."

"그러지 마쇼, 키다리 존. 당신에게는 맞설 사람도 없구만."

이즈라엘이 말했다.

"이런 대형 범선이 습격당하는 것을 수차례나 목격했지. 새파란 젊은이들이 햇볕 아래 목이 대롱대롱 매달린 채 말라 갔다. 그 모든 것들이 바로 이런 조급함, 조급함, 조급함 때문이었다. 알아듣나? 바다에서 한두 가지는 보았지. 지금 정해진 방향대로 전진하기만 한다면, 그리고 바람이 불어오는 쪽으로 한 포인트를 돌리기만 한다면 너희는 아주 훌륭한 마차를 타는 것과 같지. 하지만 너희는! 안될 거다, 내가 너희를 알지. 내일이면 아마 럼주를 잔뜩 마시고 교수형을 당하겠지!"

실버가 소리쳤다.

"당신이 목사 같은 사람이라는 것은 우리도 다 알지, 존. 하지만 당신만큼 돛과 키를 잘 다루는 사람들은 있어. 그들은 즐길 줄도 알았지. 당신처럼 거만하고 뻬딱하게 굴지 않았다고. 모두 한데 어울려 신나게 즐겼지."

"그래? 그게 좋은가? 그들이 지금 모두 어디에 있지? 퓨가 바로 좋은 예였어. 끝까지 거지로 살다 죽었단 말이지. 플린트는 어떤가? 사바나에서 럼주를 마시다가 죽었지. 그들 모두 대단한 선원들이었는데, 둘 다 말이다! 헌데 그들은 지금 어떻게 되었나?"

"그런데요, 사람들을 공격한 후에는 어떻게 처리하지요?"

"어쩜 이렇게 내 마음에 딱 드누!"

요리사는 감탄하며 외쳤다. 요리사가 이어 말했다.

"바로 이런 게 사업이네. 옳지, 자, 자넨 어찌해야 한다고 생각하나? 영국의 정통 방식을 따라 무인도에 버리고 갈까나? 아니면 플린트 선장이나 빌리 본즈가 그랬듯이 돼지고기처럼 목을 따 버릴까나?"

"빌리는 그러고도 남을 사람이었지요. '죽은 사람은 물지 못한다.'라고 말하곤 했어요. 이제는 자신도 죽은 사람 신세가 되었으니 이게 정말인지 아닌지 잘 알고 있겠군요. 빌리는 항구를 들락거리던 사내들 중 가장 거친 사내였지요."

이즈라엘이 말했다.

"그랬지. 거칠기 짝이 없고, 거침이 없었어. 너희는 행운아들이다. 나는 아주 부드러운 사람이거든. 진정한 신사라고 할 수 있지. 하지만 거사는 거사다. 진지하고 심각하게 임해라. 나는- 죽이자는 데 한 표를 던진다. 내가 그 국회- 뭐시기냐, 거기에 진출해 마차를 타고 다닐 때 저 선실 안의 수다쟁이들 중 하나라도 고향에서 보는 일은 없었으면 한다. 기도 중에 악마를 만나는 것도 아니고 말이야. 지금은 기다리지만 때가 온다면 끝장을 내야겠지!"

존이 말했다.

"존! 당신은 진정한 남자군요!"

키잡이가 소리쳤다.

"이즈라엘, 시간이 지나면 자네도 그렇게 말할 날이 오겠지. 한 가지만 부탁해도 되겠나? 트렐로니는 내게 맡기게. 내 이 두 손으로 놈의 송아지 같은 머리통을 비틀어 버리고 말 테다."

실버가 이렇게 말했다.

그리고 딕을 불렀다.

"딕! 아랫사람으로서 벌떡 일어나 사과를 하나 갖다 주지 않겠나? 목이 타는군."

여러분은 이때 내가 느꼈을 공포가 상상이 될 것이다. 나는 뛰쳐나와 도망쳐야 했다. 그럴 힘만 있었다면 말이다. 하지만 내 몸뚱이와 심장은 내 마음을 따라주지 않았다. 딕이 일어나는 소리가 들렸다. 그때 누군가 그를 막는 것 같았다. 핸즈의 목소리가 들렸다.

"아, 잠깐! 밑바닥에 괸 더러운 물 같은 사과나 빨아 먹어서야 되겠나? 사과는 관두고 럼주나 한잔하시죠."

"딕, 너를 믿어. 술통에 내가 계량기를 달아 났다. 여기는 그 열쇠이고, 작은 잔에 하나만 채워서 가져오게."

나는 너무나 겁에 질린 탓에 정신이 혼미했다. 애로 씨가 자신을 파멸시킨 독주를 어떤 식으로 구했는지 그때 알게 되었다.

딕이 잠깐 자리를 비웠다. 그사이 이즈라엘은 요리사의 귀 가까이에 입을 대고 속삭였다. 그중 내가 들을 수 있었던 것은 한두 마디 정도였다. 하지만 중요한 정보를 얻을 수 있었다. 한 문장을 통째로 들었기 때문이다.

"더는 인원이 늘지 않을 거야."

그 말은 배에 탄 사람 중 아직 충직한 사람들이 남아 있다는 말이었다.

곧 딕이 돌아왔고 세 사람은 차례로 잔을 돌려가며 한 모금씩 럼주를 마셨다. 한 사람이 "행운을 빌며" 다음 사람이 "플린트를 위해"라고 건배하는 소리가 들렸다. 그리고 실버는 노래하듯 이렇게 말했다.

"여기 우리 자신을 위해! 넘치는 보물과 푸짐한 푸딩이 있는 곳으로 배를 몰아라!"

그 순간이었다. 밝은 빛이 통 속으로 새어 들어왔다. 달이 떠올랐던 것이다. 달은 뒤 돛대 맨 꼭대기에 닿은 다음 돛의 앞깃을 하얗게 밝혔다. 그때였다. 망루지기가 이렇게 외쳤다.

"육지다!"

⟨⟨ 12장 ⟩⟩
작전을 세우다

바쁜 발소리가 갑판을 가로질렀다. 선실과 앞갑판에서 사람들이 달려 나오는 소리도 함께 들렸다. 나는 재빨리 통 밖으로 빠져나와 돛 뒤편으로 점프한 다음 고물 쪽으로 걸어갔다. 앞이 훤히 트인 갑판으로 가는 길에 헌터와 리브시 선생님을 마주쳤다. 우리는 서둘러 뱃머리 쪽으로 뛰어갔다.

이미 선원들이 그곳에 모여 있었다. 달이 뜸과 동시에 안개도 걷혔다. 남서쪽으로 멀리 떨어진 곳에서 나지막한 산 두 개가 시야에 들어왔다. 두 산은 3킬로미터가량 서로 떨어져 있었고 한쪽 산 뒤로 가장 높은 세 번째 산이 자리 잡고 있었다. 그 산의 정상은 아직 안개에 묻혀 있었다. 세 산 모두 정상이 뾰족한 원뿔 모양이었다.

이것밖에 보지 못했지만 나는 마치 꿈을 꾸는 것 같았다. 1~2분 전의 끔찍한 공포에서 아직 덜 깨어난 채 그런 황홀경을 봤기 때문이리라. 그때였다. 스몰릿 선장님의 명령 소리가 들렸다. 히스파뇰라호는 바람이 불어오는 쪽으로 2포인트 더 배를 바짝 갖다 댔다. 그리하여 배는 섬의 동쪽으로 들어가는 침로를 확보했다.

돛이 모두 활짝 펴졌다.

"자, 저 앞의 섬을 전에도 본 적이 있는 사람?"

선장님이 물었다.

"제가 보았지요, 선장님. 전에 일했던 무역선이 저곳에서 물을 보충했었지요."

"정박지는 남쪽에 있지 않나? 저 작은 섬 뒤쪽으로 말이네."

"맞습니다, 선장님. '해골섬'이라고 불리는 곳이지요. 한동안 해적들이 거처로 썼다고 들었습니다. 그때 배에 같이 탄 선원 하나가 이곳 구석구석의 이름을 모두 알고 있더군요. 저 북쪽에 있는 산이 '앞돛대산'인데, 남쪽으로 산 세 개가 한 줄로 있어서 차례대로 '앞돛대산', '큰돛대산', '뒷돛대산'이라고 이름 붙였다고 합니다. 가운데 있는, 정상이 안개구름에 가려진 저 큰 산은 '큰돛대산' 대신 보통 '망원경산'이라고 부릅지요. 정박지에 배를 대고 있는 동안 거기서 망을 봐서 그렇다고 합니다. 해적들이 이곳에서 배를 깨끗이 정비했다고 합니다. 어이쿠, 말이 너무 길었습니다. 죄송합니다."

"여기 지도가 있네, 이것이 저곳이 맞는지 확인해 보게."

스몰릿 선장님이 말했다.

지도를 받아 든 키다리 존의 눈길이 이글이글 타올랐다. 하지만 종이는 새것이었다. 실버는 분명 곧 실망할 것이었다. 그 지도는 빌리 본즈의 궤에서 나온 원본이 아니라 우리가 정교하게 베낀 복사본이었기 때문이었다. 장소의 이름, 높이, 수심, 모든 것이 다 그대로 적혀 있었지만 붉은 십자가 표시와 글자들은 모두 삭제해 놓았다. 실버는 속으로 화가 났을 텐데 강한 정신력으로 참은 것 같다.

"맞군요, 선장 어른. 그곳이 맞습니다. 지도가 아주 잘되었습니다그려. 누가 그렸는지 대단합니다. 해적들은 너무 무식하지요. 아, 여기 있군. '키드 선장의 정박지'. 제 동료가 이렇게 불렀지요. 남쪽을 따라 강한 조류(*밀물과 썰물 때문에 생기는 바다의 흐름.)가 흐르고 그 조류는 서쪽 해안을 휘감아 돌아 북쪽으로 흘러갑니다. 선장님이 옳았군요. 바람이 부는 쪽으로 방향을 돌려 섬에 다가가셨습니다. 안으로 들어가 배를 정비할 거라면 그만한 장소가 없지요."

"고맙네. 자네에게 또 도움을 청할 일이 있으면 그리하겠네, 그만 가 보게."

스몰릿 선장님이 말했다.

나는 키다리 존이 이 섬에 대해 알고 있는 모든 것을 그렇게 적나라하게 털어놓는다는 것이 놀라웠다. 실버는 내가 사과 통 안에서 엿들은 사실을 알지 못했지만 실버가 내 쪽으로 다가올 때 나는 솔직히 겁을 먹었다. 그가 알지 못함에도 불구하고 나는 그가 잔인하고, 이중적이며, 강한 사람이라는 사실에 두려움을 느꼈다. 실버가 내 팔에 손을 얹었을 때 나도 모르게 몸이 떨려왔다.

"아, 정말 멋진 곳이야. 이 섬 말이지. 청년들이라면 한 번쯤 와 볼 만한 곳이야. 수영을 하고, 나무에 오르며, 염소 사냥도 할 수 있단 말이지. 진짜 염소가 된 것 마냥 저 언덕을 올라가 뛰놀 수도 있지. 아, 내가 다 젊어진 기분이군. 내 나무다리도 깜빡할 정도야.

젊다는 것, 그리고 발가락 열 개가 모두 성하다는 것이 얼마나 좋은 일인지. 모험을 해 볼 생각이 있느냐, 짐? 내게 말만 하거라. 네게 먹을 것을 준비해 주마."

실버는 이렇게 말하며 은근히 내 어깨를 툭 치곤 절뚝이며 아래로 내려갔다.

스몰릿 선장님과 지주님과 리브시 선생님이 갑판 뒤에 모여 이야기를 나누고 있었다. 나는 그분들에게 내가 들은 이야기를 빨리 전하고 싶었지만, 다른 선원들 앞에서 감히 그 말을 할 수는 없었다. 나는 기회를 만들어야만 했다. 속으로 열심히 머리를 굴리고 있는데 리브시 선생님이 나를 불렀다. 골초인 리브시 선생님이 아래 두고 온 파이프 담배를 가져오라고 시키려는 것이었다. 나는 그에게 가까이 다가가 아주 작은 소리로 이렇게 말했다.

"선생님, 드릴 말씀이 있어요. 선장님과 지주님과 함께 아래쪽 선실로 가신 후 구실을 만들어 저를 불러 주세요. 끔찍한 소식이에요."

리브시 선생님은 순간 안색이 살짝 바뀌었지만 곧 평정을 되찾고 이렇게 말했다.

"고마워, 짐. 바로 그게 내가 생각하던 거라니까."

선생님은 내가 무슨 질문에 답을 한 것처럼 말씀하셨다.

선생님은 이 말을 마치고 바로 몸을 돌려 다른 두 사람과 다시 대화를 시작했고, 조금 더 이야기를 나누었다. 아무도 동요하는 모습을 보이거나 목소리를 높이지 않았다. 선생님이 내 요구를 전달한 것이 분명했다. 선장님은 조브 앤더슨에게 무어라 명령을 내렸다. 호각 소리에 따라 모든 선원들이 갑판에 집합했다.

"제군들이여, 내가 그대들에게 할 말이 있다. 방금 우리가 본 땅이 우리의 목적지이다. 모두 알고 있듯이 트렐로니 씨는 인품이 좋은 신사분이시다. 이분이 내게 한두 가지 질문을 하셨고 나는 그 질문에 대해 선원들이 더할 나위 없이 각자의 임무를 잘 수행하고 있다고 말씀드렸다. 그 말을 들은 트렐로니 씨는 나와 의사 선생에게 아래 선실로 내려가 여러분의 건강과 행운을 위한 건배를 하자고 제안하셨다. 이 얼마나 멋진 일인가? 그대들도 트렐로니 씨의 제안에 동의한다면 이런 은혜를 베풀어 주신 우리 신사 분을 위해 유쾌한 바다 사나이들의 만세를 외치도록 하라."

스몰릿 선장님이 이렇게 말했다.

선원들은 환호했다. 당연했다. 환호성은 우렁찼고 진심이 묻어 나왔다. 나는 저들이 진정 우리를 죽이기로 작당하고 있는 자들이 맞나 잠깐 생각했다.

"스몰릿 선장님을 위해 한 번 더 만세를!"

첫 환호성이 끝나자 키다리 존이 외쳤다.

선원들은 이번에도 역시 충심 어린 환호를 보냈다.

그 환호가 절정에 이르렀을 때 세 사람은 아래로 내려갔다. 곧 이어 선실로 내려오라는 전갈이 왔다.

세 사람은 스페인산 포도주 한 병과 건포도를 앞에 놓고 탁자에 둘러 앉아 있었다. 리브시 선생님은 가발을 벗어 무릎에 내려놓고 담배를 태우고 계셨다. 나는 선생님이 흥분해 있다는 것을 알 수 있었다. 밤공기가 더워서 고물 쪽 창문은 열어 두고 있었다. 배가 지나온 길 뒤로 달빛이 비추었다.

"자, 호킨스, 할 말이 있다고? 말하게."

지주님이 말했다.

나는 가능한 짧고 자세히 실버의 대화 전체를 보고했다. 세 사람 중 누구도 움직이지 않았고, 내 말을 방해하지 않았으며, 내 얼굴에서 눈을 떼지도 않았다.

"짐, 앉거라."

선생님이 말했다.

그들은 나를 탁자에 앉히고 포도주를 한 잔 따라 주었으며, 손에 건포도도 한가득 쥐어 주었다. 세 사람은 차례로 내게 고개를 숙였고, 나의 행운과 용기에 축배를 들었다.

"선장, 당신이 옳았습니다. 그리고 내가 틀렸소. 나는 바보 천치가 아니었던가. 자, 이제 명령만 하시오."

지주님이 말했다.

"저 역시 지주님과 다를 바가 없습니다. 선원들이 폭동을 일으킬 땐 반드시 어떤 낌새를 보이기 마련인데, 눈이 제대로 달렸다면 이를 얼른 눈치채고 그에 맞게 대비를 했어야 했지요. 저도 선원들에게 크게 한방 먹었습니다."

"선장. 그 실버란 자 말입니다. 아주 범상치 않습니다."

리브시 선생님이 말했다.

"돛의 활대(*돛에 가로로 댄 나무.) 끝에 걸어 놓으면 딱이겠군요."

선장님이 말했다.

"말로만 그렇게 해서는 안 되겠지요. 그 전에 서너 가지 기억해야 할 점이 있습니다. 트렐로니 씨만 허락하신다면 말씀을 드리고 싶군요."

선장님이 말을 이었다.

"선장은 당신입니다. 허락하고 말고 할 게 없지요."

트렐로니 씨가 화통하게 말했다.

"첫째로 이제 와서 되돌아갈 수는 없습니다. 계속 가야 합니다. 돌아가자는 말만 꺼내도 즉시 폭동을 일으킬 겁니다. 둘째로 우리에게는 아직 시간이 있습니다. 적어도 보물이 발견될 때까지는 말입니다. 셋째로 우리에게는 아직 충성스러운 선원들이 남아 있습니다. 싸움이 벌어지는 것은 피할 수 없습니다. 시간의 앞머리, 다시 말해 기회를 잡아야 한다고 말씀드리고 싶습니다. 우리는 그들이 전혀 예상치 못한 때를 잡고 먼저 공격해야 합니다. 당신 하인들을 우리 편으로 생각해도 되겠지요, 트렐로니 씨?"

"그들은 나 자신이나 마찬가지요."

지주님이 단호히 말했다.

"그럼, 셋."

선장님이 덧셈을 시작했다.

"우리는 여기 있는 호킨스까지 포함해 총 일곱입니다. 충직한 선원들은 또 누가 있을까요?"

"트렐로니 씨가 직접 뽑은 선원들이 그렇지 않겠습니까? 실버에게 일을 맡기기 전에 직접 뽑은 사람들 말입니다."

의사 선생님이 말했다.

"꼭 그렇지만도 않은데, 핸즈도 내가 뽑은 사람인데……."

지주님이 말했다.

"핸즈는 믿을 만하다고 생각했거늘 어쩌다 그렇게 된 건지, 원."

선장님이 말했다.

"그들이 모두 영국인이라니, 선장, 아예 배를 폭파시켜 버리고 싶은 심정이구려."

지주님이 이렇게 외쳤다.

"자, 지금 우리가 할 수 있는 최선은 두 눈 똑바로 뜨고 그들을 경계하며 기회를 엿보는 것뿐입니다. 쉽지 않습니다. 난투극을 벌이는 것이 더 편할지도 모릅니다. 하지만 우리는 누가 우리 편인지 알 수 없습니다. 알기 전까지는 어쩔 수 없이 참고 기다려야만 할 것입니다."

의사 선생님이 말했다.

"짐이 큰 도움이 될 것입니다. 선원들은 이 아이를 경계하지 않고 있고, 이 아이는 눈치도 매우 빠르니 말입니다."

"호킨스, 난 자네를 무척 믿고 있다네."

나는 내게 그렇게 막중한 임무를 해 낼 능력이 없다고 생각했다. 그래서 지주님의 말에 절망감을 느꼈다. 하지만 일은 이상하게 진행되었다. 결국에는 내가 모두의 목숨을 구하는 데 결정적인 역할을 하게 되었기 때문이다. 여하튼 전체 인원 스물여섯 명 중에서 우리가 믿을 수 있는 사람은 고작 일곱뿐이었다. 게다가 그중 하나는 소년이었다. 우리는 어른이 여섯뿐이었고 우리가 맞서 싸울 적군은 장정 열아홉이었다.

3부
해안가 모험

13장

모험의 시작

다음 날 아침, 갑판에 나가서 보니 섬은 완전히 달라진 모습이었다. 바람은 이제 완전히 그친 듯했다. 우리 배는 간밤에 섬에 꽤 가까이 도달한 듯, 아래쪽 동쪽 해안의 남동쪽에서 800미터쯤 떨어진 곳에 위치하고 있었다. 회색 숲들이 섬의 많은 부분을 뒤덮고 있었다. 이 단조로운 색을 저지대에서 노란색 줄무늬를 만들고 있는 모래밭과 다른 나무들 사이로 머리가 솟아오른 키가 큰 소나무들이 깨뜨리고 있었다. 나무는 혼자 덩그러니 솟아오른 경우도 있었고 몇 그루가 함께 모여 자라는 경우도 있었다. 하지만 여전히 섬의 전체적인 색은 똑같았다. 칙칙하기 그지없었다. 나무가 자라지 않는 바위산들은 식물들 너머로 솟아 있었고, 모두 생김새가 이상했다. 그중에 망원경산이 가장 독특했다. 망원경산은 다른 산들보다 100미터 정도 더 높았다. 망원경산은 거의 모든 경사면이 가파른 절벽이었다. 하지만 꼭대기는 뚝 잘려 나간 채 서 있어 마치 조각품을 세워 놓기 위한 받침대처럼 보였다.

히스파뇰라호는 차오른 바다 속에서 선채가 갑판 배수구까지 잠겨 있었다. 배는 열심히 옆질을 하는 중이었다. 돛의 아래 활대는 도르래 근처에서 거의 찢겨지기 일보 직전이었고, 키는 좌우로 돌아가면서 덜컹이는 소음을 냈다. 사실 배 전체가 마치 공장이라도 되는 것처럼 삐걱삐걱, 끼익끼익, 쿵당쿵당 거렸다. 나는 돛대의 뒷버팀줄을 붙들고 매달려 있었는데, 눈앞에 펼쳐지는 광경에 정신이 하나도 없었다. 나는 배가 움직이고 있을 때는 나름 괜찮은 뱃사람이었다. 하지만 지금처럼 정지한 상태에서 배가 빈 병처럼 제멋대로 옆질을 하는 일은 생전 처음 겪어 보는 것이었다. 나는 멀미 때문에 돌아 버리기 일보 직전이었다.

아침이었고, 빈속이었다. 어쩌면 우울한 느낌의 회색 숲과 거친 바위산과 가파른 해변에 닿아 거품을 일으키며 시끄럽게 부서지는 파도 때문이었는지도 모르겠다. 아무튼 나는 심장이 장화 속까지 주저앉는 느낌이었다. 햇살이 밝고 따스하게 내리쬐고 있었고, 해변의 새들은 우리 주위에서 물고기를 잡으며 경쾌하게 지저귀고 있었는데도 말이다. 오래 바다 위에 있었다면 뭍에 발을 디디고 싶은 마음이 굴뚝같아야 정상일 것이다. 그러나 나는 그곳을 처음 보았을 때도 그리고 그 이후로도 쭉- 이 보물섬을 증오했다.

이제 꽤나 지겨워진 아침의 할 일들이 우리를 기다리고 있었다. 바람이 불 기미가 보이지 않았기 때문에 선원들은 나룻배를 타고 밧줄을 묶어 배를 끌어야 했다. 섬의 모퉁이를 돌아서 좁은 수로를 건너고 5킬로미터쯤 떨어진 '해골섬'이라는 곳 뒤편, 정박할 장소까지 가야 했다. 나는 자발적으로 나룻배에 올라탔지만 내가 할 일은 딱히 없었다. 무더위에 일하다 보니 선원들은 거칠게 불만을 뱉어 냈다. 우리 나룻배를 맡고 있는 앤더슨은 선원들을 달래기는 커녕 오히려 나서서 불평불만을 토로했다.

"곧 끝나겠지? 젠장맞을!"

앤더슨이 말했다.

이것은 나쁜 징조였다. 선원들은 이제껏 신나게 맡은 바 소임을 다해 왔었다. 하지만 섬이 눈앞에 나타나자 그 규율의 끈이 느슨해지고 있었다.

정박지까지 가는 동안 키다리 존은 키잡이 옆에 서서 조타(*운전대.)를 지휘했다. 실버는 해골섬으로 가는 수로를 자신의 손바닥 보듯 훤히 알고 있었다. 수심을 측정하는 선원이 지도보다 수심이 깊다고 했지만 존은 어떤 망설임도 없이 배를 조종했다.

"썰물 때 바닥이 꽤 쓸려 나가서 그렇지. 이 수로는 삽으로 파 놓은 것과 마찬가지야."

드디어 우리는 양쪽 해안에서 500미터쯤 떨어진 곳에 위치한, 지도에 닻이 표시된 바로 그 지점에 이르렀다. 깨끗한 모래가 깔린 곳이었다. 한쪽으로 큰 섬이 하나 있었으며, 다른 쪽에는 해골섬이 있었다. 우리는 닻을 던졌다. 그러자 새들이 날아올라 구름처럼 빙빙 돌며 연신 울어 대기 시작했다. 하지만 채 1분도 지나지 않아 다시 자리를 잡아 내려앉았고, 금세 다시 조용해졌다.

그곳은 숲에 둘러싸인 땅이었다. 나무들은 밀물이 가장 높게 차오르는 지점 바로 위까지 내려와 자라고 있었다. 해안은 대체로 평평했고, 멀리 산꼭대기들이 여기저기 서 있어서 마치 원형 극장 같은 분위기를 만들었다. 늪과 비슷한 두 개의 작은 강이 웅덩이처럼 생긴 이 정박지로 흘러들었다. 물이 흘러드는 쪽 해안의 나뭇잎들은 마치 독이라도 품은 듯 환하게 빛을 발했다. 집이나 말뚝 같은 것은 숲에 완전히 파묻혀 있었기 때문에 배 위에서는 볼 수 없었다. 갑판에서 보았던 지도만 아니라면 우리는 그 섬이 생겨난 후 우리가 처음으로 닻을 내린 사람들이라고 생각했을 것이었다.

바람의 움직임은 전혀 없었고, 800미터쯤 떨어진 해안을 따라 파도가 바위에 부딪히는 소리만 들려왔다. 주변에서 썩은 잎과 상한 나무줄기로 심한 악취가 풍겼다. 리브시 선생님은 상한 달걀을 맛보는 사람처럼 이리저리 냄새를 맡아 보았다.

"보물이 있는지는 모르겠어. 하지만 내 가발을 걸고 말하겠는데, 이곳에는 분명 열병이 돌고 있어."

나룻배에 탔던 선원들의 행동이 내게 경계심을 일으켰다면 다시 배에 오르는 그들의 행동은 매우 위협적으로 보였다. 그들은 갑판 위에 모여 들으라는 듯이 불만을 토로했고, 간단한 지령조차 못마땅한 태를 숨기지 않고 건성건성 했다. 충직한 선원들조차도 그런 분위기에 물들어 있었고, 누구 하나 나서서 이런 분위기를 멈추려 하지 않았다. 마치 번개구름처럼 폭동의 기운이 우리 머리 위에서 떠돌고 있었다.

이런 위험을 감지한 사람은 선실에 머물고 있는 우리뿐만 아니었다. 키다리 존은 이 무리에서 저 무리로 옮겨 다니며 조언을 하느라 정신이 없었다. 배 위에서 그는 현재 가장 모범적이었다. 실버는 공손하게 행동하며 사람들에게 웃는 얼굴을 보였다. 명령이 떨어질 때면 즉시 목발을 짚고 우렁차게 대답했다. "예, 예, 선장님,

갑니다요." 하고 말이다. 그리고 한가할 때면 나머지 선원들의 불만을 잠재우려는 것처럼 계속 노래를 흥얼거렸다.

온갖 음울한 징조들 중에서 최악이었던 것은 그런 키다리 존마저 불안감을 감추지 못하고 있다는 사실이었다.

선실에서 회의가 열렸다.

"지주님. 만약 제가 또 명령을 내렸다가는 선원 전체가 순식간에 들고 일어날 것 같습니다. 지주님도 보시지 않았습니까. 저한테도 거칠게 대하고 있습니다. 그들의 말에 한마디라도 더 했다간 즉시 창살을 날릴 것 같습니다. 하지만 이대로 가만히 있는다면 실버가 무언가를 눈치채겠지요. 그럼 상황은 끝입니다. 이제 우리가 믿을 사람은 한 사람밖에 없습니다."

"그게 누구요?"

지주님이 물었다.

"바로 실버입니다, 지주님. 키다리 존은 지주님이나 저처럼 상황을 진정시키려 애쓰고 있습니다. 아직까지 상황이 그리 심각하지는 않으니, 실버는 기회만 닿는다면 선원들을 진정시킬 테지요. 그에게 기회를 주는 것이 어떻습니까? 선원들이 오후에 해안에 상륙하도록 허락해 주십시오. 그들이 모두 뭍에 내리면 배는 온전히 우리 차지입니다. 만약에 아무도 내리려 하지 않는다면 우리는 선실을 지켜야 합니다. 신께서 우리를 지켜 주실 겝니다. 일부가 반항을 한다고 해도 실버는 곧 그들을 양처럼 순하게 만들어 다시배에 태우겠지요."

우리는 선장님의 말을 따르기로 했다. 우리 편 중 확실한 사람에게는 총알을 넣은 권총을 주었고, 헌터, 조이스, 레드루스 등에게 이 사실을 말했다. 우리가 예상했던 것과는 다르게 그들은 크게 놀라거나 겁을 먹지 않았다.

이윽고 선장님이 갑판으로 올라가 선원들에게 말하기 시작했다.

"동지들이여, 오늘은 아주 더운 날이었다. 다들 지치고 기진맥진해졌다는 것을 안다. 잠시 해안에 다녀와도 좋다. 나룻배를 물에 띄워 대기 시켜 놓았으니 원하는 사람들은 나룻배를 타고 해안으로 나가 오후를 보내도록 하라. 해가 지기 삼십 분 전에 대포를 쏘아 신호하겠다."

우매하기 그지없는 선원들은 자신들이 육지에 내리기만 하면 발에 치여 정강이가 부러질 정도로 보물이 쌓여 있다고 생각하는 듯했다. 입을 삐죽거리며 성을 내던 그들은 기쁨의 환호성을 내질렀고, 그 환호성은 먼 산에 메아리가 되어 울렸다. 새들이 한 번 더 날아올라 정박지 주변에서 울며 퍼드덕거렸다.

선장님은 영리한 사람이었다. 그는 그들이 하는 대로 내버려 두었다. 그리고 곧바로 자리를 떴고, 실버에게 뒷일을 맡겼다. 아주 탁월한 선택이었다. 선장님이 갑판에 계속 남아 있었다면 이게 어떤 상황인지 모르는 척하기가 힘들었을 것이다. 아무도 의심하지 않았다. 실버는 실질적인 선장이었다. 그는 거친 선원들을 자신의 편에 두고 있었다. 나는 그 과정에서 충실한 선원이 있다는 것을 알게 되었다. 그들은 아주 어리바리한 사람들이었을 것이다. 아니, 사실은 이랬을 것이다. 모든 선원들은 폭동 주동자들의 선동에 불만을 품었을 것이다. 다만 불만이 더 큰 자들과 적은 자들이 있었을 뿐이다. 그중 소수는 착한 사람들이었기 때문에 더 이상 선동에 끌려 다니지 않았으리라. 단순히 게으름을 피우며 일을 하지 않

는 것과 배를 장악하여 무고한 사람들을 무차별적으로 살해하는
일은 본질적으로 달랐던 것이다.

육지로 오를 사람이 정해졌다. 열아홉 중 여섯 명은 배에 남기
로 하고 실버를 포함한 총 열세 명이 나룻배를 타고 배를 떠났다.

나는 이때 엉뚱한 생각이 하나 떠올랐다. 이것은 결국 우리의 목숨을 구하는 데 결정적인 역할을 하게 되었다. 실버는 배에 여섯 명을 남겨 두었고, 그렇다면 우리 편이 배를 장악할 수는 없었다. 하지만 여섯 명만 남겨 놓았기 때문에 선실 쪽에서는 당장 내 도움이 필요하지 않았다. 나는 갑자기 나도 육지로 가야겠다는 생각이 들었고, 곧 갑판을 넘어가 가장 가까이에 있던 나룻배의 이물 자리에 웅크린 채 재빨리 앉았다. 앉자마자 나룻배가 출발했다. 내가 나룻배에 탔다는 것은 아무도 눈치채지 못했다.

그 뒤 이물에서 노를 젓던 선원이 나를 알아보고 이렇게 말했다.

"네가 웬일이야, 짐? 머리를 숙이고 있어, 짐."

하지만 곧 다른 나룻배에 타고 있던 실버가 날카로운 눈으로 나를 보았다. 그는 곧 소리를 질러 내가 정말 나룻배에 탄 건지 확인했다. 나는 이때부터 내가 한 일을 후회하기 시작했다.

두 개의 나룻배는 해안을 향해 경주를 했다. 내가 탄 나룻배가 다른 나룻배보다 출발도 빨랐고, 더 가벼웠으며, 더 유능한 선원들이 타고 있어서 훨씬 더 앞서 나갔다. 이물이 곧 해변의 나무들 사이에 닿았다. 나는 뻗어 나온 나뭇가지를 잡고 나룻배에서 몸을 빼 가장 가까운 덤불 위로 뛰어내렸다. 돌아보니 실버의 나룻배는 아직 100미터나 떨어져 있었다.

"짐! 짐!"

실버가 외치는 소리가 들렸다.

여러분이 예상하듯이 나는 그 말을 뒤로한 채 곧장 앞으로 내달렸다. 펄쩍펄쩍 뛰기도 하고 머리를 숙이기도 하고 가슴팍으로 헤치기도 하며 더 이상 달릴 수 없을 때까지 나는 달리고 또 달렸다.

14장
첫 번째 공격

　나는 키다리 존을 따돌린 것이 너무나 기뻤다. 나는 가벼운 마음으로 내가 발 들여 놓은 낯선 섬을 둘러보기 시작했다.

　나는 버드나무와 큰고랭이 같은 기이하고 이국적인 습지대의 나무들이 빽빽하게 들어선 곳을 지나 굽이굽이 펼쳐진 넓은 모래땅의 한 켠에 도착했다. 그곳은 길이가 1600미터 정도 됐는데, 곳곳에서 소나무가 자랐고, 몇몇 나무들은 줄기가 꼬인 채 자라고 있었다. 나무들의 크기는 떡갈나무와 비슷했지만 잎 색깔은 더 옅어서 꼭 버드나무의 이파리 같았다. 저 너머로는 산이 하나 있었고, 산정상에 자리 잡은 괴상한 모양의 바위들이 햇빛 아래에서 반짝반짝 빛났다.

　생전 처음으로 느낀 탐험의 기쁨이었다. 이 섬에는 아무도 살지 않으며, 배 친구들이 내 뒤에 있었다. 내 앞을 가로막는 것이라고는 말 못하는 짐승과 새들 뿐이었다. 나는 나무들을 이리저리 헤쳐 가며 돌아다녔다. 곳곳에 처음 보는 식물들이 꽃을 피우고 있었고, 가끔씩 뱀도 보였다. 그중 한 마리는 선반처럼 생긴 바위 위에 올라 앉아 머리를 바짝 쳐들곤 나를 향해 팽이 돌리는 소리를 냈다. 나는 그때 그 뱀이 내 생명을 앗아 갈 수도 있을 것이라고는 생각조차 하지 못했으며, 내가 들은 그 소리가 독사인 방울뱀 소리라는 것도 알지 못했다.

잠시 뒤, 나는 떡갈나무 같은 나무들이 길게 늘어선 곳에 도착했다. 나중에 그 나무들의 이름이 생떡갈나무, 혹은 상록떡갈나무라는 것을 알게 되었다. 나무들은 모래를 따라 가시나무처럼 낮게 자라고 있었고, 가지가 이상하게 꼬여 있었으며, 잎이 매우 촘촘했다. 그리고 작은 산의 꼭대기에서 아래로 내려오며 점점 키가 커졌고, 갈대가 무성한 넓은 늪지에서도 자라고 있었다. 섬에 흐르는 작은 강들 중 가장 가까이 있는 강은 늪지를 통과하여 정박지에서 바다를 만났다. 이 늪지는 뜨거운 무더위 아래에서 아지랑이를 뿜어냈고 그래서 망원경산이 몸을 부르르 떨고 있는 것처럼 보였다.

갑자기 큰고랭이들이 마구 움직였다. 들오리 한 마리가 꽥꽥 울며 날아올랐고, 또 한 마리가 뒤따라 날아올랐다. 곧 새 떼가 구름을 이루며 늪지의 하늘 위를 완전히 덮었고, 괴상한 울음소리를 내며 하늘 위에서 맴돌기 시작했다.

나는 이 모습을 보며 우리 배의 선원들 몇이 다가오고 있다는 것을 알 수 있었고, 곧 내 판단이 틀리지 않았다는 것을 알았다. 멀리서부터 웅성거리는 소리가 들려왔다. 목소리는 점점 더 커졌고, 점점 더 가까워졌다.

나는 가장자리에 있던 생떡갈나무 아래로 기어 들어가 마치 쥐

처럼 웅크리고 숨을 죽인 채 바깥 소리에 귀를 기울였다.

어떤 목소리가 대답을 했고, 첫 번째 들었던 목소리-실버의 목소리였다.-가 다시 그 말을 받아 또 한참 대화가 진행됐다. 자연스레 주고받으며 이어지던 그 대화는 이따금 상대방의 목소리로 중단되곤 했다. 두 사람은 토론을 벌이고 있었다. 토론은 매우 격렬했지만 정확하게 그들이 무어라 말하는지는 알아들을 수 없었다.

이윽고 두 사람이 발걸음을 멈춘 듯했다. 어디에 앉았는지도 모르겠다. 여하튼 그들의 목소리는 더는 다가오지 않았다. 새들도 평정을 되찾아 다시 자신들의 자리인 늪지에 내려앉은 것 같았다.

나는 순간적으로 내가 내 할 일을 다하지 않고 있다는 생각이 들었다. 저 악당들을 따라 육지까지 내려왔으니 최소한 그들이 무슨 이야기를 하는지라도 들어야 한다고 생각했다. 나는 구불구불한 나무들로 최대한 몸을 숨겨 가며 그들에게 다가갔다. 나의 의무였다.

두 사람이 어디에 있는지 찾는 것은 어렵지 않았다. 그들의 목소리로도 위치를 파악할 수 있었지만 새 몇 마리가 아직도 마음을 가라앉히지 못했는지 침입자들의 머리 위에 그대로 서성이고 있었던 것이다.

나는 네발로 기어 비록 느릴망정 쉬지 않고 그쪽으로 다가갔다. 한참을 가다 잎 사이의 벌어진 틈으로 머리를 들고 보니, 늪지 옆에 있던 작은 녹색 골짜기가 내려다 보였다. 사방에 빽빽하게 나무가 들어찬 그 작은 골짜기 안에서 키다리 존 실버와 다른 선원 한 사람이 마주 앉아 이야기를 하고 있었다.

햇빛은 그들을 직선으로 내리쬈고, 실버는 모자를 벗어둔 채 땀으로 번쩍거리는 커다랗고 기름 낀 허연 얼굴을 들어 상대방의 얼굴을 바라보았다. 그는 지금 무언가를 설득하고 있었다.

"이봐, 내가 지금 자네를 금싸라기라고 여기고 있어서야. 자네를 아끼는 마음이 송진처럼 끈끈하지 않았다면 무엇 때문에 지금 이 상황에 자네에게 이런 경고를 하고 있겠나? 모든 것은 이미 정해졌고, 자네가 바꿀 수 있는 것은 아무것도 없어. 내가 자네 목숨을 귀히 여겨 이런 말을 한다는 걸 모르겠나? 저 폭군들 중 누구라도 이 사실을 알면 나는 정말이지……. 톰, 어디 한번 말해 보게. 내가 어떻게 될 것 같은가?"

"실버."

다른 사람이 말을 시작했다. 나는 그가 얼굴이 시뻘게진 것은 물론 목소리까지도 까마귀처럼 쉬어 버렸다는 것을 눈치챘다. 그의 목소리는 팽팽히 조여진 밧줄처럼 떨렸다.

"실버, 당신은 늙었습니다. 당신은 정직한 사람이라지요? 사람들도 그렇다고 하고요. 대부분의 뱃사람들과는 다르게 돈도 많으시다죠. 게다가 실버 당신은 용감합니다. 제가 잘못 알고 있을 수도 있겠지요. 그런데 실버, 당신은 지금 저런 지저분한 얼간이들이 하는 대로 끌려가실 거란 말입니까? 실버, 당신만은 안 돼요! 신이 내려다보고 계실 때 말씀드리죠. 차라리 내 손을 잃고 말겠습니다. 저의 책임을 다 하지 못하는 것은······."

이때 갑자기 어떤 소리가 났고, 대화가 끊겼다. 어쨌든 나는 충직한 선원 한 사람을 발견한 셈이었다. 동시에 또 다른 충직한 선원의 소식도 알게 되었다. 늪지 저 멀리에서 분노의 외침이 들렸고, 연이어 또 다른 외침이 한 번 더 들렸던 것이다. 이어서 길고 끔찍한 비명이 들려왔다. 그 비명은 망원경산의 바위들에 부딪혀 메아리치고 또 메아리쳤다. 늪지의 새들은 전부 다시 날아올라 하늘을 시커멓게 물들이고 요란한 날갯짓을 해 댔다.

이 비명에 톰 역시 출발하려는 말처럼 펄쩍 뛰어올랐다. 실버는 눈빛 하나 변하지 않고 천천히 자리에서 일어서서 목발을 짚더니 당장이라도 달려들려는 뱀처럼 톰을 쏘아보았다.

"존."

톰이 손을 내밀며 존을 불렀다.

"손 치우게!"

실버가 마치 훈련받은 체조 선수처럼 안정되고 빠른 속도로 1미터쯤 뒤로 물러섰다.

"원하신다면 손을 치우지요, 존 실버. 양심이 얼마나 시커머면 제가 다 두렵겠습니까. 그나저나 대체 저게 무슨 소리인지는 말씀해 주시겠습니까?"

"저거 말인가?"

실버는 싱긋 웃었다. 하지만 경계심은 아까보다 더 강해졌다. 큰 얼굴에 마치 점을 찍어 놓은 것처럼 작게 박혀 있는 두 눈이 유리 조각처럼 반짝였다.

"저건 앨런 같군 그래."

가엾은 톰은 마치 영웅처럼 분노했다.

"앨런이라고! 진정한 뱃사람의 영혼이 편히 쉬기를! 그리고 존 실버, 당신은 지금까지 내 동료였지만 이젠 아닙니다. 개처럼 죽는 한이 있더라도 나는 내가 맡은 바를 다하다 죽을 겁니다. 당신은 앨런을 죽였지. 어디, 할 수 있으면 나도 죽여 보시지요. 그렇게 호락호락하게 당하진 않을 거라는 것을 기억하시오."

이 용감한 뱃사람은 이 말을 남기고 요리사에게 등을 돌려 바닷가 쪽으로 걷기 시작했다. 하지만 그의 운명은 그를 그리 멀리 데려다 주지 못했다. 존이 고함을 지르며 나뭇가지를 붙잡고는 겨드랑이에서 꺼낸 목발을—이제 무기가 된— 하늘을 향해 날렸고, 그 목발은 놀라운 속도로 톰을 향해 날아갔다. 뾰족한 끝이 톰의 양쪽 어깻죽지 사이의 등 중앙에 정확히 꽂혔다. 톰은 두 팔을 위로 치켜들고 비명을 지르며 앞으로 고꾸라졌다.

나는 그가 얼마나 다쳤는지 알 수 없었다. 소리로만 판단하자면 등뼈라도 부러진 것 같았다. 실버는 톰이 정신을 차릴 틈도 주지 않고 목발도 없이 원숭이처럼 잽싸게 그를 향해 달려갔다. 그러고는 그의 몸에 올라타 무방비 상태인 톰의 몸에 칼을 손잡이까지 푹 꽂았다. 그것도 두 번씩이나 말이다. 내가 숨어 있는 곳까지 실버의 거친 숨소리가 고스란히 들려왔다.

기절한다는 것이 뭔지는 몰랐지만, 확실한 건 나는 한동안 온 세상이 내 앞에서 소용돌이치는 안개 속으로 빠져 들어가는 것을 보았다는 것이다.

실버와 새들 그리고 높은 망원경산 정상이 내 눈앞에서 빙글빙글 돌며 뒤죽박죽되어 버렸고, 귀에서는 온갖 종소리와 목소리들이 한데 섞여 들려왔다.

내가 다시 정신을 차렸을 땐 그 괴물이 톰에게서 몸을 일으켜 겨드랑이에 목발을 끼고 모자까지 갖춰 쓴 뒤였다. 바로 앞에 엎어져 있는 톰은 움직임이 전혀 없었다. 살인자는 톰이 있는 쪽으로는 눈길 한번 주지 않은 채 풀을 한 줌 뜯어 자신의 단도에 묻은 피를 쓱 닦아 냈다. 변한 것은 아무것도 없었다. 태양은 여전히 아지랑이가 올라오는 늪지와 높은 산꼭대기를 데우고 있었다. 나는 방금 전, 내 눈앞에서 살인이 일어났고 한 사람의 목숨이 잔인하게 끊어졌다는 사실을 믿기 어려웠다.

존은 호주머니에 손을 집어넣고 호각을 꺼내 가락을 바꾸어 가며 몇 번 불었다. 호각 소리는 뜨거운 공기를 타고 멀리 퍼져 나갔다. 나는 물론 그게 무슨 의미의 신호인지 알 길이 없었다. 하지만 분명한 것은 그 소리를 듣자마자 공포감이 엄습해 왔다는 사실이다. 곧 사람들이 몰려올 것만 같았다. 자칫하면 발각당할 수 있었다. 이미 충직한 사람을 둘씩이나 해치운 그들이었다. 톰과 앨런 말이다. 다음이 내 차례일지도 몰랐다.

나는 얼른 몸을 빼내 다시 숲 속의 약간 벌어진 곳으로 최대한 빨리, 동시에 최대한 소리가 나지 않도록 애를 쓰며 기어갔다. 내가 기어가는 동안 늙은 해적과 그의 동료들이 서로의 이름을 큰 소리로 불렀다. 내 몸은 마치 날개라도 돋은 듯 빠르게 움직였다. 나는 숲에서 나와서 방향도 따지지 않고 이제껏 한 번도 달려보지 못한 어마어마한 속도로 내달렸다. 살인자들에게서 멀어져야만 한다는 생각밖에 없었던 것 같다. 그렇게 달리는 동안 두려움은 점점 더 커졌고, 나는 미쳐 버릴 것만 같았다.

세상천지에 지금의 나처럼 끔찍한 상황에 놓인 사람이 또 있을까? 잠시 후 대포 소리가 나면 어떻게 배에 탈 수 있을까? 방금 전 끔찍한 일들을 저지른 악마들이 꽉 들어찼을 텐데 말이다. 그들 중에서 나를 가장 먼저 발견한 사람이 도요새의 목을 비틀듯이 내 목을 비틀지는 않을까? 내가 가지 않는다면 그들은 내가 그들에게 겁을 먹었다는 것, 즉 그들의 치명적인 비밀을 알고 있다는 것을 눈치채지 않을까? 나는 모든 게 끝났다고 생각했다. 안녕, 히스파뇰라호. 지주님, 의사 선생님, 선장님, 모두 안녕! 이제 내게 남은 일은 굶어 죽거나 반역을 일으킨 선원들의 손에 죽거나 둘 중 하나였다.

나는 이런 생각을 하면서도 계속 달렸다. 아무것도 제대로 보이지 않는 상태에서 나는 봉우리가 두 개인 작은 산의 기슭에 다달았다. 생떡갈나무들이 다른 곳보다 서로 가깝게 자라고 있었다. 나무들의 위치나 크기로 보아 숲 속의 나무들에 조금 더 가까운 모양새였고, 소나무 몇 그루가 더 자라고 있었다. 키가 15미터 정도, 어떤 것은 20미터 정도 되었다. 아래쪽 늪지대보다 공기가 상쾌했다. 그런데 그곳에서 나는 또다시 놀라운 것과 마주쳤다. 나는 심장이 내려앉는 것을 느끼며 그 자리에 멈춰 서야만 했다.

～ 15장 ～
섬에 버려진 자

가파르고 돌이 많은 산비탈 한쪽에서 나무 사이로 자갈 무더기가 우르르 떨어져 내렸다. 나는 본능적으로 그쪽을 바라보았다. 소나무 기둥 뒤에서 무언가가 빠른 속도로 껑충껑충 뛰어갔다. 나는 그것이 곰인지, 사람인지, 원숭이이인지 알 수 없었다. 까맣고 털이 덥수룩했다. 나는 새로운 괴물에 대한 공포심으로 멈춰 섰다. 앞으로 갈 수도 없었고, 뒤로 물러날 수도 없었다. 뒤로는 살인자가, 앞으로는 정체를 알 수 없는 괴물이 있었던 것이다. 나는 순간적으로 모르는 위험보다 아는 위험을 선택했다. 실버조차도 이 숲의 괴물에 비하면 덜 두려울 정도였던 것이다. 나는 발길을 돌려 어깨 너머를 주시하며 우리의 나룻배가 있는 곳으로 가려고 했다.

하지만 괴물이 다시 나타났다. 괴물은 나와 거리를 유지한 채 빙 둘러 다가오고 있었다. 나는 몹시 지쳐 있었다. 그리고 설사 내가 방금 잠에서 깬 듯 기운 넘치는 상태였다 한들 이 적을 뚫고 나가는 것은 불가능했다. 괴물은 이 나무줄기에서 저 나무줄기로 마치 사슴처럼 빠르게 이동했는데, 사람처럼 두 발로 달리는 것 같았다. 나는 몸을 그렇게 반으로 접은 채 달리는 사람을 본 적이 없었다. 하지만 그것은 사람이었다. 틀림없는 사람이었다.

순간 예전에 들었던 식인종 이야기가 번뜩 생각났다. 나는 살려달라고 소리를 지르기 직전이었지만 그래도 그 괴물이 사람이라는 데 마음 한켠이 놓였던 것 같다. 그러자 곧 실버에 대한 두려움이 되살아났다. 나는 멈춰 서서 이 상황에서 도망칠 방법을 생각했다. 그러다가 문득 내가 권총을 갖고 있다는 사실이 떠올랐고, 덕분에 마음속에서 용기가 솟구쳐 올랐다. 나는 그 섬사람을 향해 허리를 꼿꼿이 편 채 당당히 걸어 나갔다.

섬사람은 나무 뒤에 숨어 나를 자세히 관찰하고 있었던 모양이다. 내가 자신 쪽으로 움직이기 시작하자 그도 나를 향해 한 발짝 다가왔던 것이다. 그러더니 살짝 망설이는 듯이 뒤로 물러섰다가 다시금 앞으로 나왔다. 그리고 놀랍게도 내 앞에서 무릎을 꿇더니 애원하듯 두 손을 모아 쥐고 앞으로 내밀었다.

"누구세요?"

당황한 나는 발걸음을 멈추고 이렇게 물었다.

"벤 건."

녹슨 자물쇠가 내는 소리같이 이상하고 끔찍한 목소리였다.

"나는 가련한 벤 건. 지난 삼 년 동안 기독교인과 이야기를 나눠 본 적이 없지."

자신이 문명인이란 의미였다. 나는 그제야 그를 제대로 볼 수 있었다. 그는 나와 같은 백인이었고 꽤 잘생긴 편이었다. 하지만 햇빛에 오랜 시간 노출되어 피부가 완전히 검어진 상태였고, 입술도 마찬가지였다. 검은 얼굴에서 파란 눈동자가 빛나니 섬뜩한 느낌이 들었다. 그는 내가 보아왔거나 상상했던 거지들 중에서 가장 비참한 꼴을 하고 있었다. 낡은 배의 돛 조각과 선원복으로 기운 누더기 옷을 걸치고 있었는데, 이 옷은 놋쇠 단추, 나무토막, 타르 범벅인 노끈 등 각양각색의 요상한 것들로 이어져 있었다. 그가 걸치고 있는 것 중에 유일하게 제대로 된 것은 허리춤에 차고 있던 낡은 놋쇠 버클이 달린 가죽 허리끈 하나였다.

"삼 년이라고요? 배가 난파된 건가요?"

내가 큰 소리로 물었다.

"아니다, 애야. 나는 섬에 버려졌다."

무인도에 사람을 버린다는 이야기를 들은 적이 있었다. 그것은 해적들 사이에서 드물지 않은 형벌이었다. 이 벌을 받는 사람은 아주 먼 무인도에 약간의 무기와 함께 버려지곤 했던 것이다.

"삼 년 전에 여기에 버려졌고, 그 이후로 염소와 딸기와 굴로 연명하고 있어. 인간이란 본래 어느 곳에 떨어뜨려 놔도 어떻게든 살게 되어 있지. 하지만 나는 기독교인이 먹는 음식이 먹고 싶단다. 치즈를 가지고 있니? 나는 밤이면 밤마다 치즈 꿈을 꾸곤 했지. 노릇노릇하게 불에 익힌 치즈 말이다. 그렇지만 잠에서 깨면 나는 다시 이곳이란다."

"제가 배에 돌아갈 수만 있다면 아저씨께 치즈를 마음껏 드릴 수 있어요."

벤 건은 우리가 이런 대화를 나누는 동안 내 윗옷의 천을 만져보기도 하고 내 손을 쓰다듬어 보기도 하고 내 장화를 살펴보기도 했다. 자신과 같은 사람이 곁에 있다는 사실에 아이처럼 좋아했다. 하지만 그는 내 마지막 말을 듣더니 다시금 긴장의 끈을 잡아쥐었고, 예민한 얼굴이 되었다.

"배에 돌아갈 수만 있다면? 그럼 누가 방해라도 하고 있다는 거냐?"

"아저씨는 말고요, 물론."

"그렇구나. 네 이름은 뭐지?"

"짐이에요."

"짐, 짐이라."

벤이 다시 밝아진 목소리로 대답했다.

"좋다, 짐. 사실 나는 부끄러울 정도로 거칠게 살아왔다. 내 어머니가 독실한 기독교인이라는 생각이 들지 않지? 나만 보고선 말이지, 응?"

벤 건이 물었다.

"글쎄요, 전혀 모르겠는데요."

"아, 좋다. 내게 어머니가 계셨다. 신앙의 깊이가 말로 표현이 안 될 정도였지. 나 또한 예의 바르고 신앙심이 좋은 아이였지. 네가 단어를 구분하기 어려울 만큼 교리문답을 빨리 욀 수 있었다. 그런데 말이다, 짐. 묘비 위에서 동전 던지기 놀이를 하면서 일이 꼬였다. 어머니가 말씀하시길 그것을 시작으로 모든 것이 더 나빠졌다고 하셨다. 어머니는 이 모든 것을 예언하셨지. 영적인 내공이 아주 깊은 분이셨으니까 말이다. 여기에 버려진 것은 하느님의 뜻이었다. 나는 이 외로운 섬에서 모든 것을 처음부터 다시 생각해 보았고, 나의 신앙심을 되찾았지. 다시는 럼주나 마시고 있지 않을 거다. 물론 다시 럼주를 보게 되면 그 행운을 기억하기 위해 손톱만큼은 마셔 줘야겠지. 나는 말이다, 착하게 살기로 다짐했단다. 그리고 어떻게 해야 할지도 깨달았다. 그리고 말이다, 짐."

벤 건은 말을 잠시 멈추고 사방을 두리번거렸다. 그리고 이렇게 말했다.

"난 부자란다."

나는 이 불쌍한 인간이 오랜 외로움 때문에 정신이 나간 것이라고 확신했다. 그런데 이런 속마음을 읽기라도 했던 것인지 그가 이렇게 말했다.

"부자! 부자라니까? 네게 약속을 하나 하지. 나는 너를 신사로 만들어 줄 것이다. 짐, 아! 너는 내게 얼마나 많이 감사하게 될지 아느냐? 나를 처음 발견한 사람이 너라는 것에 대해 말이다."

이 말을 하며 벤 건의 얼굴이 갑자기 어두워졌다. 그러더니 내 손을 꽉 쥐고 검지를 내 눈 바로 앞으로 치켜들고 이렇게 물었다.

"자, 짐. 이제 털어놓아라. 저것이 플린트의 배냐?"

나는 이 말을 듣고 긴장이 풀리며 날아갈 것만 같았다. 나는 동지를 만난 셈이었다.

"플린트의 배라니, 천만에요. 플린트는 죽었어요, 아저씨. 하지만 진실을 말씀드린다면 사실 플린트의 부하 몇이 배에 타고 있긴 해요. 불행한 일이죠."

"그, 그 자는? 그 외다리는?"

벤 건이 숨을 거칠게 쉬기 시작했다.

"아! 실버! 그래, 그 이름이었지."

"그가 요리사예요. 지금은 반역의 우두머리이긴 하지만요."

벤 건은 계속 내 손목을 잡고 있었는데, 내가 이 말을 하자마자 손에 힘을 주어 내 손목을 비틀며 이렇게 말했다.

"네가 키다리 존이 보낸 아이라면 나는 지금쯤 돼지고기나 다름없어졌겠지. 나도 안다. 하지만 그러면 너는 누구냐?"

이 순간, 나는 그에게 우리 항해에 관한 이야기를 전부 들려주기로 마음을 굳혔다. 그리고 현재 닥친 위기까지 모두 말했다. 벤 건은 아주 집중해서 내 이야기를 듣더니 내 말이 끝나자마자 머리를 쓰다듬어 주었다.

"아주 착한 아이로구나, 짐. 상황이 안 좋구나, 그렇지? 좋다. 너는 이제부터 벤 건만 믿으면 된다. 벤 건 말고는 그 일을 해낼 수 있는 사람이 없구나. 그런데 네 생각에 지주가 너그럽니? 설마 내가 이렇게 도와주었는데 모르는 척 하는 건 아니겠지? 네 말에 따르면 지주도 덫에 걸린 듯하다만."

나는 지주님이 매우 너그러운 사람이라고 대답했다.

"그래, 하지만 나는 문지기 자리를 달라거나 제복 같은 것을 해달라는 게 아니다. 내 말은 그가 나에게 한 사람 몫의 돈, 그러니까 보자, 한 천 파운드 정도를 떼어 줄 것 같으냐 이거다."

"네, 아마도요. 모든 사람이 나눠 갖기로 했거든요."

"집으로도 데려다 주고?"

벤 건이 재빨리 덧붙이며 물었다.

"물론이에요. 지주님은 훌륭하신 분이에요. 그리고 우리가 적들을 다 해치우고 나면 배를 몰고 집으로 가는 데 아저씨의 도움이 꼭 필요할 거예요."

"오, 그렇겠지, 참."

벤 건은 안심한 듯 보였다.

"자, 이제부터 내 말을 잘 들어라. 다는 얘기 안 해 줄 거다. 플린트가 보물을 묻으러 왔을 때 나도 그 배에 타고 있었다. 플린트는 건장한 뱃사람 여섯 명을 데리고 왔고, 거의 일주일을 섬에서 보냈다. 우리는 해안을 이동할 때 낡은 월러스호를 이용했다. 그러던 어느 날 우리에게 신호가 왔고, 플린트는 작은 배를 타고 혼자 돌아왔지. 머리에 푸른색 스카프를 두르고 말이다. 해가 떠오르고 있어 주변이 밝았는데도 파도를 가르는 이물 위에 있던 그의 모습은 백짓장 같았다. 플린트는 우리에게 돌아왔다. 다른 여섯 명 모두를 죽여 파묻고 나서 말이다. 당시에 배에 남아 있던 우리는 알 수가 없었다. 전쟁이나 살인, 갑작스러운 죽음, 이런 걸 말이다. 아마도 플린트 혼자 여섯 명을 상대한 전쟁이었을 게다. 당시 항해사는 빌리 본즈, 키잡이는 존이었다. 이 두 사람이 플린트에게 보물이 어디에 있느냐고 물었는데, 플린트의 대답은 이거였다.

'원한다면 섬에 상륙해도 좋다. 대신 그곳에 영원히 머무르고 싶다면 말이다. 이 배는 더 많은 돈을 모으기 위해 계속 전진할 것이다!'

삼 년 전 다른 배를 타고 있을 때 나는 이 섬에 우연히 다시 왔고 그때 내 동료들에게 말했다.

'친구들, 이곳에 플린트의 보물이 있으니 배를 정박하고 그것을 찾아보세!'

선장은 그다지 내켜하지 않는 것 같았지만 동료들이 모두 동의했기 때문에 십이 일 동안이나 보물을 찾아 돌아다녔다. 보물이 나타나지 않자 동료들은 하루하루 나를 원망하기 시작했다. 그러던 어느 날 아침, 나를 제외한 모든 사람들이 배에 타고 있더구나. 그리고 이렇게 말했다.

'벤자민 건, 여기 소총 한 자루와 삽 하나와 도끼 하나를 놓고 갈 테니 혼자 여기 머물며 플린트의 돈을 실컷 찾아보게!'

짐, 그렇게 나는 삼 년 동안 여기에 있었고, 그날부터 오늘까지 기독교인이 먹는 음식은 냄새도 맡아보지 못했다. 나를 봐라. 내가 일반 선원처럼 보이느냐? 너는 아니요 라고 말해야 한다. 왜냐하면 나는 일반 선원이 아니었기 때문이다."

벤 건은 이 말과 함께 한 쪽 눈을 윙크한 후 나를 꼬집으며 이렇게 말을 이었다.

"가서 그 사람들, 그리고 너의 지주에게 이렇게 전해라, 짐. '아니요, 그는 일반 선원이 아니었습니다.'라고 말이다. '그는 삼 년 동안 밝을 때나 어두울 때나 날씨가 좋을 때나 나쁠 때나 이 섬의 사람이었고, 가끔씩 기도를 올리는 것도 잊지 않았고(이렇게 말해라.), 때때로 살아 계셨다면 많이 연로하셨을 어머니도 그리워했을지 모릅니다. (이렇게 말해야 한다.) 하지만 벤 건은(꼭 이렇게 말하는 거다.) 섬에서 보낸 시간 중 절반 넘는 시간을 다른 일을 하면서 보냈대요.' 그리고 지주의 팔을 이렇게 꼬집어라."

벤 건은 나를 아주 친밀한 태도로 살짝 꼬집더니 다시 말을 이었다.

"그런 다음에는 '벤 건은 좋은 사람이고, 그는 부자 신사보다 태생적인 신사를 훨씬 더 신뢰해요.' 여기서 훨씬 더 라는 말은 아주 중요하다. 잊지 말거라. 벤 건 스스로도 타고난 신사였단다."

"아저씨, 아저씨가 하시는 말씀은 하나도 이해가 안 돼요. 뭐,

별로 상관은 없어요. 근데 대체 어떻게 배에 올라탈 수 있다는 말씀이시죠?"

"그게 난관이란다. 하지만 나는 직접 만든 배를 가지고 있지. 하얀 바위 아래 감춰 두었는데, 최악의 경우에는 어두워진 후에 그것을 타고 가면 된다. 앗!"

벤 건이 말을 하다 말고 외마디 비명을 질렀다.

"저게 뭐냐?"

그 순간이었다. 해가 지려면 아직 한두 시간쯤 남아 있었는데 벌써 대포 소리가 울렸다. 섬의 온갖 곳에서 메아리들이 울려 퍼졌다.

"싸움이 시작됐어요! 저를 따라오세요!"

나는 정박지 쪽으로 달리기 시작했다. 외딴 섬에 버려졌던 사람이 염소 가죽을 걸친 채 따라왔다. 두려움은 잊은 지 오래였다.

"왼쪽, 왼쪽으로, 왼쪽으로 계속해서 가야 한다, 짐! 나무 아래다! 내가 처음으로 염소를 죽인 장소다. 염소들은 이제 이쪽으로 얼씬도 하지 않고 모두 벤자민 건을 두려워하며 산꼭대기 위에 돛처럼 매달려 있다. 앗! 저기 동동묘지―그는 공동묘지의 발음을 까먹은 듯했다.―에 흙무덤이 보이니? 내가 이따금씩 기도를 드리던 곳이지. 특히 일요일이라고 생각되는 날에 말이다. 진짜 예배당은 아니지만 진짜 예배당보다 더 엄숙하지 않느냐? 목사님도, 성서도, 깃발도 없긴 하지만 말이다."

벤 건은 달리는 동안에도 계속 이렇게 자신의 이야기를 들려주었다. 내 대꾸를 바라는 건 아니었다.

대포 소리가 난 후, 작은 무기들이 발사되는 소리가 들리다가 다시 정적에 휩싸였다. 400미터쯤 떨어진 숲 위로 영국 국기가 펄럭이고 있었다.

4부
요새

∼ 16장 ∼
의사가 들려주는 이야기 : 배를 포기한 과정

　뱃사람들 용어로 3시 종(*배에서는 12시부터 30분 간격으로 종을 쳐서 시간을 알린다.)이라고 부르는, 한 시 반쯤에 나룻배 두 대가 히스파뇰라호를 떠나 뭍으로 갔다. 나는 선장과 지주님과 함께 선실에 남아 여러 문제를 의논하고 있었다. 만일 바람이 조금이라도 있었다면 배에 남겨진 여섯 명의 반역자들을 기습적으로 해치우고 닻줄을 풀어 바다로 나갔을 테지만 안타깝게도 바람은 불지 않았다. 잠시 후 헌터가 호킨스가 작은 배에 뛰어들어 악당들과 함께 뭍으로 갔다는 소식을 전해 주었다. 이 소식은 안 그래도 불안하던 우리의 마음에 기름을 끼얹고 말았다.

　짐 호킨스를 의심해서가 아니라 그의 신변이 걱정됐기 때문이었다. 호킨스가 따라간 자들은 극악무도하기 짝이 없는 자들이었기에 우리는 그 아이를 다시 볼 수 있을지 확신할 수 없었다.

　우리는 서둘러 갑판으로 발걸음을 옮겼다. 널빤지 사이로 송진이 부글거리며 올라왔고, 정박지 주변의 역겨운 냄새로 욕지기질이 날 지경이었다. 열병과 이질에 냄새가 있다면 이 역겨운 정박지가 바로 그 냄새를 맡을 수 있는 곳이었다. 반역자들 여섯이 갑판 돛 아래 모여 투덜대고 있었고, 나룻배는 강물이 바다와 만나는 지점에 단단히 묶여 있었다. 나룻배마다 한 사람씩 타고 있었다. 그들 중 하나가 '릴리뷸레로'라는 민요 가락을 휘파람으로 불기 시작했다.

　기다리는 것은 힘들었다. 헌터와 나는 곧 나룻배를 타고 직접 뭍으로 가 정보를 수집하기로 했다. 앞서 출발한 배들은 오른쪽으로 휘어 나아갔지만 헌터와 나는 지도에 나와 있는 말뚝 울타리 방향으로 곧장 갔다. 나룻배를 지키느라 남아 있던 선원 두 사람은 우리가 나타났을 때 굉장히 놀랐다. '릴리뷸레로'는 당연히 멈추었다. 그들은 어떻게 해야 할지 상의했다. 만일 그들이 실버에게 가 말했다면 아마 결과는 상당히 달라졌을 것이다. 하지만 그들은 이미 명령을 받은 상태였기 때문에 그대로 남아 '릴리뷸레로'를 계속 부르기로 결심한 듯했다.

　해안에는 바다 쪽으로 약간 돌출되어 나온 곳이 하나 있었다. 나는 그 곳이 그들과 우리 사이에 놓이도록 배를 운전했다. 우리 배가 육지에 닿기도 전에 나룻배들이 보이지 않게 되었다. 우리는 배에서 내렸다. 나는 안전을 위해 장전해 둔 권총 한 쌍을 지니고 있었고, 거의 달리다시피 빠르게 걸었다. 뜨거운 공기를 차단하기 위해 큰 손수건을 모자 아래 대어 두었다.

　100미터를 못 가 말뚝 울타리가 나타났다. 언덕 꼭대기 근처에서는 깨끗한 샘물이 솟고 있었고, 그 샘을 빙 둘러 튼튼한 통나무집이 한 채 있었다. 통나무집은 비상시 40여 명은 족히 들어갈 수 있을 듯했으며, 사방 벽면으로 소총을 내밀고 총을 쏠 수 있게끔 구멍이 나 있었다. 통나무집 주변에는 넓은 공터가 있었고, 그 공터는 다시 2미터 높이의 말뚝 울타리로 에워싸져 있었다. 이 울타리에는 입구가 따로 없었다. 울타리가 아주 튼튼했으므로 이것을 무너뜨리려면 시간과 힘과 기술이 많이 필요할 듯 보였다. 또한 사방이 완전히 트여 있었기 때문에 포위해 공격한다고 해도 적들은 몸을 숨길 수 없었다. 그에 반해 통나무집 안에 있는 사람들은 모든 각도에서 적을 볼 수 있었다. 가만히 이 은신처에 숨어 있다가, 적이 나타나면 마치 자고새를 사냥하듯 총으로 쏘아 버리기만 하면 되는 것이었다. 필요한 것은 식량과 망을 잘 보는 사람뿐이었다. 완벽하게 기습당하지 않는다면 연대 병력에 맞서 싸우는 것도 승산이 있어 보였다.

나는 샘물이 참으로 마음에 들었다. 히스파뇰라호의 선실은 넓고 무기와 탄약들이 상비되어 있고 음식과 포도주도 훌륭했지만 물이 없었던 것이다. 그때였다. 갑자기 누군가가 비명을 질렀다. 마치 죽기 직전의 비명처럼 섬 전체에 울려 퍼졌다. 나는 사람들이 죽어가는 상황을 꽤 겪었다. 컴버랜드 공작을 모시고 전투에 참가했던 적도 있었고 퐁트누아에서는 부상을 겪기도 했었다. 하지만 그럼에도 불구하고 내 심장은 불규칙하고 빠르게 방망이질을 시작했다.

'짐 호킨스, 결국 네가 당한 것이냐.'

내 머릿속에 첫째로 떠오른 것은 그 아이였다.

나는 군인 출신 의사였다. 이런 직업군의 사람에게 꾸물거릴 시간 따위는 없었다. 나는 재빨리 해안으로 돌아가 배에 올라탔다.

노를 아주 잘 저었던 헌터 덕분에 우리는 날아가는 듯 히스파뇰라호에 도착했다. 나는 얼른 배에 올라탔다.

모두 충격을 받았다. 당연한 일이었다. 지주님은 마치 침대보처럼 새하얗게 질린 채 주저앉아 있었다. 그리고 자신이 우리를 위험에 빠트렸다며 스스로를 책망했다. 착한 사람이었다. 앞갑판에 있던 여섯 명 중 하나도 지주님과 비슷한 듯 보였다.

스몰릿 선장이 그 선원에게 도리질을 하며 이렇게 말했다.

"이런 일을 처음 겪는 사람입니다, 선생님. 비명을 듣고 거의 기절할 지경이었지요. 조금만 설득하면 우리 편이 될 수도 있을 겁니다."

나는 선장에게 내 계획을 말했다. 그리고 함께 세부 사항을 논의하고 결정했다.

우리는 늙은 레드루스를 선실과 앞갑판 사이의 복도에 배치한 뒤 장전된 소총 서너 자루와 몸을 보호할 수 있는 매트리스를 넘겨주었다. 헌터는 작은 배를 타고 방향을 돌린 다음 범선의 창문 아래쪽으로 몰고 왔고, 조이스와 나는 소중한 내 의료 상자를 비롯하여 화약통, 소총, 과자 봉투, 돼지고기 몇 통 그리고 브랜디 한 통을 나룻배에 실었다.

지주님과 선장은 계속 갑판에 있었다. 선장이 배에 남은 악당들 중에서 제일 우두머리인 키잡이를 불러 이렇게 말했다.

"핸즈, 우리 두 사람은 각각 권총을 두 자루씩 갖고 있으니 만일 너희 여섯 중 누구라도 수상한 행동을 보였다는 바로 저세상으로 가게 될 거야."

그들은 당황한 듯했고 잠시 서로 상의하더니 모두 앞쪽 승강구로 내려갔다. 분명 우리의 뒤를 공격할 생각이었을 것이다. 하지만 그곳의 좁은 통로에서는 레드루스가 기다리고 있었다. 그들은 바로 방향을 바꾸었다. 그리고 잠시 후, 머리 하나가 갑판 위로 쑥 올라왔다.

"어딜! 내려가라, 이놈!"

선장이 그 머리에 대고 소리쳤고, 그자는 다시 아래로 물러났다. 그 뒤로 한동안 그 겁 많은 여섯 명은 쥐 죽은 듯 조용했다.

그러는 동안, 우리는 그 작은 나룻배에 최대한 많은 물건들을 실었다. 조이스와 나는 창문으로 빠져나가 다시 있는 힘껏 노를 저어 해변으로 갔다.

해변에서 망을 보던 선원들은 우리가 다시 해안에 나타나자 몹시 놀라워했다. 다시 '릴리뷸레로'가 그쳤고, 우리가 튀어나온 곳 뒤로 돌아가 그들을 볼 수 없게 되기 직전에 그들 중 하나가 나룻배에서 내리더니 곧 사라졌다. 나는 계획을 바꿔 그들의 나룻배를 부숴 버리는 게 낫지 않을까 잠깐 생각했다. 하지만 근처에 실버나 다른 자들이 있을지도 모른다는 생각이 들어 그만두었다. 너무 욕심을 내다가는 모든 것을 잃을지도 몰랐다.

우리는 아까와 똑같은 장소에 배를 대고, 싣고 온 물품들을 통나무집으로 옮겼다. 셋이 함께 짐을 한가득 들고 가서 말뚝 울타리 안으로 던져 넣었다. 그러고는 조이스에게 짐을 지키고 있으라고 명령하고―그는 한 명이었지만 소총은 여섯 자루였다.― 헌터와 함께 다시 나룻배로 돌아가 짐을 날랐다. 숨 돌릴 틈도 없이 열심히 물건들을 날랐다. 나는 하인 둘을 통나무집에 앉혀 놓고 있는 힘껏 노를 저어 다시 히스파뇰라호로 돌아왔다.

나룻배를 타고 짐을 실어 나르는 것은 보기보다 위험하지 않았다. 수적으로는 그들이 우세였지만, 무기로는 그들이 열세였기 때문이었다. 해안가에 있던 해적 중에 소총을 가진 자는 없었고, 그들이 권총으로 쏠 수 있는 거리까지 오기 전에 우리가 소총으로 최소한 여섯 명 정도는 쏠 수 있을 거라는 확신이 있었다.

지주님은 히스파뇰라호의 현창(*배에 난 창문.)에서 나를 기다리고 있었는데, 아까보다는 훨씬 멀쩡해 보였다. 지주님은 밧줄을 잡아당겨 단단히 묶었고, 우리는 또다시 나룻배에 물건을 싣기 시작했다. 돼지고기와 화약, 과자 등이었다. 지주님과 나 그리고 레드루스와 선장은 각자 소총 한 자루와 선원용 단도 한 자루씩을 챙겼다. 남은 무기와 화약들은 모두 뱃전 너머 두 길 반 깊이의 물속에 던져 버렸다. 깨끗한 모래 바닥 위에서 쇠붙이들이 햇빛을 받아 반짝였다.

이제 썰물이 지고 있었고, 닻을 내린 배는 원을 그리며 약하게 흔들흔들 움직였다. 나룻배가 있는 쪽에서 작게나마 목소리가 들려오기 시작했다. 조이스나 헌터가 있는 곳은 훨씬 더 동쪽이었기 때문에 안심이 되기는 했지만 어쨌든 출발을 서둘러야 했다.

레드루스는 복도에서 나와 나룻배에 올라탔고, 우리는 스몰릿 선장이 배에 타는 것을 돕기 위해 나룻배를 몰고 선체 주위를 돌아 고물의 돌출부로 움직였다.

"거기! 내 말 들리나?"

선장이 이렇게 외쳤는데 대답은 없었다.

"아브라함 그레이, 자네 말일세."

선장이 다시 말해도 여전히 대답은 없었다.

"그레이!"

스몰릿 선장은 목소리를 높였다. 그리고 이렇게 말했다.

"나는 지금 이 배를 떠난다. 나는 자네에게 선장을 따르라고 명령한다. 자네가 근본이 선한 자라는 것을 알고 있고, 제대로 따지자면 너희 중 겉으로 보이는 것만큼 나쁜 놈은 하나도 없다는 것도 안다. 여기 내 손에 시계가 있다. 삼십 초의 시간을 줄 것이다. 얼른 나와 우리와 함께 가기를 바란다."

짧고도 긴 정적이 흘렀다.

선장은 다시 말했다.

"서둘러라. 오래 머뭇거리지도 마라. 일 초에 나의 목숨과 여기이 선량한 신사들의 목숨이 걸려 있다."

그때였다. 갑자기 멱살잡이 소리가 들렸고, 아브라함 그레이가 뺨에 단도 자국이 난 채 선장에게 달려왔다. 마치 휘파람 소리를 들은 개와 같이 말이다.

"함께 가겠습니다, 선장님."

그렇게 그레이와 선장이 우리가 탄 나룻배로 넘어왔다. 우리는 배를 밀어 노를 젓기 시작했다.

범선에서는 무사히 빠져나왔다. 하지만 이제 말뚝 울타리가 있는 뭍까지 가야만 했다.

〜 17장 〜
의사가 들려주는 이야기 : 나룻배의 마지막 항해

나룻배로 하는 다섯 번째 이동이었지만 지난 네 번과는 달랐다. 단지처럼 작은 배에 무리하게 짐을 많이 실은 데다 성인 남자 다섯을 태우고 있었다. 게다가 그중 셋-트렐로니, 레드루스, 선장-은 키가 180센티미터가 넘었다. 이 사람들만으로도 배가 감당할 수 있는 무게를 이미 넘은 상태였다. 화약과 돼지고기, 빵자루까지 실어 놓으니 고물 쪽 뱃전은 위쪽 끝까지 물이 넘칠 듯 찰랑거렸다. 금방이라도 배가 물에 가라앉을 것 같았다. 나룻배 안으로 계속 물이 들어오고 있어서 100미터도 가지 않았는데 바지의 엉덩이 부분과 외투의 밑자락이 이미 물에 젖은 상태였다. 선장은 배가 균형을 잃지 않도록 우리에게 이리저리 자리를 옮겨 앉게 했다. 나룻배는 수평을 유지할 수 있었지만 숨 쉬는 것조차 조심스러울 수밖에 없었다.

게다가 이제는 썰물이 시작되었다. 거센 조류가 큰 파도를 일으키며 굽이굽이 서쪽으로 밀려 나갔다가 해협을 따라 남쪽 바다로 흘러가고 있었다. 짐을 많이 실었기 때문에 작은 파도에도 상당히 위험했다. 가장 심각한 문제는 우리가 가야 할 방향에서 벗어나 곶 너머 우리의 목적지로부터 점점 멀어지고 있다는 것이었다. 계속해서 조류에 쓸려 내려간다면 해적들의 나룻배 바로 옆에 배가 닿을 판이었다.

"말뚝 울타리 쪽으로 뱃머리를 향하게 하는 것이 정말 안 됩니까?"

내가 선장에게 물었다.

나는 키를 잡고 있었고, 나중에 배에 탄 선장과 레드루스가 함께 노를 젓고 있었던 것이다.

"조류 때문에 배가 계속 아래로 떠밀려 가고 있습니다. 노를 조금 더 빨리 저을 수는 없는 것인가요?"

"그럼 배가 물에 잠깁니다. 최대한 조류가 흘러오는 방향으로 뱃머리를 돌리도록 노력해 주십시오. 이 조류의 흐름을 거스를 수 있을 때까지 버텨 주셔야만 합니다."

나는 선장이 시키는 대로 했다. 하지만 뱃머리를 정동쪽, 즉 우리가 가야할 방향과 거의 직각 방향으로 놓기 전까지는 계속 이렇게 서쪽으로 쓸려 갈 수밖에 없다는 것을 알게 되었다.

"이런 속도로는 절대 해안에 도착하지 못할 것 같은데."

내가 말했다.

"이것이 우리가 잡을 수 있는 유일한 침로라면 그렇게라도 잡아야 합니다."

선장은 이렇게 대꾸하더니 말을 이었다.

"조류를 거슬러야 합니다, 선생님. 바람이 부는 쪽으로 흘러가게 되면 어디에 상륙할지 가늠할 수 없는 데다 그 자식들의 배와 부딪칠 수도 있습니다. 하지만 지금 우리가 가는 방향으로 가면 틀림없이 곧 조류가 약해질 테고 다시 해안으로 돌아올 수도 있을 것입니다."

"선생님, 이미 조류가 약해지고 있으니 방향을 잡을 수 있을 겁니다."

앞쪽에 앉아 있던 그레이가 말했다.

"고맙네."

내가 대답했다. 나는 마치 아무 일도 없었단 듯이 대답했다. 우리 모두 그레이가 늘 우리 편이었던 것처럼 그를 대하고 있었다.

"참, 대포!"

갑자기 선장이 목소리를 높여 말했다. 나는 그의 목소리가 약간 변한 것을 알아챘다.

"저도 그 생각을 하지 않은 것은 아닙니다. 하지만 저자들이 대포를 해안까지 가져올 수는 없습니다. 설령 그렇게 한다고 해도 대포를 끌고 그곳을 통과하기는 힘들겠지요."

나는 선장이 말뚝 울타리가 포격당하는 것을 걱정하고 있다고 생각하고 이렇게 대답했다.

"선생님, 고물 쪽 좀 보셔야겠습니다."

선장이 말했다.

그랬다. 4킬로그램짜리 포탄이 들어가는 대포를 완전히 잊고 있었던 것이다. 우리는 곧 공포에 휩싸였다. 배에서 다섯 악당이 바삐 움직이며 항해 중에 대포에 씌워 놓은 질긴 방수포를 벗겨

내고 있었다. 나는 불현듯 저 대포에 들어가는 둥근 포탄과 화약 등을 배에 고스란히 두고 왔다는 사실이 떠올랐다. 도끼 한 번 휘두르면 그 모든 것들이 악당들의 손에 넘어가고 말 것이었다.

"이즈라엘은 플린트의 포수였어요."

그레이가 쉬어 버린 목소리로 이렇게 말했다.

우리는 모든 악조건을 감당하면서까지 뱃머리를 도착 지점으로 돌렸다. 이제 조류의 흐름에서는 벗어나 있었기 때문에 노를 천천히 저어도 충분히 방향을 유지할 수 있었다. 나는 목적지를 향해 똑바로 배를 몰았다. 하지만 일은 완전히 어그러지고 말았다. 방향을 돌려놓자 히스파뇰라호에서도 나룻배의 고물이 아닌 뱃전을 볼 수 있게 된 것이다. 적에게 헛간 문만큼이나 커다란 표적으로 드러나고 만 셈이었다.

내 귓가에는 브랜디를 마셔 얼굴이 벌겋게 달아오른 이즈라엘 핸즈가 갑판 위에 원형 포탄을 내려놓는 소리가 들려왔다.

"누가 가장 총을 잘 쏩니까?"

선장이 물었다.

"두말할 것 없이 트렐로니 씨입니다."

내가 대답했다.

"트렐로니 씨, 저자들 중 한 명을 쏴 맞추실 수 있겠습니까? 가능하다면 핸즈를 말입니다."

트렐로니는 쇠붙이처럼 냉정한 모습으로 들고 있던 총의 뇌관을 살펴보았다.

"조심해서 해 주시길 부탁드립니다. 그렇지 않으면 배가 뒤집힐지도 모릅니다. 모두 트렐로니 씨가 조준할 때 배의 균형을 잘 잡아 주시오!"

선장이 말했다.

지주는 총을 들어 올렸고, 즉시 노 젓기가 중단되었다. 우리 모두는 균형을 유지하기 위해 반대편으로 몸을 기울였다. 모두 훌륭히 균형을 잡아 주어 배에 물이 들어오는 것을 완벽하게 막을 수 있었다. 적들은 이 순간에도 회전 포대 위에서 대포를 돌리고 있었다. 핸즈가 꽂을대(*총포에 화약을 재거나 총열 안을 청소할 때 쓰는 쇠꼬챙이.)를 들고 총구 앞에 있었기 때문에 가장 많이 노출되어 있었다. 하지만 하늘은 우리 편이 아니었던 것 같다. 지주님이 총알을 발사하는 순간, 핸즈가 갑자기 몸을 굽혔고 총알은 핸즈를 그대로 지나쳐 뒤에 있던 다른 넷 중 하나에게 맞았다.

총에 맞은 해적이 지른 비명에 배에 탄 해적뿐 아니라 이쪽 해안에 나와 있던 상당수의 해적들도 덩달아 소리를 내질렀다. 해안 쪽을 바라보자 다른 해적들이 나무 사이에서 떼로 몰려나오며 자신들의 나룻배에 몸을 싣고 있었다.

"놈들의 나룻배가 오고 있습니다."

내가 말했다.

"그렇다면 힘껏 노를 저어야지요! 이젠 배가 물에 잠겨도 괜찮습니다. 우리가 해안에 도착하지 못한다면 이러나저러나 모든 것이 끝나는 거나 마찬가지요!"

선장이 큰 소리로 대답했다.

"저쪽 나룻배는 한 척에만 사람들이 탔습니다. 다른 자들은 아마도 해안을 따라와 우리의 길을 막을 것 같습니다."

"자식들, 엄청 뛰어야겠군요. 하지만 그래봐야 물 밖에 나온 물고기나 다름없을 겁니다. 내가 신경 쓰는 건 그들이 아니라 사방으로 발사할 수 있는 저 대포요. 이건 카펫 위에서 하는 볼링이나 마찬가집니다. 하녀가 쏘더라도 실패할 수가 없는 상황입니다. 지주님, 화약 심지가 보이거든 말씀해 주십시오. 배를 멈추어야 합니다."

선장이 이렇게 말했다.

그러면서도 우리는 상당히 빠른 속도로 전진했다. 사람을 이렇게나 많이 태운 것치고는 믿을 수 없는 속도였다. 게다가 나룻배에 물도 별로 들어오지 않았다. 우리는 곧 목적지에 거의 다다라, 서른 번 정도만 더 노를 저으면 배를 해안에 댈 수 있었다. 썰물로 인해 빽빽하게 들어찬 나무 밑으로 좁은 모래 띠가 드러났다. 이제 적들의 배는 두렵지 않았다. 작은 곶에 가려 눈에 보이지도 않았고, 우리의 길을 그토록 방해했던 썰물이 이제는 아군이 되어 놈들의 진로를 방해하고 있었던 것이다. 대포만이 유일한 위험 요소였다.

"가능하다면 배를 다시 멈추고 다른 놈을 해치우는 것이 좋을 듯싶습니다."

선장이 말했다.

범선에 있는 해적들은 빨리 발포를 하려고 할 것이었다. 그들은 쓰러진 동료가 기어가려고 애쓰고 있음에도 불구하고 그를 거들떠보지도 않았다.

"준비!"

지주님이 외쳤다.

"멈추시오!"

선장이 빠르게 지주님의 외침을 받아 외쳤다. 마치 메아리 같았다.

선장과 레드루스는 엄청난 괴력을 발휘해 노를 거꾸로 저었다. 나룻배의 고물 전체가 가라앉고 있었다. 그와 동시에 포성이 울려 퍼졌다. 이것이 짐이 들은 첫 번째 포성이었다. 짐은 지주님이 쏜 총소리는 듣지 못했던 것이다. 우리는 포탄이 정확히 어디로 갔는지 알 수 없었다. 아마 우리의 머리 위로 날아간 것 같았다. 그때 포탄이 일으킨 바람 때문에 우리가 타고 있던 나룻배가 위험에 처했다.

배의 고물은 물속으로 1미터나 가라앉았고, 선장과 나는 잠시 서로를 바라본 채 할 말을 잃었다. 다른 세 사람은 머리까지 완전히 물속에 처박혔다가 거품을 일으키며 다시 떠올랐다.

이것 말고는 별 피해가 없는 것 같았다. 아무도 목숨을 잃지 않았고, 해안까지 안전하게 걸어갈 수 있는 거리였기 때문이었다. 하지만 배에 실렸던 짐은 모두 물속에 가라앉았고, 다섯 자루의 총 중에서 남은 건 두 자루뿐이었다.

나는 본능적으로 무릎 위에 놓아두었던 총을 머리 위로 높이 치켜들어 총을 구했고, 선장은 총과 탄띠를 어깨에 걸치고 있었지만 총의 발사 장치 쪽을 위쪽으로 두고 있었다. 아주 현명한 처사였다. 어쨌든 나머지 세 자루의 총은 배와 함께 그대로 물속으로 가라앉았다.

그때 해안선을 따라 늘어선 숲에서 적들의 목소리가 우리 쪽으로 다가오고 있었다. 설상가상이었다. 우리는 이미 큰 타격을 입어 반쯤 망가져 버린 상태였고, 말뚝 울타리로 가는 길은 차단될 가

능성이 높았다. 게다가 말뚝 울타리의 헌터와 조이스에게 대여섯 놈의 습격자가 갔을 경우, 그들이 버티어 줄 만한 판단력과 능력을 갖추었는지도 의문이었다. 모두 알다시피 헌터는 믿을만한 사람이 었다. 하지만 조이스는 달랐다. 하인으로 일하며 옷이나 털어줄 때는 유쾌하고 상냥한 좋은 사람이었지만 싸움에는 젬병이었다.

떨쳐지지 않는 걱정을 한가득 품은 채 우리는 나룻배에 화약과 식량의 절반 정도를 버려두고 최대한 빠르게 해안 쪽으로 걸음을 옮겼다.

18장
의사가 들려주는 이야기 : 첫날 결투의 결말

　우리는 있는 힘을 다해 말뚝 울타리와 우리 사이에 있던 띠 모양의 숲을 건넜다. 발자국을 뗄 때마다 해적들의 목소리가 점점 더 가까워지는 것 같았다. 곧 그들이 뛰어오는 발소리가 생생하게 들려왔고, 덤불을 지나며 가지들을 부러뜨리는 소리까지 전부 들렸다. 나는 그들과 정면으로 맞서게 될지도 모른다는 생각에 총의 점화약을 살피며 이렇게 말했다.

　"선장, 트렐로니 씨는 뛰어난 사수이니 그에게 총을 주시는 게 어떻습니까. 그분 총은 망가졌으니 말입니다."

　선장과 트렐로니 씨가 총을 교환했다. 트렐로니 씨는 이런 사태가 일어난 후 시종일관 조용하고 침착한 태도를 보였고, 총을 맞바꾸면서도 조용하고 침착하게 총에 이상이 없는지 살폈다. 그때 나는 그레이에게 아무런 무기가 없다는 것을 깨닫고 내 단도를 건네주었는데, 그는 단도를 받아 들고는 손에 침을 뱉더니 미간에 힘을 잔뜩 준 채 단도를 허공에 대고 이리저리 휘둘렀다. 그 모습이 참으로 믿음직스러웠다. 새로 우리 편이 된 그자는 몸이 다부져 큰 보탬이 될 것 같았다.

마흔 걸음쯤 더 걸으니 숲이 끝났고, 눈앞에 말뚝 울타리가 모습을 드러냈다. 그런데 울타리의 남쪽 중간 부분에 다다랐을 때, 갑자기 악당 일곱이 갑판장 조브 앤더슨을 선두로 하여 남서쪽 구석에서 소리를 지르며 나타났다.

그들도 우리를 발견하고 놀랐는지 멈춰 섰다. 그 틈을 타 지주님과 나 그리고 통나무집에 있던 헌터와 조이스가 총을 쏘아 댔다. 모두 네 발의 총알이 발사되었다. 충분했던 것 같다. 한 명이 쓰러졌고 나머지는 혼비백산하여 나무 뒤로 다시 몸을 숨겼다.

다시 장전한 다음 쓰러진 적을 살폈는데, 숨이 완전히 끊어져 있었다.

우리는 성공을 기뻐했다. 하지만 순간 덤불숲에서 총소리가 났고, 금세 총알 하나가 내 귀를 휙 스쳐 지나갔다. 곧 내 뒤에 있던 불쌍한 톰 레드루스가 비틀거리며 쓰러져 바닥에 뻗어 버렸다. 지주님과 나는 곧바로 총알이 날아온 숲을 향해 총을 쐈다. 하지만 적은 숲 속에 숨어 있었고, 우리는 화약만 낭비하고 말았다. 나는 다시 총을 장전한 다음, 불쌍한 톰을 바라보았다.

선장과 그레이가 벌써 그에게 가 상태를 살피고 있었다. 나는 그에게 희망이 없다는 것을 알 수 있었다.

우리의 발 빠른 반격에 해적들은 다시 흩어진 것 같았다. 우리는 별일 없이 늙은 사냥터지기를 말뚝 울타리 너머로 들어 넘겨 통나무집 안으로 옮겼다. 레드루스는 피를 흘리며 신음하고 있었다.

그는 이 모든 일이 시작되던 그때부터 통나무집에 누워 죽음의 문턱에 다다른 지금 이 순간까지 한 번도 놀라움이나 불평이나 두려움과 같은 감정을 드러내지 않았었다. 그렇다고 마지못해 따르고 있다는 느낌도 아니었다. 레드루스는 히스파뇰라호의 복도에서 매트리스 하나를 방패 삼아 트로이 용사처럼 버텨 주었고, 언제나 묵묵히 명령에 복종했으며, 주어진 일에 충실했고 완벽했다. 우리 중 가장 나이가 많은 사람보다도 스무 살쯤이나 더 위였는데도 말이다. 과묵하고 헌신적이었던 늙은 하인이 지금 죽어가고 있었다.

"나는 이제 죽는 건가요, 의사 선생님?"

"톰, 당신은 집으로 돌아갈 것입니다."

"놈들에게 총이라도 한 방 쏴 주었음 좋았을 뻔했네요."

"톰, 나를 용서한다고 말해 주게. 그렇지?"

"제가 지주님을 용서한다고요? 어이쿠, 이거 힘들 텐데. 뭐 정 원하신다면 그랬다고 생각해 주세요, 아멘!"

이렇게 말한 레드루스는 잠시 침묵하더니 곧 누군가가 기도문이라도 읽어주면 좋겠다고 부탁했다.

"그게 전통인지라, 나으리."

톰이 송구스럽다는 듯 이렇게 덧붙였다. 그리고 얼마 지나지 않아 톰은 이 세상을 떠났다.

그런데 이때 나는 선장의 가슴팍과 호주머니가 유독 불룩하다는 것을 눈치챘다. 선장은 곧 그 안에 있는 것들을 꺼내 보여 주었다. 영국 국기와 성서책, 튼튼한 오랏줄, 펜, 잉크, 항해 일지 그리고 담배 등이었다. 선장은 말뚝 울타리 안에 전나무로 된 긴 통나무 하나가 손질되어 누워 있는 것을 발견한 후, 헌터와 함께 나무들이 교차하여 십자 모양을 이룬 통나무집 한쪽 구석에 그 전나무를 걸쳐 세웠다. 그러고는 지붕에 올라가 국기를 매달았다.

선장은 이것을 하고 굉장히 마음 편해 하는 것 같았다. 선장은 통나무집으로 돌아와 나머지 물품들을 잘 정리했다. 그러고는 톰이 죽어가는 것을 계속 주시하다가, 톰이 숨을 거두자마자 또 다른 깃발 하나를 가져와 엄숙한 모습으로 톰의 주검 위에 덮었다.

"너무 슬퍼하지는 마십시오."

선장이 지주님의 손을 맞잡고 흔들며 말했다.

"톰에게는 더 나은 일일 것입니다. 선장과 주인을 위해 자신의 의무를 다하다가 총에 맞아 죽은 선원은 두려울 게 하나도 없지요. 교회에서 하는 말은 아니지만 믿을만한 사실이지요."

그리고 선장은 나를 한쪽으로 끌고 가 이렇게도 말했다.

"리브시 선생님. 구조선이 몇 주쯤 뒤에 올 것이라 예상하고 계십니까?"

나는 주 단위가 아닌 달 단위로 따져야 할 거라고 대답해 주었다. 그리고 우리가 8월 말까지 돌아가지 않으면 그 이전도, 그 이후도 아닌 정확히 그때에 블랜들리가 우리를 찾으러 배를 보내게 되어 있다고 설명해 주었다.

"혼자 날짜를 계산할 수 있으시겠지요?"

"물론입니다. 신이 여러 가지를 참작하고 도와주신다 해도 우리는 위험한 항해를 하게 되겠군요."

선장이 머리를 긁적이며 말했다.

"그게 무슨 소리십니까?"

"아까 전에 두 번째 짐을 잃은 것이 정말 큰 손실이라는 말씀입니다. 화약과 총알은 그렇다 쳐도 식량이 부족한 건 어찌해야 할지요. 입 하나가 줄긴 했어도 여하튼 걱정입니다, 선생님."

선장이 국기 밑의 주검을 가리키며 이렇게 말했다.

그때였다. 쿵- 하는 굉음이 들렸고 이어 슝- 하는 소리가 들렸다. 대포알 하나가 통나무집 위를 지나 숲에 떨어졌던 것이다.

"어라! 그래, 어디 내키는 대로 쏘아 보아라! 화약이 남아나려나!"

선장이 외쳤다.

두 번째 포격은 조금 더 정확했다. 대포알이 말뚝 울타리 안으로 떨어졌던 것이다. 모래 구름이 만들어졌다. 비록 우리에게 해를

입히진 못했지만 말이다.

"선장, 배에서는 이 집이 보이지 않습니다. 분명 기를 보고 조준하고 있는 겁니다. 깃발을 내리는 것이 좋지 않겠습니까?"

"깃발을 내리자니요, 안 됩니다."

우리는 선장의 말에 동의했다. 그것이 우직한 정통 뱃사람의 태도이기도 했고, 적이 아무리 대포를 쏜다 한들 우리는 굳건하다는 것을 나타내는 좋은 전략이기도 했기 때문이었다.

적들은 저녁 내내 대포를 쏘아 댔다. 하지만 대포알은 통나무집 지붕을 넘어가거나 아니면 못 미치는 곳에 떨어지거나 또는 울타리 안의 모래알 속에 처박힐 뿐이었다. 그들은 아주 높이 조준해 쏘아 댔기 때문에 대포알은 그저 하늘에서 떨어져 모래에 파묻힐 뿐이었다. 포탄이 맞고 다시 튀어 오를 수도 있다는 걱정은 할 필요가 없었다. 포탄 중 하나가 통나무집 지붕에 떨어져 바닥을 뚫고 가기도 했지만, 우리는 이런 것에 익숙해져 버려 곧 크리켓 놀이쯤으로 여기게 되었다.

"그래도 한 가지 좋은 점이 있습니다. 우리 앞쪽 숲에는 적이 없을 가능성이 높다는 것입니다. 자, 이제 썰물이 거의 빠져나갔을 테니 물건들이 다 드러났을 겁니다. 누군가 가서 돼지고기라도 가져오지요."

그레이와 헌터가 나섰다. 그들은 단단히 무장을 한 뒤 말뚝 울타리를 빠져나갔다. 이것은 잘못된 선택이었다. 해적들은 우리 생각보다 용감했거나, 이즈라엘의 조준 실력을 너무 믿는 듯했다. 적네다섯이 가까이 세워 놓은 자신들의 나룻배에 우리의 짐을 정신없이 옮겨 싣고 있었던 것이다. 몇 명은 나룻배가 물에 쓸려 나가지 않도록 노를 젓고 있었다. 실버가 고물 쪽에 앉아 모든 것을 지휘하고 있었고, 그들 모두 배의 비밀 무기 창고에서 꺼낸 소총을 소지하고 있었다.

선장은 항해 일기를 쓰기 시작했고 앞부분에 이렇게 적고 있었다.

"선장 알렉산더 스몰릿, 선박 의사 데이비드 리브시, 목수 아브라함 그레이, 선주 존 트렐로니, 선주의 하인 존 헌터, 그리고 리처드 조이스 외 선원 중 폭동에 가담치 않은 자는 모두 열흘 치 식량만을 가진 채 오늘 섬에 정착했고, 보물섬에 있는 통나무집에 영국 국기를 걸었다. 선주의 하인 토머스 레드루스는 해적의 총에 맞아 오늘 사망하였다. 선실의 급사 제임스 호킨스는……."

바로 이 순간, 나는 가엾은 짐 호킨스의 운명이 궁금해졌다.

그리고 그때 육지 쪽에서 우리를 부르는 소리가 들렸다.

"누군가 우리를 향해 만세를 외치고 있습니다."

보초를 서고 있던 헌터가 이렇게 전해 주었다.

그리고 곧 반가운 목소리가 들려왔다.

"의사 선생님! 지주님! 아, 헌터다!"

문으로 달려 나가 보니 짐 호킨스가 건강한 모습으로 말뚝 울타리를 성큼성큼 넘어서고 있었다.

ᏚᎳ 19장 ᏚᎳ
요새의 수비대
(짐 호킨스가 다시 이어받음)

벤 건이 깃발을 발견하고는 걸음을 멈추고 내 팔을 잡으며 주저 앉아 이렇게 말했다.

"애야, 저건 네 친구들이다. 틀림없어."

"해적들 아닌가요?"

"이곳은 부자 신사 말고는 아무도 오지 않는 곳이다. 실버였다 면 해적 깃발을 걸었을 테지. 절대 그렇지 않다. 의심하지 마, 저건 너의 친구들이다. 총격전이 있었지. 네 친구들이 이겼을 테고 말이 다. 그리고 뭍에 내려와 오래된 말뚝 울타리에 자리를 편 게다. 바 로 플린트가 몇 해 전 만들어 놓은 곳이지. 그는 머리가 비상한 자 였다. 럼주를 빼고는 그를 당할 자가 아무도 없었어. 플린트는 세 상 어떤 것도 두려워하지 않았다. 아, 한 사람을 두려워하긴 했었 다. 실버 말이다. 실버가 대단한 자지."

"그래요, 그렇다고 생각해요. 그리고 그러길 바라요. 그럼 어서

제 친구들에게 가요."

"아니다, 친구여. 넌 착한 아이지, 내가 잘못 본 게 아니라면 말이다. 하지만 넌 아직 어린아이다. 나 벤 건은 그렇게 허술한 자가 아니다. 럼주를 준다 해도 가지 않을 테다. 럼주론 부족하고말고. 네가 말하는 그 천생 신사라는 자를 만나서 명예를 건 약속을 받아내기 전까지는 절대 안 간다. 자, 내 말을 잊은 것은 아니지? '훨씬 더(이렇게 말해라.) 훨씬 더 신뢰합니다.' 그런 다음 그 신사를 이렇게 꼬집어라."

그리고 그는 아까와 같은 교활한 표정으로 나를 세 번 꼬집었다.

"나 벤 건을 찾으려면 어디로 오는지 알지, 짐? 오늘 우리가 만났던 거기다. 올 때는 손에 하얀 것을, 그리고 혼자 와라. 오! 참 이 말도 빼놓지 말거라. '벤 건에게는 그만의 이유가 있어요.'라는 말 말이다."

"알았어요. 알 것 같아요. 아저씨는 우리에게 무언가 내놓을 것이 있고, 지주님이나 의사 선생님을 만나고 싶으시다는 거잖아요. 그리고 오늘 우리가 만났던 곳으로 만나러 오라는 것이지요? 그게 다인가요?"

"또 있다. '언제요?'라고는 안 물어보니?"

벤 건은 이렇게 말하고 바로 덧붙였다.

"정오에서 여섯 시 사이쯤이 좋다."

"좋아요. 이제 가도 되지요?"

"잊지 않았지?"

벤 건이 걱정스런 얼굴로 물어보았다.

"훨씬 더, 그리고 나 나름의 이유 라고 꼭 말하거라. 그만의 이유. 이건 큰 돛대의 버팀줄 같은 거니까."

벤 건이 덧붙였다. 그리고 여전히 나를 붙잡은 채 이런 말도 했다.

"이제 가도 돼, 짐. 참, 짐. 네가 실버를 만난다 해도 이 벤 건을 팔아넘기거나 하지는 않겠지? 야생마가 덮치더라도 불지는 않겠지? '안 그래요.'라고 대답하거라. 만약 해적들이 상륙해서 야영을 하고 있다면 아침이 되면 반드시 죽은 사람이 나올 게다."

그때 들려온 큰 대포 소리가 벤 건의 말을 끊었다. 포탄이 나무 사이를 뚫고 우리가 이야기하던 데에서 100미터도 떨어지지 않은 곳까지 날아와 모래에 박혔다. 우리는 그 즉시 서로 다른 방향으로 내달렸다.

그 뒤로도 거의 한 시간 동안이나 대포 소리가 섬을 흔들고 포탄이 숲 이곳저곳에 날아와 떨어졌다. 나는 열심히 도망 다녔지만, 포탄을 피하기가 너무 힘들었다. 어쩌면 그 소리들 때문에 포탄들이 나를 쫓는 기분이었을지도 모르겠다. 포탄 소리가 끝날 무렵에 나는 말뚝 울타리 쪽으로 갈 용기를 냈다. 여전히 포탄이 많이 떨어지는 듯했지만 그래도 가야만 했다. 나는 동쪽으로 빙 돌아 해안에 난 나무들 사이로 기어 내려갔다.

해는 막 진 상태였고, 나뭇잎들이 바닷바람에 살랑살랑 움직였다. 정박지의 회색 바다 위에는 잔물결이 일었고, 썰물이 한참 빠진 뒤라 거대한 모래밭이 모습을 드러내고 있었다. 낮에 한참 뜨거웠던 공기가 서늘해져 옷 틈새를 파고들었다.

히스파뇰로호는 그 자리에 그대로 있었지만, 꼭대기에는 해적

깃발이 펄럭였다. 검은 바탕에 해골이 그려진 깃발이었다. 그런데
또다시 붉은 번쩍임이 비치더니 곧 포성이 울렸다. 소리는 사방으
로 메아리쳤다. 그리고 포탄이 허공 속으로 날아갔다. 마지막 대포
공격이었다.

　　나는 엎드려서 지켜보았다. 말뚝 울타리 근처 해안에서 해적들
이 열심히 도끼질을 하고 있었다. 나중에야 그때 그들이 부순 것이
우리가 타고 왔던 나룻배였다는 것을 알았다. 강어귀 근처에서 큰
불길이 나무 사이로 피어오르고 있었다. 강어귀와 히스파놀라호
사이로 배 한 척이 계속 오갔다. 얼마 전까지만 해도 그렇게나 음
침해 보였던 해적들이 아이들처럼 함성을 지르며 노를 젓고 있었

다.

그들은 술에 취한 것 같았다. 나는 말뚝 울타리로 갈 수 있겠다는 생각이 들었다. 나는 이미 동쪽으로 정박지를 감싸는 모래톱까지 내려와 있었다. 이 모래톱은 물이 반쯤 빠지면 해골섬과도 연결되는 곳이었다. 나는 몸을 일으켰다. 모래톱 아래 낮은 덤불들 사이에 특이한 흰색 바위가 홀로 서 있었다. 벤 건이 말하던 그 하얀 바위라는 생각이 들었다. 언젠가 배가 필요하면 찾아보라고 했던 바로 그곳이었다.

나는 숲을 따라 헤매며 앞으로 나아갔고, 해안이 내려다보이는 말뚝 울타리 뒤쪽에 이르렀다. 그리고 그곳에서 믿음직한 우리 편 사람들이 환영하며 나를 맞아 주었다.

나는 내가 겪은 이야기를 들려 준 후 주변을 살펴보기 시작했다. 통나무집은 지붕과 벽과 바닥 모두 다듬지 않은 소나무로 만들어졌고, 마루는 모래땅 위에 40센티미터쯤 떠 있었다. 문 앞에는 현관이, 그 아래로는 샘이 있었다. 샘에는 이상하게 생긴 물통도 설치되어 있었다. 그것은 배에서 쓰던 무쇠 가마였고, 선장님이 설명해 주시기로는 '짐을 가득 실었을 때 물이 올라오는 선'에 맞추어 설치해 두는 것이었다.

통나무집은 골조 말고는 별로 남은 것이 없어 보였지만, 한쪽 구석에 난로로 쓸 수 있는 돌판과 불을 만들어 담을 수 있는 낡고 녹슨 철제 양동이가 놓여 있었다.

언덕 비탈과 말뚝 울타리 안쪽 나무들은 모두 베어진 상태였다. 아마 이 통나무집을 짓는 데 사용했으리라. 여기저기 남은 나무 밑동들이 이곳에 얼마나 많은 나무들이 높고 멋들어지게 자라고 있었는지 짐작케 했다. 원래 그곳에 있던 흙은 나무가 베어진 뒤 대부분 쓸려 내려갔거나 바람에 날려 온 모래 밑으로 묻혀 버렸으리라. 모래밭에서 초록빛을 찾아 볼 수 있는 곳이라고는 무쇠 가마에서 물이 흘러나오는 물가 근처뿐이었다. 이곳에는 이끼가 두껍게 자라고 있었고, 양치식물도 조금 있었으며, 짧은 덤불까지도 자라고 있었다. 말뚝 울타리 바로 바깥쪽에는–방어하기 어려울 정도로 가까운 곳에– 여전히 높고 빽빽한 숲이 에워싸고 있었다. 육지 쪽으로는 전나무, 바다 쪽으로는 상록떡갈나무가 자랐다.

아까도 이야기했듯이 저녁의 찬바람이 허술한 건물 틈 사이로 휭휭 불어 닥쳤고, 마루로는 고운 모래바람이 계속 들어왔다. 눈에도 모래, 이에도 모래, 저녁밥 속에도 모래, 심지어 쇠솥 바닥에서도 모래가 춤을 췄다. 온 세상이 보글보글 끓기 시작한 죽 같았는데, 굴뚝이라고는 지붕에 뚫린 사각형 구멍이 전부였다. 그곳으로는 연기가 아주 조금 빠져나갈 뿐 나머지는 전부 집 안에 머물렀다. 우리는 연신 기침을 했고 계속 눈을 비비는 수밖에 없었다.

게다가 새로 우리 편이 된 그레이는 해적들에게서 빠져나오며 다친 상처 때문에 얼굴에 붕대를 감고 있었고 늙은 레드루스는 가엾게도 영국 국기에 덮인 채 뻣뻣이 굳은 지 오래였다.

만일 우리가 게으름을 부리고 빈둥거릴 시간이 있었으면 모두 우울증에 빠져 버렸을 것이다. 하지만 스몰릿 선장님은 우리를 그렇게 내버려 둘 사람이 아니었다. 그는 모든 사람에게 보초 임무를 내렸다. 나는 리브시 선생님과 그레이와 한 조가 되었고, 지주님과 헌터와 조이스가 다른 한 조가 되었다. 모두 지쳐 녹초가 된 상태임에도 불구하고 두 사람은 장작으로 쓸 나무를 구하러 나가야 했고 두 명은 레드루스를 묻기 위한 무덤을 파야 했다. 의사 선생님은 요리사가 되었고, 나는 문가의 보초가 되었다. 선장님은 사람들 사이를 돌아다니며 돕기도 하고, 사기를 북돋워 주기도 했다.

때때로 리브시 선생님이 문쪽으로 와 신선한 공기를 쐬며 눈을 쉬곤 하셨다. 연기를 너무 많이 뒤집어 쓴 나머지 눈이 빠질 지경이라고 하셨다. 선생님은 문 쪽으로 올 때마다 내게 말을 걸었는데 한 번은 이런 말도 했다.

"스몰릿 선장 말인데, 짐. 그는 나보다 훨씬 더 괜찮은 사람이다. 내가 이런 말을 하는 게 얼마나 대단한 것인지 알지?"

그리고 한 번은 한동안 잠자코 있다가 고개를 한번 갸웃하더니 내게 이렇게 물었다.

"그 벤 건이란 사람은 멀쩡한 사람이긴 하니?"

"모르겠어요, 선생님. 사실 그가 미친 건지 아닌 건지도 잘 모르겠어요."

"그래, 그게 의심스럽긴 하겠지만 아마 미치지는 않았을 거다. 삼 년 동안이나 무인도에서 자신의 손톱을 물어뜯으며 보냈을 사람이 너나 나처럼 제정신으로 보이진 않겠지. 짐, 그게 바로 인간의 본성일 거란다. 그가 치즈를 원하더라고 했니?"

"네, 선생님. 치즈요."

"좋다, 짐. 입맛이 고급인 게 쓸모 있을 때가 있군. 내 코담배 갑을 보았겠지? 하지만 내가 코담배를 꺼내는 것은 한 번도 보지 못했을 게야. 왜냐하면 내가 코담배 갑에 넣어 다니는 것은 치즈이기 때문이다. 이탈리아에서 만든 아주 품질이 좋은 치즈지. 자, 그걸 벤 건에게 주자꾸나!"

우리는 저녁을 먹기 전에 늙은 톰을 모래에 묻었다. 우리는 모두 그 주위를 빙 둘러싸고 모자를 벗은 뒤 한동안 산들바람을 맞으며 그렇게 서 있었다. 선장님은 꽤 많은 양의 땔감을 모았지만 만족하지 않았다. 땔감을 바라보며 고개를 젓더니, 내일 훨씬 더 많은 땔감을 모아야 할 것이라고 말했던 것이다. 그다음 우리는 돼지고기를 먹고 브랜디 그로그주를 한 잔씩 마셨다. 지도자 격인 세 명이 구석에 모여 앞으로의 일들을 상의했다.

내가 보기에 그들은 아직 갈피를 못 잡는 것 같았다. 식량이 턱없이 부족해서 구조대가 오기 전에 항복해야 할지도 몰랐다. 굶주림 때문에 말이다. 결국 결론은 해적들이 스스로 자신들의 깃발을 내리거나, 그들이 히스파뇰라호를 타고 스스로 떠날 때까지 되도록 많은 숫자를 죽여야 한다는 쪽으로 났다. 열아홉이었던 숫자가 현재 열다섯으로 줄기도 했고, 이미 둘은 부상을 입은 상태였다. 대포 옆에서 총에 맞은 한 명은 죽지 않았다면 중상일 터였다. 하지만 놈들을 쏴 죽이기 전에 우리는 우리 목숨도 지켜야만 했다. 우리에게는 동맹군이 또 있었다. 바로 럼주와 날씨였다.

왜 럼주가 우리편이냐 하면 밤마다 해적들이 소리를 지르고 노래를 부르는 소리가 800미터나 떨어져 있는 우리에게도 들려왔기 때문이다. 그리고 날씨는 만일 해적들이 약도 없이 저렇게 늪에서 야영을 계속한다면 일주일도 채 못 되어 절반이 병에 걸릴 거라고, 의사 선생님이 가발을 걸고 호언장담하셨기 때문이다.

"우리가 모두 총에 맞아 쓰러지지 않는 한 놈들은 우리의 범선을 타고 달아나겠지. 그들이 중요하게 생각하는 것은 배입니다. 배만 있다면 다시 해적질을 할 수 있으니 말이지요."

의사 선생님이 덧붙였다.

"내가 잃어버린 최초의 배가 되겠군."

스몰릿 선장님이 이렇게 대꾸했다.

여러분은 짐작할 수 있겠지만, 나는 극도로 피곤한 상태였다. 나는 어른들의 이야기가 끝나기 전에 먼저 잠에 빠져 버렸다. 마치 죽은 것처럼 깊은 잠에 말이다.

나머지 사람들은 내가 잠든 후에도 오랫동안 잠들지 않았던 듯하다. 내가 사람들이 움직이는 소리에 깨어 일어났을 때, 그들은 이미 아침을 먹고 전날의 반만큼이나 땔감을 더 쌓아 놓고 있었다.

"휴전의 백기다!"

누군가 이렇게 외쳤다.

그리고 곧이어 이런 기막힌 소리가 들려왔다.

"실버가 직접 여기에 왔다!"

나는 벌떡 일어나 눈을 비비며 벽의 총구멍으로 밖을 내다보았다.

❧ 20장 ❧
실버의 사절단

정말이었다. 우리의 요새 밖에는 두 사람이 서 있었고 그중 하나가 하얀색 천을 흔들고 있었다. 그리고 나머지 한 사람은 다름 아닌 실버였다. 그는 매우 침착한 모습으로 오롯이 서 있었다.

아직 이른 아침인 데다가 내가 집을 떠난 이후 가장 추운 아침이었다. 뼛속까지 한기가 느껴졌으니 말이다. 머리 위로 펼쳐진 하늘은 구름 한 점 없이 푸르렀고, 나무들은 햇빛을 받아 장밋빛으로 물들어 있었다. 하지만 실버가 자신의 부하와 함께 서 있던 그곳만은 어둡고 을씨년스러운 분위기가 감돌았다. 밤사이 늪에서 새어나온 허연 물안개가 그들의 무릎까지 짙게 깔려 있었다. 나는 한기를 느꼈고 이 섬이 얼마나 사람이 살기에 안 좋은 곳인지 알 수 있었다. 습기가 많고 열병마저 퍼져 있는 건강에 치명적인 섬이었던 것이다.

"모두 안에 계십시오. 십중팔구 저자들의 잔꾀입니다."

선장님이 말했다.

"누구냐? 거기서 멈춰라. 그렇지 않으면 총을 발사하겠다."

선장님이 이어 소리쳤다.

"휴전의 깃발이다!"

실버가 소리쳤다.

선장님은 현관으로 나섰다. 하지만 저쪽에서 기습적으로 총을 쏠 것을 대비해 조심하는 모습이었다.

"리브시 선생님의 파수대가 망을 보는 것이 좋겠습니다. 선생님이 북쪽을, 짐 네가 동쪽을, 그레이는 서쪽을 그리고 비번인 조가 모든 사람들의 총을 장전하라. 힘차게, 그러나 조심스럽게!"

선장님은 몸을 돌려 우리에게 이렇게 말했다.

"휴전 깃발? 그래서 뭘 어떻게 하자는 것인가?"

선장님이 해적들 쪽을 바라보며 외쳤다.

"실버 선장님이 협상을 원하십니다!"

실버의 부하가 큰 소리로 대답했다.

"실버 선장이라! 나는 그런 사람을 모른다. 대체 실버 선장이 누군가?"

선장님이 이렇게 소리쳤다.

"선장? 세상에나. 승진을 해 버렸군!"

선장님의 혼잣말이 들렸다.

"나요. 당신이 탈함한 후 젊은이들이 나를 선장으로 뽑아 주었지."

존은 '탈함'이라는 단어를 강조했다.

"협상만 잘된다면 우리는 기꺼이 항복하리다. 내가 원하는 것은 오직 당신의 약속이라오, 스몰릿 선장. 내가 여기 이 요새에서 무사히 빠져나갈 수 있도록 해 주시오. 내가 총알이 닿지 않는 곳까지 갈 수 있도록 일 분의 시간을 준 후 총을 쏴 달라는 부탁이오."

실버가 말을 이었다.

"이보게, 나는 자네와 말을 하고 싶은 생각이 조금도 없어. 나하고 대화를 나누고 싶다면 이리 오게나. 그것뿐일세. 배신이란 건 자네들한테나 있는 일 아닌가? 그리고 만약 그런 일이 생긴다면 신의 가호가 있기를 바라네."

"됐습니다, 선장님. 그 말이면 충분합니다. 나는 누가 신사인지 아닌지 알 수 있습니다. 내기해도 좋지요."

키다리 존은 밝아진 목소리로 이렇게 소리쳤다.

휴전 깃발을 들고 있던 자가 실버를 막으려 했다. 스몰릿 선장님의 대답이 거만했기 때문에 그럴 수밖에 없었을 것이다. 하지만 실버는 자신의 부하를 보고 크게 웃음을 터뜨리고는 그렇게 걱정 안 해도 된다는 듯이 그의 등을 툭 한번 치고 요새 쪽으로 다가와 자신의 목발을 울타리 건너편으로 집어던졌다. 그러고는 한쪽 다리를 올린 다음 놀랄만한 힘과 기술로 담장을 훌쩍 넘어 우리의 진영 안으로 들어왔다.

밖에서 벌어지는 일을 넋을 잃고 보다 보니, 보초 노릇은 전혀 하지 못하고 있었다. 나는 내가 맡았던 동쪽 총구멍을 떠나 선장님 바로 뒤에 다가가 있었다. 선장님은 문지방에 앉아 있었고, 무릎에 두 팔꿈치를 괴고 두 손으로 머리를 받치고 있었다. 시선은 모래밭의 낡은 무쇠 가마에서 끓고 있는 물에 가 있었다. 선장님은 휘파람을 불고 있었는데 '처녀들이여 총각들이여 모여라'라는 곡이었다.

실버는 언덕을 힘겹게 올라오고 있었다. 경사가 가파른 데다 나무 그루터기들이 빽빽이 들어서 있었고, 모래마저 너무 부드러웠던 탓이다. 목발에 의지한 채 걷는 실버는 마치 억지로 방향을 돌리려는 배처럼 불안해 보였다. 하지만 실버는 특유의 남자다운 끈기와 노력으로 선장님 앞에 도착했다.

실버는 선장님에게 멋지게 경례했다. 그는 멋진 차림새를 하고 있었다. 황동 단추가 달린 푸른색 긴 상의 코트를 입고, 머리에는 레이스가 달린 멋들어진 모자를 비스듬히 쓰고 있었던 것이다.

"자네 왔나, 앉지."

선장님이 고개를 들며 대꾸했다.

"안에도 못 들어가나요, 선장님?"

키다리 존은 툴툴거렸다.

"집 밖 모래 위에 앉아 있기에는 날이 너무 춥군요."

존이 덧붙였다.

"실버, 이 사람아. 만약 자네가 그저 정직한 사람으로 만족했다면 자네는 아마 배의 주방에 편히 앉아 있었겠지. 이 모든 건 스스로 자초한 일이야. 자네는 내 배의 주방장으로 좋은 대접을 받거나, 그게 아니라면 흔하디흔한 반역자이자 해적, 실버 선장이 되어 교수형을 받게 될 테지!"

선장님이 말했다.

"자자, 선장님."

주방장은 얌전히 모래 위에 앉았다. 그리고 이렇게 말했다.

"그럼 이따 일어날 때 손이라도 잡아 주시구려. 키햐, 아주 어여쁜 곳이로군요. 옳아, 저기 짐도 있군! 잘 있었지, 짐? 안녕하십니까, 의사 선생! 오호, 마치 행복한 한 가족처럼 여기에 오순도순 모여 있었군요."

"이봐, 할 말이 있으면 그 말이나 하게."

선장님이 말했다.

"지당하십니다, 스몰릿 선장님. 할 일을 먼저 해야 합죠. 자, 그럼 이야기를 시작하겠습니다. 어젯밤에는 참 대단하십디다그려. 그건 인정하지요. 여기 사람들 중 지레를 아주 잘 다루는 사람이 있더군요. 우리 애들도 몇 겁을 먹었지, 아니, 죄다 겁을 먹었나? 나도 겁먹었나? 그래서 내가 오늘 여기 이런 얘기를 하러 왔을지도 모르겠군요. 어쨌든 내 말을 잘 들으십쇼, 선장. 두 번 다시는 그런 일은 없을 겁니다. 절대로! 우리는 보초를 세울 것이고, 럼주도 좀 덜 마실 거요. 당신네들은 우리가 모두 바람 속의 아딧줄(* 바람의 방향에 따라 돛의 각도를 조절하는 밧줄.)처럼 술에 취해 비틀댔을 거라 생각하겠지? 분명히 말하지. 나는 말짱했소. 단지 굉장히 피곤했을 뿐이오. 일 초만 더 빨리 잠에서 깼어도 당신들은 그대로 잡혔을 텐데 말이지. 정말이라니까? 내가 보았을 때 그 친구는 아직 죽기 전이었단 말이다."

실버가 말했다.

"그런가?"

스몰릿 선장님은 매우 차분한 태도로 대꾸했다.

선장님의 대꾸가 애매모호해서 실버는 그 사실을 눈치채지 못했을 테지만 아마도 선장님은 실버의 말을 전부 이해하기는 힘드셨을 것이었다. 하지만 나는 뭔가를 알 수 있을 것 같았다. 벤 건이 내게 했던 마지막 말이 떠올랐고, 해적들이 술에 취해 모닥불 주위에 뻗어 있을 때 벤 건이 그들을 찾아갔을 것이라는 데 생각이 미쳤다. 이제 우리가 상대해야 할 적이 열네 명으로 줄었다는 계산에 마음이 벅찼다.

"자, 그러니까 내가 하려는 말은 우리는 보물을 원하고, 보물을 차지하는 것이 우리의 목표라는 겁니다. 당신들이야 목숨을 구하는 게 제일 중요할 것 아니오? 그게 당신네들 바람이지. 당신들, 지도를 가지고 있지. 그렇지?"

실버가 말했다.

"그럴지도."

선장님이 대꾸했다.

"물론 갖고 있지. 나도 알고 있소. 정말 이렇게 쪼잔하게 굴 거요? 이래봤자 당신들에게 득이 되는 것은 아무것도 없을 텐데? 내기를 해도 좋소. 그러니까 내 말은 당신네 지도를 달라는 거요. 자, 나는 당신들을 해치고 싶은 마음이 전혀 없어. 한 번도 없었지."

"이보게, 내게 이래 봐야 아무 소용없어."

선장님이 실버의 말을 중단하고 이렇게 말했다.

"너희가 무슨 짓을 꾸미고 있는지 정확히 알고 있어. 그리고 관심도 없지. 알다시피 너희는 이제 그렇게 할 수도 없거든."

선장님이 말을 이었다. 그리고 아주 차분히 오래도록 실버를 바라보며 파이프를 채우기 시작했다.

"만일 아브라함 그레이가……"

실버가 말을 하려 했지만 그렇게 하지 못했다.

"그만!"

스몰릿 선장님이 소리를 질렀기 때문이었다. 그리고 선장님은 이렇게 말을 이었다.

"그레이는 내게 아무것도 말한 게 없다. 내가 물어보지도 않았다. 그거 아나, 실버? 나는 그저 너하고 그 녀석하고 이 섬 전체가 바다에서 사라져 지옥 불 속으로 떨어지는 꼴을 보고 싶을 뿐이야. 그게 이 문제에 대해 자네에게 일러두고 싶은 내 마음이지. 알아듣나?"

선장님이 화를 내자 실버는 곧 차갑게 가라앉은 듯했다. 방금 전까지만 해도 조급해 보였으나 그 모습이 사라졌던 것이다.

"나 원 참, 신사들의 단정한 모습은 그때그때 다르니 대체 종잡을 수가 있나. 파이프 담배를 한 대 피우시려는 듯한데, 나도 격식 차리지 않고 한 대 피우지."

실버는 파이프를 담배로 채우고 불을 붙였다. 두 사람은 침묵 속에서 오랫동안 담배만 피웠다. 얼굴을 한 번씩 마주 보기도 했고, 담배를 입에서 떼기도 했고, 몸을 굽혀 침을 뱉기도 했다. 나는 두 사람의 모습을 보는 것이 마치 연극을 보는 것처럼 재미있었다.

"자, 이렇게 하죠. 우리에게 보물 지도를 주고, 불쌍한 뱃사람들을 쏘거나 잠자는 사이 머리에 구멍 내는 일은 그만두시죠. 그렇게만 해 준다면 당신들에게 선택권을 주지. 보물을 실은 다음 우리와 함께 돌아갈 수 있소. 내 명예를 걸고 맹세컨대, 당신들을 어느 안전한 해안에 잘 내려놔 드리지. 만일 내 선원들 몇이 너무 거칠어서, 혹은 우리가 괴롭힌 것에 아직 원한이 남아 있어서 배를 함께 타고 가는 것이 마음에 들지 않는다면 이곳에 그대로 남아도 좋소. 식량은 당신들과 함께 사람 수대로 똑같이 나눌 것이고, 바다로 나가 처음 만나는 배에다 당신들 이야기를 전해 이곳으로 당신들을 태우러 보낼 것을 맹세하겠소. 이정도면 아주 좋은 조건 아닌가? 이보다 더 좋은 조건을 기대하진 않았을 테지……. 암 그렇고말고."

이렇게 말한 실버는 목소리를 좀 더 높여 말을 이었다.

"여기 이 요새에 있는 사람들 모두 내 말을 잘 곱씹어 보시길. 한 사람한테 말했지만 모두에게 한 말이나 다름없으니 말이야."

"그게 단가?"

스몰릿 선장님이 자리에서 일어나 파이프 재를 왼쪽 손바닥에 털어 내며 이렇게 물었다.

"끝이오. 다야! 제길! 만약 이걸 거절하면 이것이 당신네들이 나를 본 마지막이 될 테고 앞으론 나 대신에 총알들만 보게 되겠지."

존이 대답했다.

"알겠네. 자, 이제 내 말을 들어 볼 텐가? 만일 자네들이 무장을 하지 않고 하나씩 올라온다면 나는 자네들에게 족쇄를 채운 뒤 영국으로 돌아가서 공정한 재판을 받게 도와주지. 만일 그게 싫다면 말일세, 나 알렉산더 스몰릿의 이름으로, 저기에 내 군주의 깃발을 꽂은 사람으로서! 이 악마의 자식들이여! 너희 모두에게 데이비드 존스의 얼굴을 구경시켜 주마. 너희는 보물을 찾을 수 없다. 그리고 너희는 배를 몰고 가지도 못한다. 너희 중 저 배를 몰 수 있는 놈이 하나도 없기 때문이지. 또! 너희는 우리와 싸우지도 못한다. 저기 그레이가 너희 중 다섯을 뿌리치고 왔지. 그리고 실버,

잘 들어. 당신의 배는 족쇄가 채워진 거나 매한가지야. 지금 불어
들어가는 쪽 해안(*배가 위험한 상황에 있다는 표현.)에 있는 건 자네
라는 것을 알긴 아는가? 자, 이것이 여기에 서서 내가 할 수 있는
모든 말이고, 네가 들을 수 있는 마지막 말이겠지. 자! 하늘에 대
고 맹세하건데, 다음에 만날 때에는 네 등짝에 총알을 꽂아 주지.

어서 가거라! 썩 꺼지란 말이다! 두 손으로 번갈아 밧줄을 잡아당
기듯 빨리 서둘러라! 두 배로 서두르란 말이다!"

실버의 얼굴은 가관이었다. 화가 머리끝까지 오른 나머지 눈알
이 얼굴에서 튀어나올 듯했던 것이다. 그는 파이프를 흔들어 불을
꺼트리고 이렇게 말했다.

"좀 일으켜 주셔!"

실버가 소리쳤다.

"싫다."

선장님이 이렇게 대꾸했다.

"누가 내 손 좀 잡아 일으켜 줘!"

실버가 소리를 질렀다.

우리는 아무도 움직이지 않았다. 실버는 끔찍한 욕설들을 내뱉
으며 모래밭을 따라 현관까지 기어가 그곳에서 목발을 짚고 몸을
일으켰다. 그러고는 샘물에 침을 뱉었다.

"잘 보라구!"

실버가 이렇게 소리치고는 저주를 내뱉었다.

"내가 너희를 생각하는 게 저렇다는 거지. 한 시간만 기다려라.
이 거지같은 요새에 구멍을 낸 럼주 통처럼 만들어 주지. 웃어? 웃
어라, 젠장! 한 시간 후에는 웃음기 가신 얼굴로 울부짖게 될 거
다! 차라리 죽는 게 낫다고 생각할 테지!"

그는 연신 욕을 내뱉으며 모래를 헤쳐 나갔다. 그러고는 휴전
깃발을 든 사람의 도움을 받아 네댓 번 시도를 한 후에야 간신히
말뚝 울타리를 넘어갔다. 그들은 나무 사이로 재빠르게 사라져 버
렸다.

21장
공격

선장님은 실버가 가는 것을 오래도록 노려봤다. 그리고 그가 시야에서 사라지자마자 집 안쪽으로 몸을 홱 돌린 후 불같이 화를 냈다. 우리 가운데 자신의 자리를 지키고 있는 사람은 그레이밖에 없었던 것이다. 우리는 선장님이 화내는 모습을 처음 보았다.

"모두 위치로!"

선장님은 고함을 질렀고, 우리는 눈치를 보며 각자의 위치로 자리를 옮겼다. 그런 우리를 보며 선장님은 이렇게 말했다.

"그레이, 자네 이름을 항해 일지에 기록해 놓을 것이야. 선원답게 자네의 의무를 충실히 이행했네. 트렐로니 씨, 아주 놀랍습니다 그려. 의사 선생님, 정말 왕의 문장을 달고 전쟁터에 나가신 적이 있는 거 맞습니까? 만일 퐁트노아 전투에서도 이런 식으로 군복무를 하셨다면 차라리 침상에 누워 있는 편이 나았을 걸요!"

의사 선생님의 파수꾼은 모두 다시 각자의 총구멍으로 돌아갔고, 나머지 사람들은 여분의 소총들을 장전하느라 분주히 움직였다. 모두 얼굴이 벌게져 있었고 정말이지 벼룩이라도 귓속에 들어 있는 것처럼 귀가 따끔거렸다.

선장님이 한동안 우리를 말없이 지켜보더니 이렇게 말했다.

"제군들이여, 나는 실버에게 일제 사격을 퍼부은 것이나 다름없소. 일부러 더 사납게 했지요. 따라서 그의 말대로 한 시간 안에 우리는 공격을 받게 될 것이오. 우리는 두말할 필요 없이 수적으로 열세요. 하지만 우리는 안전한 곳에서 싸우게 되겠지요. 일 분 전까지만 해도 나는 우리가 규율을 갖추고 멋지게 싸울 수 있을 거라고 말했을 테지만, 지금은 차마 그렇게 하지 못하겠소. 하지만 지금이라도 제군들이 마음만 먹는다면 우리가 그들을 무찌를 수 있다는 사실을 믿어 의심치 않소."

그 뒤 그는 돌아다니며 모든 것이 이상 없는지 확인했다.

폭이 좁은 쪽인 동쪽과 서쪽에는 총구멍이 두 개씩 나 있었고, 현관이 있는 남쪽도 총구멍이 두 개였다. 북쪽에는 다섯 개의 총구멍이 있었다. 우리는 모두 합해 일곱 명이었으며, 소총은 스무 자루였다. 우리는 장작을 벽 가운데마다 쌓아 두고 있었다. 탁자처럼 놓인 장작더미 위에 화약과 장전된 소총 네 자루씩을 바로 사용할 수 있도록 올려놓았고, 한가운데에는 열을 맞춰 단검들을 정리해 두었다.

"불은 밖에다 버려야만 한다. 집에 냉기가 가셨으니 눈에 연기만 들어가는 불은 이제 필요없다."

선장님은 명령했다.

트렐로니 씨가 쇠통을 들고 밖으로 나갔고, 곧이어 깜부기불(*

불꽃 없이 붙어서 거의 꺼져 가는 불.)이 모래밭에서 연기를 뿜어냈다.

"호킨스가 아직 아침을 안 먹었구나. 호킨스, 네가 직접 차려서 자리를 지키며 먹어라. 어서 움직여라. 다 먹기 전에 또 먹고 싶어질 거야. 헌터, 모두에게 브랜디를 한 잔씩 돌리게."

스몰릿 선장님은 이렇게 말씀하시고 나와 헌터가 움직이는 동안 머릿속으로 방어 계획을 짜시는 듯했다.

"선생님, 선생님께서 문을 맡아 주십시오. 최대한 몸을 숨기고, 항상 안쪽에 계셔야 합니다. 현관으로 총을 발사하시면 될 겁니다. 헌터, 자네는 동쪽을 그리고 조이스 자네는 서쪽을 지키게. 트렐로니 씨는 명사수이시니 그레이와 함께 총구멍 다섯 개가 나 있는 긴 북쪽 벽을 맡아 주십시오. 그곳이 가장 위험합니다. 만일 저자들이 그곳까지 올라올 수 있다면 우리 총구멍을 통해 총을 쏠 테니 말입니다. 최악의 상황이겠지요. 호킨스, 너와 나는 총과 별로 친하지 않으니 옆에 서서 장전을 돕고 심부름을 하도록 하자."

선장님이 말한 대로 집 안의 추위는 어느 정도 가신 듯했다. 해는 나무들 위로 솟아오른 후 공터를 강렬하게 비췄고, 내리깔린 증기들을 한 번에 모두 마셔 버렸다. 곧이어 모래가 뜨거워졌고, 요새의 통나무에서 송진이 녹아내리기 시작했다. 우리는 각자 입고 있던 외투와 윗옷을 벗었고, 셔츠의 목 단추를 풀었으며 소매를 팔 위로 걷었다. 더위와 불안으로 잔뜩 상기된 우리는 그렇게 자신의 자리를 지켰다.

한 시간이 지났다.

"죽여 버리겠어!"

선장님이 외쳤다.

"꼭 무풍대(*바다에서 일 년 내내, 혹은 한 계절 동안 바람이 거의 없는 지역.)에 들어선 것처럼 지루하고 따분하단 말이지. 그레이, 휘파람을 불게!"

바람이 없을 때 휘파람을 불면 바람이 분다는 뱃사람들의 미신, 혹은 관습이 있었던 것이다. 그런데 바로 그 순간이었다. 공격의 첫 신호가 나타났다.

"선장님! 잠깐요! 누가 보이면 그냥 무작정 쏘나요?"

조이스가 물었다.

"그러라고 했잖아!"

선장님이 소리쳤다.

"네, 선장님."

조이스가 조용하고 공손한 목소리로 대답했다.

그 뒤로 잠시 아무런 소식이 없었지만, 우리는 방금 오간 이 말 때문에 모두 눈을 부릅뜨고 귀를 쫑긋 세운 채 긴장하고 있었다. 총을 든 사람들은 두 손으로 총을 다잡았으며 선장님은 집 한가운데서 입을 꾹 다물고 얼굴에 인상을 쓴 채 있었다.

몇 초가 지났다. 갑자기 조이스가 총을 들어 올리더니 발사했다. 그리고 그 소리가 사라지기도 전에 밖에서 총소리가 다발적으로 들렸다. 거위가 줄지어 걸어가는 것처럼 건물 사방에서 총이 연이어 발사되고 있었다. 그중 몇 발이 통나무집을 맞추긴 했으나 총알이 안으로 들어오지는 않았다. 총의 연기가 흩어지고 곧 말끔하게 사라졌다. 요새와 주변 숲이 전과 마찬가지로 고요했다. 나뭇가지 하나 흔들리지 않았다. 소총에서 나오는 총열의 번쩍임조차도 없어서 우리는 적이 어디에 있는지 알 길이 없었다.

"아까 봤던 자를 쏴 맞혔는가?"

선장님이 물었다.

"아니요, 선장님. 그러지 못한 것 같습니다."

조이스가 대답했다.

"맞히는 것 다음으로 좋은 것이 솔직히 말하는 것이지."

스몰릿 선장님이 중얼거렸다. 그리고 나와 의사 선생님께 이렇게 말했다.

"조이스 총을 장전해 줘, 호킨스. 그쪽은 몇 명인 것 같습니까, 선생님?"

"그건 정확하게 알고 있지요. 이쪽에서 총알 세 발이 날아왔습니다. 불이 세 번 번쩍이는 것을 보았지요. 그중 둘은 조금 더 가까웠고, 나머지 하나는 서쪽 방향으로 좀 멀리 있었습니다."

"셋이라."

선장님은 숫자를 되풀이해 말했다.

"그쪽은요, 트렐로니 씨?"

북쪽으로는 워낙 숫자가 많았기 때문에 대답하기가 쉽지 않았다. 지주님의 계산으로는 일곱이었는데, 그레이는 여덟 혹은 아홉 명일지도 모른다고 대답했다. 동쪽과 서쪽에서는 한 발씩밖에 총알이 날아오지 않았다. 공격은 분명 북쪽에 집중되어 있었고, 나머지 방향에서는 우리에게 혼란을 주기 위해 공격하는 시늉만 할 뿐이었다. 하지만 스몰릿 선장님은 인원 배치를 바꾸지 않았다. 만일 해적들이 말뚝 울타리를 넘는 데 성공한다면 그들은 어디든 빈 총구멍을 찾아 통나무집 안으로 총알을 퍼부을 것이라고 판단하셨기 때문이었다.

생각할 수 있는 여유는 많지 않았다. 시끄러운 함성과 함께 해적들이 북쪽 숲에서 튀어나오더니 말뚝 울타리를 향해 달려왔던 것이다. 동시에 숲에서도 총을 쏘기 시작했다. 총알 하나는 소리를 내며 문으로 들어와 의사 선생님의 소총을 박살내 버렸다.

그들의 공격대는 마치 원숭이 떼처럼 담장에 달라붙었다. 지주님과 그레이는 계속 총을 쏘았다. 세 사람이 나가떨어졌다. 하나는 안에서였고, 둘은 밖에서였다. 이들 중 하나는 얼른 일어나 곧장 숲 속으로 사라져 버렸다. 다쳤다기보다는 겁을 집어먹은 것 같았다.

그렇게 둘이 죽었고, 하나는 달아났다. 그리고 네 사람이 말뚝 울타리에 들어오는 데 성공했다. 동시에 숲의 안전한 곳에서 일고 여덟 명이 통나무집을 향해 열심히 총을 쏘아 댔다. 각자 소총을 몇 자루씩 가지고 있는 것 같았다. 하지만 우리는 별 타격을 입지 않았다.

말뚝 울타리 안으로 들어오는 데 성공한 네 사람은 소리를 지르며 통나무집으로 달려왔다. 숲에 숨어 있는 자들도 그들을 응원하기 위해 함께 소리를 내질렀다. 집 안에서도 총알 몇 발을 쐈다. 하지만 너무 서둘렀는지 제대로 적을 맞춘 것 같지는 않았다. 해적 네 명이 순식간에 언덕을 기어 올라와 우리를 향해 돌진하고 있었다.

중앙 총구멍으로 갑판장 조브 앤더슨의 머리가 보였다.

"공격! 전원 공격! 전원 공격!"

앤더슨이 우렁찬 목소리로 이렇게 소리쳤다.

그리고 동시에 또 다른 해적이 헌터의 소총 총구를 움켜쥐고 총을 비틀어 총구멍 밖으로 뽑아 버렸다. 그러고는 빼앗은 총으로 총구멍 안의 헌터를 힘껏 내리쳤다. 가엾은 헌터는 그 길로 정신을 잃은 채 바닥에 나가떨어졌다. 세 번째 해적이 통나무집 주위를 빙빙 돌다가 갑자기 문에 나타나서는 단검으로 의사를 덮쳤다.

여기에서 전세가 역전되었다. 조금 전까지만 해도 우리는 통나무집 안에서 노출된 적을 향해 총을 쏘았다. 하지만 이제는 우리가 노출된 격이었다. 우리는 제대로 반격조차 하지 못했다.

통나무집 안에 자욱했던 연기 덕에 우리는 조금이나마 안전할 수 있었다. 외부로부터의 공격과 혼란, 권총의 섬광과 총성, 사람들의 신음, 이런 것들이 한데 뒤섞여 나는 정신을 차릴 수가 없었다.

"밖으로! 밖으로 나가라! 밖에서 적과 대적하라! 단검을 집어 들어라!"

선장님이 소리쳤다.

나는 장작더미 위에 놓여 있던 단검 중 하나를 집어 들었는데, 누군가와 동시에 집어 드는 바람에 손가락을 베였다. 하지만 아픔을 느낄 겨를은 없었다. 나는 재빨리 문밖 환한 햇빛 속으로 나갔다. 누군가 내 뒤로 바짝 따라붙었지만 누군지는 알 수 없었다. 의사 선생님이 내 바로 앞에서 자신을 공격했던 적을 쫓아 언덕을 내려가고 있었다. 내가 선생님을 바라본 순간 선생님은 단검을 휘둘렀고, 적은 얼굴을 크게 베이고 뒤로 넘어졌다.

"집을 돌아! 집을 돌아!"

선장님이 소리쳤다.

나는 그렇게 정신없는 와중에도 선장님의 목소리가 변한 것을

알아챘다. 나는 생각조차 하지 않은 채 자동적으로 그 말을 따라 동쪽으로 돌았고, 내가 단검을 치켜든 채 집의 모퉁이를 도는 순간 내 눈앞에는 앤더슨이 서 있었다. 앤더슨은 소리를 더 크게 질렀다. 그는 단검을 머리 위로 치켜들었고, 그의 단검은 햇빛을 받

아 번쩍거렸다. 두려움에 떨 시간이 없었다. 그의 단검이 아직 공
중에 머물러 있는 틈을 타 나는 다른 쪽으로 몸을 날려 피했다.
하지만 내 발이 부드러운 모래를 딛는 바람에 나는 그대로 고꾸라
지며 언덕으로 굴러떨어졌다.

아까 내가 집에서 뛰쳐나왔을 때 숲에 있던 나머지 해적들도 힘을 가세해 말뚝 울타리까지 올라와 있었던 모양이다. 빨간색 두건을 쓴 해적은 단검을 입에 문 채 말뚝 울타리 꼭대기에 걸터앉아 있었다. 그리고 그들은 내가 넘어졌다 두발로 다시 섰을 때도 아까와 똑같은 자세로 앉아 있었다. 두건을 쓴 해적도 여전히 울타리를 반쯤밖에 넘어오지 않은 상태였다. 또 한 사람은 여전히 말뚝 울타리 너머로 머리만 보였다. 짧았던 전투는 이렇게 끝이 났다. 승자는 우리였다.

내 뒤를 바짝 따라오던 사람은 그레이였는데, 커다란 몸집의 갑판장이 나를 내리치지 못해 헛손질을 몇 번 하고 휘청거리는 찰나에 그를 칼로 베어 버렸다. 어떤 해적은 총구멍으로 집 안을 사격하려다가 우리 편의 총에 맞고 쓰러져 아직도 연기가 피어오르고 있는 권총을 손에 들고 신음했다. 또 한 명은 내가 봤다시피 의사 선생님이 단칼에 보내 버렸다. 말뚝 울타리를 넘어왔던 네 명 중 한 명만이 아직 살아 있었는데, 그는 지금 단검을 땅에 내동댕이친 채 도망가려고 말뚝 울타리를 기어오르고 있었다.

"쏴! 집 안에서 쏴! 어서 집 안으로 다시 들어가서 쏴!"

의사 선생님이 이렇게 소리를 지르고 있었다.

하지만 아무도 그 말을 듣지 않았고, 결국 공격대 중 마지막 한 사람은 탈출에 성공하여 나머지 해적들과 함께 숲 속으로 자취를 감추었다. 2초 후에는 공격하던 해적들 중 쓰러진 다섯 외에 한 명도 남지 않았게 되었다. 그들 중에 네 명은 말뚝 울타리 안에, 한 명은 밖에 있었다.

의사 선생님과 그레이와 나는 있는 힘껏 통나무집으로 뛰었다.

해적 중에서 목숨이 붙어 있는 자들이 다시 소총이 있는 곳으로 가서 사격을 시작할지도 몰랐기 때문이었다.

집 안은 연기가 조금 빠져 있었고, 우리는 승리의 대가로 치른 것들이 무엇인지 한눈에 알아볼 수 있었다. 헌터는 정신을 잃은 채 총구멍 옆에 쓰러져 있었고 그 옆으로 조이스가 머리를 맞은 채 누워 있었다. 그들은 다시는 움직일 수 없는 몸이었다. 집 안 한가운데에서 지주님이 선장님을 부축하고 있었는데 두 사람 모두 얼굴이 창백했다.

"선장이 부상을 당했소."

지주님이 말했다.

"놈들은 모두 달아났습니까?"

선장님이 물었다.

"달아날 수 있는 놈들은 전부 달아났습니다. 하지만 그중 다섯 명은 달아나고 싶어도 달아날 수 없게 되었지요."

의사 선생님이 대답했다.

"다섯이라!"

선장님은 이렇게 외쳤다.

"참 잘됐소. 우리는 셋이 당하고 저쪽은 다섯이 당했으니 이제 사 대 구가 됐군요. 처음보다는 승산이 더 높아졌군요. 기억하시오? 처음에는 칠 대 십구나 되었지요." †

---

†곧 해적들의 숫자는 여덟 명으로 줄었다. 범선에 타고 있다 트렐로니 씨의 총에 맞은 해적이 그날 저녁에 죽었던 것이다. 물론 우리 편에서는 이 사실을 나중에서야 알게 되었지만 말이다.

5부
바다에서의 모험

22장

모험을 시작하다

해적들은 다시 돌아오지 않았고, 더 이상 숲에서 총성이 나지도 않았다.

"오늘 할 만큼은 했다고 생각하는 거겠지."

선장님이 말했다. 우리는 그렇게 평온을 되찾은 상태로 부상자들을 살피고, 저녁을 준비하며 조용한 시간을 보냈다. 지주님과 나는 위험을 무릅쓰면서도 밖에서 식사를 준비했다. 선생님이 치료하고 있는 부상자들의 끔찍한 비명이 바깥까지 들려왔기 때문에 나는 제대로 식사 준비를 할 수가 없었다.

전투 중 쓰러진 여덟 명 중 살아 있는 사람은 오직 세 명뿐이었다. 총구멍에서 총을 맞은 해적 한 명, 그리고 헌터와 스몰릿 선장님이었다. 하지만 이 셋 중에서도 앞의 두 명은 거의 가망이 없다고 봐야 했다. 해적은 선생님이 수술을 감행하는 도중에 이미 죽었고, 헌터는 의식을 회복할 기미가 보이지 않았다. 헌터는 하루

정도 겨우 목숨을 이었는데, 우리 여관에서 뇌출혈 발작을 일으키고 죽어가던 늙은 해적처럼 거친 숨을 몰아쉬고 있었다. 총에 맞을 당시 가슴뼈가 부러졌고 쓰러지면서 두개골까지 골절된 상황이었기 때문에 헌터는 다음날 아무런 기척이나 소리도 없이 우리의 창조주께로 돌아가 버렸다.

선장님은 부상이 심하기는 했지만 치명상은 아니었다. 앤더슨의 총알 - 선장님을 처음으로 쏜 사람은 앤더슨이었다. - 은 선장님의 어깨뼈를 부수고 허파를 스쳤지만 상처가 위험하지는 않았다. 두 번째 총알은 종아리 근육 몇 군데를 찢어 놓았다.

"반드시 회복될 것입니다."

의사 선생님이 말했다. 그리고 앞으로 몇 주일간은 걸어서도 팔을 움직여서도 안 되며 될 수 있으면 말도 삼가야 한다고 덧붙이셨다.

상황이 이러니 내가 손가락 주위를 베인 것은 벼룩에 물린 것만큼이나 하찮은 부상이었다. 리브시 선생님은 베인 상처를 고약으로 대충 메운 후 내 귀를 장난스럽게 잡아당기기까지 하셨다.

저녁식사 후 지주님과 의사 선생님은 선장님의 옆에 앉아 무언가를 의논하기 시작했고, 밤 열두 시가 되어서야 이야기가 마무리되었다. 그러고는 의사 선생님이 모자와 권총을 집어 들고 단검을 찬 다음, 지도는 호주머니에, 소총은 어깨에 두르고 북쪽의 말뚝 울타리를 넘어 빠르게 나무들 사이로 사라졌다.

그레이와 나는 임원 회의에서 오가는 내용을 듣지 않으려고 요새 한쪽 구석에 함께 앉아 있었는데, 그레이는 의사가 그렇게 나가는 것을 보고 충격을 받은 나머지 입에서 파이프를 떼어 낸 후 다시 입에 무는 것을 잊고 있었다.

"이럴 수가, 데이비드 존스의 이름으로 말하지만, 리브시 선생님은 미치신 걸까?"

"'이럴 수가'라니요. 우리 중에서 끝까지 미치지 않는 사람이 한 사람 있다면 바로 선생님이실 걸요."

"근데, 친구. 네 말대로 선생님은 미치지 않으셨을지 모르지. 하지만 선생님이 미치신 게 아니라면 내가 미친 걸걸?"

"하하, 선생님도 생각이 있으셔서 저러시는 걸 거예요. 그리고 제 생각이 맞는다면 지금 벤 건을 만나러 가시는 길일 테고요."

나중에 알게 되었지만 내 생각이 옳았다. 하지만 그때쯤 내 머릿속에 떠오른 또 하나의 생각은 틀렸다. 집 안은 숨이 턱턱 막히도록 뜨거웠고, 말뚝 울타리 안의 작은 모래밭은 한낮의 태양 아래 극도로 달궈져 있었다. 나는 시원한 숲 속 그늘로 간 의사 선생님을 부러워했다. 숲 속에서는 새들이 날갯짓을 하고, 소나무의 향긋한 냄새가 날 것이 틀림없었기 때문이다. 반면에 나는 불에 얹어 놓은 석쇠 위에 앉아 있는 것 같았다. 녹아내리는 송진에 옷이 들러붙어 있었고, 주위는 온통 피범벅에 사방으로는 불쌍한 시체들이 널려 있었다. 나는 통나무집에서 두려움만큼이나 강한 역겨움을 느꼈다.

나는 쉬지 않고 요새 안을 청소하고 설거지를 했지만 그러는 동안에도 나의 역겨움과 부러움은 대책 없이 커져만 갔다. 나는 빵자루 옆에 갔을 때 아무도 보지 않는 것을 깨닫고 내 엉뚱한 계획을 실행에 옮겼다. 나는 일단 윗옷의 주머니 두 개에 과자를 가득 채웠다.

나는 바보가 맞았다. 정말 나는 바보처럼 어리석고 경솔한 행동을 할 작정이었다. 하지만 나름대로 최대한 준비를 끝낸 다음 저지르고 싶었다. 그 정도의 과자면 만약의 경우에도 다음날까지 굶어 죽지 않고 버티는 것이 가능했다.

다음으로 나는 권총 두 자루를 집어 들었다. 화약통과 총알은 이미 가지고 있었기 때문에 마치 완전 무장을 한 듯이 뿌듯했다.

계획은 나쁘지 않았다. 동쪽의 정박지와 앞바다를 가르는 모래톱에서 어제 저녁에 보았던 흰 바위를 찾아 벤 건이 감추어 두었다는 배가 있는지 확인할 생각이었다. 지금 돌이켜 봐도 그 일은 해볼 만한 가치가 있는 일이었다. 문제는 요새 밖으로 나가는 것을 허락 받는 일이었다. 이것은 거의 불가능했다. 유일한 방법은 아무도 보지 않는 틈을 타 몰래 빠져나가는 것이었다. 이것은 나쁜 짓이었고, 이로 인해 내가 한 일 전체가 용서 받을 수 없는 일이 되어 버렸다. 하지만 당시 나는 철부지 어린애였다. 내 마음은 확고했다.

일이 그렇게 되려고 했는지 나는 아주 좋은 기회를 맞이했다. 지주님과 그레이는 선장님의 붕대를 가느라 바빴고, 해안에는 아무도 없었다. 나는 재빨리 집을 나서 말뚝 울타리를 넘었고 빽빽한 숲 속으로 뛰어들었다. 나는 사람들이 내가 사라진 것을 눈치채기도 전에 이미 그들이 불러도 들리지 않을 만한 곳에 도착해 있었다.

이것이 내 두 번째 멍청한 행동의 시작이었다. 예전에 내 멋대로 나룻배를 탔던 것보다 훨씬 더 멍청한 짓이긴 했다. 이제 요새 안에는 성한 사람이 둘밖에 남지 않게 된 것이었다. 나는 그렇게 될 것이라는 사실을 완전히 잊고 있었다. 하지만 나의 첫 번째 실수와 마찬가지로 이번 일 역시 결국은 우리 모두를 구하는 데 도움이 되었으니 천만다행이다.

나는 곧장 섬의 동쪽 해안으로 내달렸고, 정박지 쪽에서 나를 보지 못하도록 모래톱이 난 바다 쪽에 붙어 가려고 계획하고 있었다. 날도 밝았고 아직 더웠지만 그래봤자 이미 늦은 오후였다. 내가 키 큰 나무들을 통과하는 사이에 앞쪽 멀리에서 큰 파도가 끊임없이 철써덕거리며 해안으로 밀려왔고, 나무 이파리들이 흔들리며 가지끼리 서로 부딪치는 소리를 냈다. 소리가 꽤 커서 나는 바닷바람이 평소보다 세다고 느꼈다. 그 시원한 바람은 곧 내게도 닿았다. 얼마 가지 않아 숲이 끝났다. 햇빛을 반사하는 푸르른 바다가 저 멀리 수평선까지 출렁였다. 해변을 따라서는 큰 파도가 밀려들며 거품을 만들었다가 부서지고 있었다.

보물섬의 바다는 언제나 이렇듯 요란했다. 머리 위 태양은 이글이글 타올랐으며, 공기는 끊임없이 변했다. 먼 바다가 잠잠할 때조차도 큰 너울들은 밤낮을 가리지 않고 천둥 같은 소리를 내며 뭍과 마찰을 일으켰다. 이 섬에서 너울 소리로부터 자유로울 수 있는 곳이 한 군데라도 있을까?

파도 옆에 다다른 나는 아주 신이 나 있었다. 그리고 남쪽으로 충분히 내려왔다는 판단이 들자 촘촘한 덤불 사이로 몸을 감추며 조심스럽게 모래톱의 가장 높은 곳까지 기어 올라갔다.

나는 뒤로는 바다를, 앞으로는 정박지를 놓고 서 있었다. 바닷바람이 너무 세게 분다 싶다가 어느새 그쳤고, 대신 남쪽과 남동쪽에서 가볍고 변덕스러운 바람이 불어왔다. 이 바람은 안개까지 잔뜩 몰고 와 층층이 쌓아 두고 있었다. 정박지는 해골섬의 바람이 미치지 않는 곳에 있었다. 이곳에 들어서니 처음 이곳에 들어왔을 때처럼 고요하고 잠잠했다. 얼룩 하나 없는 거울 같은 수면 위로 히스파뇰라호가 돛대 꼭대기의 나무 관에서 밑바닥까지 있는 그대로 비쳤다. 꼭대기에는 해적기가 걸려 있었다.

히스파뇰라호 옆으로는 나룻배 한 척이 떠 있었고, 그 배의 고물 쪽에 실버가 앉아 있었다. 나는 실버의 모습을 언제나 금방 알아볼 수 있었다. 실버 외에 다른 두 사람이 히스파뇰라호의 고물 뱃전 반대편으로 몸을 기울이고 있었다. 그중 한 사람은 빨간색 모자를 쓰고 있었는데, 바로 몇 시간 전 말뚝울타리에 걸터앉아 있던 그놈이었다. 너무 멀어서—1.5킬로미터 이상— 그들이 하는 말은 전혀 알아들을 수 없었다.

그때였다. 갑자기 기이한 비명이 울려 퍼지기 시작했다. 처음에는 무척이나 놀랐지만 곧 앵무새 플린트 선장의 목소리라는 것을 기억해 냈다. 주인의 손목에 앉아 있는 밝은 색 깃털이 보이는 듯했다.

그 나룻배는 곧 큰 배를 떠나 해변으로 다가오기 시작했다. 빨간색 두건을 쓴 해적과 그의 동료는 선실 승강구 밑으로 자취를 감추었다.

해는 이미 망원경산 너머로 진 다음이었고, 주변은 안개로 자욱했다. 하늘이 빠른 속도로 어두워지고 있었다. 나는 완전히 깜깜해지기 전에 서둘러 나룻배를 찾아야만 했다.

관목들 위로 보이는 흰 바위까지는 아직도 200미터나 더 가야 했고, 중간에 덤불 사이를 기기도 했기 때문에 도착하기까지는 꽤 오랜 시간이 걸렸다. 내가 바위의 거친 표면 위에 손을 댔을 때는 이미 완전히 어두워진 뒤였다. 흰 바위 뒤로 푸른 풀이 덮인 작은 구덩이가 하나 있었다. 구덩이 주위로는 둑 모양의 둔덕이 있었고, 그 위로 무릎 높이의 덤불이 수북이 자라나 있었다. 그 덤불 때문에 구덩이는 언뜻 눈에 잘 띄지 않았다. 구덩이 밑바닥에는 염소 가죽으로 만든 작은 천막이 있었는데, 영국에서 집시들이 사용하는 천막과 매우 흡사해 보였다.

나는 구덩이 속으로 들어가 천막의 한쪽을 들추어 보았다. 그곳에 벤 건의 배가 있었다. 손으로 직접 만든 배의 전형적인 모습이었다. 배의 틀은 단단한 나무를 이어 만들었는데, 매우 조잡해 보이는 데다 한쪽으로 기울어져 있었다. 배는 그 나무 틀 위로 염소 가죽을 뒤집어서 바짝 당겨 씌워 놓았다. 내가 타기에도 배가 너무 작아 보여서 어른이 타면 물 위에 뜰 수 있을까 의문스러웠다. 배 안에는 널빤지가 낮게 깔려 있었고, 이물 쪽에는 발판 비슷한 것과 노가 두 개 놓여 있었다.

고대 브리튼 족이 만들었다는 가죽배는 얘기만 들었지 직접 본 적이 없었다. 하지만 벤 건의 배를 본 후, 이 배야말로 인간이 처음 만든 가장 우스꽝스러운 가죽배가 아닐까 생각했다. 물론 이 배에도 장점은 있었는데, 매우 가벼운 데다 운반하기도 좋아 보였다.

여러분은 이제 배도 찾았으니 나의 가출이 어느 정도 마무리되었다고 생각할 것이다. 하지만 나에게는 이미 또 다른 계획이 있었고, 계획을 이루고 싶은 마음도 컸다. 만일 스몰릿 선장님 눈앞에 나타났다고 해도 나는 어쩌면 그 계획을 강행했을지도 모르겠다. 그 계획이 무엇이냐고? 바로 밤에 몰래 바다로 나가 히스파놀라호의 닻줄을 끊어 버리는 것이었다. 그렇게만 한다면 배는 이리저리 휩쓸려 다니다가 어느 해변에 처박히고 말 터였다. 아침 공격에서 패배했던 그들은 닻을 거두고 바다로 나가고 싶은 마음이 굴뚝 같았을 것이다. 그것을 미리 막다니, 얼마나 멋진 일인가. 해적들은 배에서 망을 보는 비번들에게 따로 나룻배를 내어 주지 않기 때문에 나는 내 계획이 무리 없이 성공할 수 있으리라 판단했다.

나는 자리에 앉아 하늘이 완전히 어두워지기를 기다리며 과자로 배를 채웠다. 내 계획을 이룰 수 있는 만 번에 한 번 올까 말까

한 좋은 밤이었다. 안개는 하늘마저도 완전히 덮어 버렸고, 낮 동안의 빛들이 빠르게 웅크리며 완전히 자취를 감추었다. 보물섬은 칠흑처럼 어두웠다. 나는 가죽배를 어깨에 짊어지고 저녁을 먹었던 구덩이에서 빠져나왔다. 땅 위로 올라왔을 때, 정박지 전체에 점 두 개만이 보였다.

그중 하나는 해변 늪지에 지펴 놓은 모닥불이었다. 해적들은 술에 취한 채 불 앞에서 흥청대고 있으리라. 그리고 나머지 하나는 좀 더 흐릿한 빛이었는데, 바로 정박한 배에서 나오는 빛이었다. 히스파뇰라호는 썰물에 밀려 빙빙 돌고 있었고, 이물 쪽이 나를 향하고 있었다. 배의 선실에서는 한 줄기 빛이 새어 나오고 있었다. 내가 본 빛은 고물의 창에서 흘러나오는 강한 불빛이 안개에 반사된 것이었다.

썰물이 빠진 지 오래되어 나는 늪과 같은 모래밭을 한참이나 걸어가야 했다. 이따금씩 발목까지 모래에 빠지기도 했지만 결국 나는 밀려나는 물의 가장자리에 도착했다. 물 안으로 몇 걸음 더 들어간 뒤, 약간의 힘과 조금의 요령을 합해 용골을 밑으로 놓고 가죽배를 물 위에 띄웠다.

～ 23장 ～
썰물

가죽배를 처음 봤을 때부터 충분히 짐작할 수 있었지만, 그 배는 정말이지 나 정도의 키와 몸무게를 가진 사람에게는 매우 안전한 배였다. 거친 파도에도 잘 떴으며 움직임도 빨랐다. 하지만 배는 고집스럽게도 계속 한쪽으로만 기울었고, 배를 조종하는 것은 여간 어렵지 않았다. 배는 내가 온갖 수를 다 써도 오직 바람이 가는 쪽으로만 움직이려 했으며 같은 자리를 빙글빙글 맴도는 것이 특기였다. 벤 건이 '버릇을 알기 전까지는 다루기가 까다롭다.'고 말한 것은 여지없는 사실이었다.

나는 이 배의 버릇을 알 재간이 없었고, 가죽배는 원망스럽게도 내가 가야 할 방향을 제외한 모든 방향으로 움직였다. 가죽배는 언제나 내가 가려는 방향에 뱃전을 갖다 댔다. 조류가 아니었다면 히스파뇰라호까지는 절대 갈 수 없었을 것이다. 하지만 나는 운이 좋았다. 내가 노를 젓는 것과는 별개로 조류는 계속 우리를 운

반해 주었고 히스파뇰라호는 정확히 내 배의 침로에 위치했다.

히스파뇰라호는 저 멀리에서 어둠보다도 더 검은 얼룩처럼 보였지만, 곧 배의 둥근 재목(*배의 돛대와 활대 등.)과 선체의 모습이 보이기 시작했다. 다음 순간—점점 썰물의 움직임이 빨라졌기 때문에 나는 다음 순간인 것처럼 느껴졌다.— 나는 어느새 배의 닻줄 옆에 다가가 있었다. 나는 재빨리 줄을 잡았다.

닻줄은 활시위처럼 팽팽했다. 빠른 물살이 닻을 세게 잡아당기고 있었다. 선체 주위의 칠흑 같은 어둠 속에서 조류가 일으킨 잔물결이 마치 산속에서 작은 냇물이 거품을 일으키며 졸졸 흐르는 것과 같은 느낌을 주었다. 칼로 닻줄을 한 번만 내리치면 히스파뇰라호는 웅웅 소리를 내며 돛으로부터 멀어져 조수를 따라 떠내려갈 것 같았다.

여기까지는 좋았다. 하지만 팽팽하게 당겨진 닻줄을 갑자기 끊으면 배가 날뛰는 말만큼이나 위험해질 것이라는 생각이 들었다. 닻줄을 바로 끊어 버린다면 나와 가죽배는 물에 떠올랐다가 하늘로 내동댕이쳐질 게 분명했다.

이런 생각이 들자 나는 동작을 멈췄다. 만약 행운이 따르지 않았다면 나는 모든 계획들을 그 자리에서 포기해야만 했을 것이다. 하지만 남동쪽과 남쪽에서 불어오기 시작하던 약한 바람이 밤이 깊어지면서부터 방향을 틀어 남서쪽에서 불어왔고, 내가 고민에 빠져 있는 동안 불어온 바람이 히스파뇰라호를 조수 한가운데로 밀어 넣어 주었다. 순간 기쁘게도 내가 쥐고 있던 닻줄이 느슨해졌다. 줄을 쥐고 있던 손이 물에 잠길 정도였다.

나는 결심을 하고 칼을 꺼내 이로 칼집을 벗겨 냈다. 그러고는 닻줄을 한 가닥씩 차례로 끊었다. 마지막 두 가닥이 흔들거리며 히스파뇰라호를 지탱하고 있을 때, 나는 가만히 몸을 낮추고 다시한 번 바람이 불어 줄이 느슨해지기를 기다렸다. 그때 마지막 남은두 가닥을 끊어야만 했다.

내가 줄을 끊고 있는 동안에도 선실에서는 왁자지껄한 소리가들려왔다. 나는 다른 생각에 완전히 정신이 팔려 있었기 때문에그 소리에 귀를 기울이지 않았었다. 하지만 지금은 달리 할 일이없었다. 나는 그들의 대화에 귀를 기울이기 시작했다.

한때 플린트의 포수였던 키잡이 이즈라엘 핸즈의 목소리가 들렸다. 나머지 하나는 빨간 두건을 쓴 사람의 목소리였다. 둘 다 만취한 것이 분명했지만 계속해서 술을 들이켜고 있었다. 내가 그들의 소리에 집중하기 시작했을 때, 한 사람이 술에 취한 채 소리를지르면서 고물의 창을 열더니 무언가를 창밖으로 던져 버렸다. 빈술병인 듯했다. 그들은 취한 것뿐 아니라 씩씩거렸고, 거센 욕을쏟아 내기까지 했다. 화가 난 것이 분명했다. 화를 누르지 못하고폭발시켰기 때문에 나는 곧 주먹질이 오가지 않을까 생각했다. 하지만 그들은 다시 잠잠해졌고, 볼멘소리도 훨씬 누그러졌다. 그러다가 또 시끄러워졌고, 이런 상황이 계속해서 반복되었다.

해변의 나무들 사이로 큰 모닥불이 타고 있었다. 누군가 처량한 목소리로 뱃사람들의 오래된 노래를 느릿느릿 부르고 있었다.한 소절이 끝날 때마다 끝부분이 늘어지며 목소리가 떨려 왔다. 노래를 부르는 사람이 제 풀에 사그라들지 않는 한 노래는 쉬이 끝날 것 같지 않았다. 나도 배를 타고 오는 동안 많이 들었던 노래였으므로 노래 가사를 기억하고 있었다.

바다로 나간 일흔다섯의 친구 중
살아남은 사람은 단 하나뿐이었다네.

나는 이 노랫가락이 아침에 큰 패배를 겪었던 사람들의 상황에
딱 맞는 노래라고 생각했다. 하지만 내가 이제껏 본 바로는 해적들
모두 그들이 항해하는 바다처럼 무정하기 짝이 없는 사람들이었
다.

드디어 바람이 불었다. 범선이 어둠 속에서 옆걸음질 치듯 내게
다가왔고, 닻줄이 느슨해지는 것이 느껴졌다. 나는 멋지게 칼을 휘
둘러서 닻줄의 마지막 가닥들을 끊어 버렸다.

가죽배는 거의 바람의 영향을 받지 않았는데도 나는 닻줄이 끊
어지는 것과 동시에 앞으로 쓸려 나갔고 하마터면 이물에 부딪힐
뻔했다. 범선은 고물을 중심으로 조류를 가로지르며 느리게 돌다
가 양쪽 끝이 아까와는 반대 방향으로 자리를 잡고 멈춰 섰다.

나는 당장이라도 물에 빠질 것 같았기 때문에 미친 듯이 노를
저었다. 가죽배를 곧장 큰 배에서 멀어지게 할 수는 없었기 때문
에 일단 범선의 고물 쪽으로 노를 저었고, 겨우 위험에서 벗어났
다. 마지막으로 있는 힘껏 노를 저어 고물 옆을 지나가려는데 고물
의 현장(*갑판 위에 있는 사람이나 짐이 밖으로 떨어지거나 물이 갑판 위
로 올라오는 것을 막기 위하여 뱃전에 설치한 울타리.)에 드리워진 가벼
운 줄이 손에 닿았다. 나는 주저 없이 그것을 잡아 쥐었다.

왜 그렇게 했느냐고 묻는다면 나도 잘 모르겠다. 처음에는 그저
본능적으로 잡았고, 내가 손에 쥔 것이 어딘가에 단단히 고정되어

있다는 것을 깨달은 후에는 호기심이 생겼던 것 같다. 나는 선실 창문을 통해 안을 들여다보기로 했다.

나는 두 손으로 줄을 타고 올라갔고, 거의 다 도달했다는 판단이 서자 천장과 선실 내부를 볼 수 있도록 윗몸을 반 정도 들었다. 굉장히 위험한 일이었다.

범선과 그 옆의 작은 배는 빠른 속도로 물을 가로질러 떠내려갔고 우리는 이미 해변의 모닥불이 정면으로 보이는 곳까지 와 있었다. 선원들의 표현에 따르면, 배는 시끄럽게 떠들었다. 수많은 잔물결들을 헤치고 나아가며 끊임없이 큰 물결을 튀겼기 때문이다. 나는 창틀 위로 눈을 올리고 나서야 왜 히스파뇰라호의 망보는 사람들이 닻줄이 끊어지고 있다는 사실을 몰랐는지 알 수 있었다. 한 번 보는 것으로 충분했다. 불안정한 가죽배를 타고 가야 하는 상황에서 더 볼 용기도 없긴 했지만 말이다. 핸즈와 그의 동료는 서로 뒤엉킨 채 상대방의 목을 조르고 있었다.

나는 가죽배의 널빤지로 뛰어내렸다. 하마터면 배 밖으로 떨어질 뻔했는데 다행히도 성공했다. 잠시 동안 눈앞에 사납기 그지없던 얼굴이 아른거렸다. 그을음 나는 전등 밑에서 함께 일렁이던, 시뻘겋게 달아오른 두 사람의 얼굴 말이다. 나는 다시 어둠에 익숙해지려고 두 눈을 감았다.

끝도 없이 이어질 것 같았던 노래는 마침내 멈추었고, 모닥불 주위에 남은 몇 안 되는 해적들은 내가 수도 없이 들었던 그 노래를 합창하기 시작했다.

망자의 궤짝 위에 사내 열다섯 ─

어기여차 어기여차, 럼주 한 병 들이키세!

나는 이 순간 히스파뇰라호의 선실 안에서 술과 악마가 얼마나 바쁘게 움직이고 있을지 생각해 보았다. 그런데 이때, 갑자기 가죽배가 기울며 나를 놀래켰다. 가죽배는 한쪽으로 기울어진 채 심하게 요동치더니 이내 방향을 바꾸는 듯했고, 속도마저 붙어 빠르게 떠내려가기 시작했다.

나는 눈을 떠 주위를 둘러보았다. 잔물결들 투성이었다. 그 물결들이 온몸의 털이 곤두설만큼 날카로운 소리를 내며 약간의 인광과 함께 거품을 토해내고 있었다. 히스파뇰라호는 자신의 침로 내에서 비틀거리고 있었고, 나는 그 배의 몇 미터 뒤에서 따라가고 있었다. 자세히 보니 히스파뇰라호 역시 남쪽으로 선회하고 있는 것이 분명했다.

언뜻 뒤를 돌아 본 나는 심장이 갈비뼈를 밖으로 튀어 오르는 줄 알았다. 바로 뒤에서 모닥불이 타오르고 있었던 것이다. 조류는 직각으로 방향을 틀어 높은 범선과 춤을 추고 있는 가죽배를 함께 껴안고 움직였다. 속도가 점점 빨라졌으며, 거품은 점점 더 높이 솟구쳤다. 소음 또한 더욱더 심해졌다. 해류는 좁은 해협을 통과하느라 뱅글뱅글 돌며 난바다를 향해 돌진하고 있었다.

갑자기 앞의 범선이 한쪽으로 크게 요동쳤고, 20도쯤 방향을 틀었다. 그와 동시에 배 위에서 한 사람의 비명이 들렸고 연이어 다른 사람의 비명도 들려왔다. 그리고 선실 승강구 계단을 뛰어 올라가는 소리가 들렸다. 마침내 두 술꾼이 자신들에게 닥친 위험을 알아채고 싸움을 중단한 모양이었다.

나는 엉망인 배 바닥에 납작 엎드린 채 경건한 마음으로 나의 영혼을 창조주에게 맡겼다. 해협 끝에 이르면 배는 큰 파도와 거칠게 부서지는 모래톱에 부딪힐 것이었고, 바로 그곳에서 이 모든 고통은 끝을 맞이할 것이었다. 죽음은 참고 견딘다 할지라도 내 운명이 끝을 향해가는 이 시간을 눈 뜨고 마주하는 것은 너무 힘이 들었다.

나는 너울 위에서 이리저리 떠밀리고 때때로 덮치는 물을 온몸으로 맞아 가며 그렇게 몇 시간이나 누워 있었다. 이번에 흔들리면 죽겠구나— 라는 생각을 매번 하면서 말이다. 피로가 온몸을 뒤덮었고, 극도의 공포 속에서 나는 정신이 멍해졌다. 그리고 마침내 잠이 찾아왔다. 나는 물결 위에 요동치는 가죽배에 누운 채 우리 집과 그리운 '벤보 제독 여관'의 꿈을 꾸었다.

24장
가죽배

내가 잠에서 깼을 때는 이미 낮이었고, 나는 보물섬 남서쪽 끝 어딘가에서 가죽배를 탄 채 흔들리고 있었다. 해는 망원경산 뒤에 가려져 있었다. 이쪽에서 본 망원경산은 바다까지 곧장 깎아지른 듯한 가파른 절벽이었다. 홀보라인(*유능한 뱃사람을 뜻하는 단어이다.) 곶과 돛대산이 바로 옆에 있었는데, 돛대산은 검은 민둥산이었고, 홀보라인 곶은 약 13미터 높이의 절벽으로 둘러싸여 있었다. 그 절벽 밑으로 위에서 굴러떨어진 듯 보이는 바위들이 장식처럼 쌓여 있었다. 나는 육지에서 400미터가량 떨어진 바다에 있었기 때문에 노를 저어 섬으로 가야겠다고 생각했다. 하지만 곧 그 계획을 포기해야만 했다. 절벽 밑 바위 사이로 거친 파도가 일렁이고 있었기 때문이었다. 파도는 엄청난 소리를 내며 치고 올라왔고 물보라가 끊임없이 치솟아 올랐다. 그쪽으로 조금만 더 갔다가는 해안에 부딪쳐 죽거나 목숨을 걸고 험한 바위산을 기어올라야만 할 것이었다.

그게 전부가 아니었다. 몸집이 크고 미끌미끌한 괴물들이 바위를 기어오르거나 꾕음을 내며 바다로 첨벙첨벙 뛰어드는 것이 보였다. 거대한 몸집에 피부는 매끄럽고, 달팽이를 닮은 괴물들이 50~60마리쯤 모여 있었다. 그 괴물들의 울음소리는 바위들 사이에서 메아리쳤다.

그 괴물들이 강치(*바다사자과로 몸길이는 2.5m 내외이고 군집을 이루어 생활하며 해안지대의 육지로 올라와 휴식을 취하거나 바다에 들어가 먹이를 사냥하며 살아가는 동물.)라는 것은 나중에야 알았다. 사실 강치들은 전혀 위험하지 않았지만 험한 해안과 높이 솟구치는 파도에 겁을 먹은 데다 그것들의 생김새가 너무나 흉측했기 때문에 나는 그곳에 발을 디디고 싶은 생각이 전혀 들지 않았다. 그런 위험을 맞닥뜨리느니 차라리 바다에서 굶어 죽는 게 낫다고 생각했다.

나중에 조금 더 위치가 괜찮아 보이는 장소를 발견했다. 홀보라인 곳의 북쪽으로, 물이 빠져 노란 모래밭이 드러난 육지가 길게 뻗은 장소였다. 그 북쪽으로 또 하나의 곶이 보였다. 지도에 '숲의 곶'이라고 표기된 장소였다. 키가 큰 푸른 소나무들이 곶 전체를 뒤덮고 있었으며 바다까지도 쭉 이어져 있었다.

나는 전에 실버가 보물섬 서쪽 해안에서는 북쪽으로 해류가 흐른다고 했던 말이 기억났다. 위치로 보아 나는 지금 그 해류의 영향을 받고 있는 것 같았다. 나는 홀보라인 곳이 등 뒤로 사라질 때까지 기다리며 힘을 비축해 두었다가 조금 더 편해 보이는 숲의 곶쪽에 상륙을 시도하기로 했다.

높긴 하지만 세지 않은 파도가 치고 있었고, 남쪽에서 계속해서 미풍이 불어왔다. 바람과 해류의 충돌도 없었으며, 너울은 높이 일 때도 부서지지 않고 조용히 가라앉고 있었다.

바다가 이런 상태가 아니었다면 아마 나는 이미 산 사람이 아니었을 터였다. 하지만 나는 이런 좋은 조건들 덕분에 작고 가벼운 배를 타고도 편안했고 안전했다. 나는 배 바닥에 누워 한쪽 눈만 뱃전 위에 고정시킨 후 산꼭대기처럼 보이는 크고 푸르른 파도가 내 바로 위로 솟아오르는 것을 바라보곤 했다. 파도가 솟구칠 때마다 가죽배가 마치 용수철 위에 올라간 듯이 약간 튀어 올라 춤을 추다가 새처럼 가볍게 건너편의 골로 내려갔다.

얼마간의 시간이 흐른 뒤, 나는 대담해져서 노 젓는 기술을 시험해 보려고 일어나 앉았다. 배는 무게의 균형이 조금만 어긋나도 금세 불안정해졌다. 내가 움직이자마자 배는 부드럽게 춤추는 듯한 지금까지의 움직임을 멈추고 물의 비탈을 곧장 달렸다. 경사가 얼마나 가팔랐던지 나는 현기증이 일었고, 배는 물살을 높이 튕기며 다음 파도의 옆으로 처박혀 버리고 말았다.

물에 완전히 젖은 나는 더럭 겁이 나 즉시 원래의 자세로 돌아갔고, 그제야 배도 다시 평정을 되찾은 듯 아까처럼 너울들 사이로 부드럽게 나를 인도했다. 가죽배는 나의 간섭을 받고 싶지 않았던 것이다. 하지만 내가 이런 속도로 가도 육지에 닿을 수 있는 걸까?

나는 겁이 났지만 판단력을 잃지 않으려 노력했고, 조심스럽게 움직이며 선원용 모자로 배 안에 들어온 물을 퍼내기 시작했다. 다시 한 번 뱃전 위를 힐끗 보며, 어떻게 하면 이 배가 파도 위를 조용하고 부드럽게 미끄러져 갈 수 있는지 연구했다.

파도는 해변이나 배의 갑판 위에서 보면 커다랗고 부드러우며 반짝이는 산처럼 보이기도 한다. 그리고 실제로 바다는 육지의 산맥과 매우 비슷하다. 파도에도 봉우리와 평지와 골짜기가 존재하는 것이다. 가죽배는 가만히 내버려 두면 이쪽저쪽으로 움직이며 파도의 낮은 부분들을 골라 돌아다녔고, 파도의 가파른 비탈과 배를 뒤집을 만한 높은 봉우리들은 피해 다녔다.

"그래, 나는 여기 그대로 누워 있어야 해. 분명해. 그래야 균형이 흐트러지지 않으니까. 그리고 평평한 곳을 만나게 되면 노를 배 밖으로 내밀고 배를 육지 쪽으로 두어 번 미는 거야. 이것도 분명해."

나는 나 자신에게 이렇게 중얼거렸다.

나는 내가 생각한 바를 그대로 행동으로 옮겼다. 팔꿈치를 안으로 모으고 아주 힘겹게 엎드려 있다가 가끔씩 살살 노를 저어 뱃머리를 해변 쪽으로 돌리려 애썼다.

아주 힘든 일이었고, 시간도 많이 걸렸다. 하지만 어느 정도 성과가 보였다. 숲의 곳이 점점 가까워졌던 것이다. 그 곳에 바로 상륙할 수는 없지만 동쪽으로 몇 백 미터 정도 움직일 수는 있었다. 나는 해변 쪽으로 점점 다가갔다. 시원한 녹색 나무들이 산들바람에 흔들리는 모습이 눈에 들어왔다. 다음 곳에는 틀림없이 상륙할 수 있으리라.

그랬다. 나는 반드시 상륙해야만 했다. 갈증은 더 이상 참을 수 없을 정도로 심해졌고 하늘에서 내리쬐는 햇빛은 파도에 반사되어 수천, 수만 개로 부서졌다. 내 몸에 떨어진 바닷물이 마르는 것처럼 입술도 소금기만 남은 채 바짝바짝 타들어가고 있었다. 목은 타는 듯했고 머리까지 아파왔다. 가까이에 나무들이 보이자, 그곳으로 가고 싶다는 갈망으로 미칠 것 같았다. 하지만 해류 때문에 나는 다음 곳도 그냥 지나쳐 버릴 수밖에 없었다. 그리고 곶 너머로 바다가 보이는 순간 나는 생각을 완전히 바꾸었다.

바로 내 앞, 1킬로미터도 떨어지지 않은 곳에 돛을 펴고 항해 중인 히스파뇰라호가 있었던 것이다. 물론 이런 상태로 계속 가다는 배에 타고 있는 해적들에게 붙잡히고 말 테지만 나는 갈증이 너무 심해서 그들에게 잡히는 것이 어떤 일인지를 생각할 겨를조차 없었다. 그런데 내가 어떤 결론을 내리기도 전에 깜짝 놀랄 일이 또 벌어졌다. 나는 매우 놀라서 그저 멍한 표정으로 앞만 바라보았다.

히스파뇰라호는 큰 돛과 뱃머리의 삼각돛 두 개를 펼친 채 항해하고 있었고, 아름다운 하얀 돛포는 햇빛 아래에서 눈이나 은처럼 반짝였다. 처음에는 히스파뇰라호의 돛이 모두 바람을 받아 팽팽한 상태에서 북서쪽으로 항로를 잡고 있었기 때문에 나는 그들이 정박지로 돌아가는 길에 섬을 한 바퀴 돌려는 줄 알았다. 하지만 배는 점차 서쪽으로 방향을 바꿨다. 나는 그들이 나를 발견하고 쫓기 위해 원을 그리려는 줄 알았다. 그런데 히스파뇰라호는 이내 바람의 정면 쪽으로 방향을 틀었다. 배는 한동안 움직이지 못한 채 그 자리에 멈추어 있었고, 돛이 부르르 떨리기 시작했다.

"완전 서투네. 지금까지도 올빼미마냥 술에 취해 있는 거겠지?"

나는 이렇게 중얼거렸다. 아마 스몰릿 선장님이 계셨다면 혼쭐이 날 게 뻔했다.

범선은 점차 방향을 틀었고 곧 다시 침로를 정해 일 분 정도 빠르게 움직였다. 하지만 곧 맞바람을 만났고, 그 자리에 다시 멈춰 섰다. 이런 일은 계속 반복됐다. 배는 앞뒤, 위아래 그리고 북쪽, 남쪽, 동쪽, 서쪽의 모든 방향으로 무식하게 돌진하는 듯했다.

이런 돌진은 곧 끝났고, 돛대의 돛포만 속절없이 펄럭였다. 키를 잡고 있는 사람이 없다는 뜻이었다. 그렇다면 해적들은 대체 어디로 간 것일까? 나는 그들이 술에 취해 뻗어 있거나 아예 배를 버리고 사라졌다는 결론을 낼 수밖에 없었다. 만일 내가 저 배에 올라탈 수만 있다면 배를 선장님께 되돌려 줄 수 있을지도 모른다는 생각이 들었다.

해류는 가죽배와 범선을 비슷한 속도로 남쪽으로 몰고 갔다. 범선은 매우 거칠게 움직이는 데다 그것조차 꾸준하지 않았다. 때로는 족쇄에라도 묶인 듯 한참을 서 있기도 했다. 속도를 내서 앞으로 나아가지는 못했지만 그렇다고 해류보다 속도가 떨어지거나 하지도 않았다. 만약 내가 용기를 내어 일어나서 노를 젓는다면 가죽배는 틀림없이 범선을 앞지를 수 있을 것이었다. 내 계획은 다분히도 모험이었기 때문에 나는 더욱 용기가 났고, 앞쪽 선실 승강구 옆에 물통이 놓여 있다는 것을 기억해 낸 후로는 용기가 두 배가 되었다.

나는 몸을 일으켰다. 그와 동시에 물보라가 구름처럼 우르르 일었지만 나는 포기하지 않았다. 나는 모든 열정과 주의를 기울여 키잡이 없는 히스파뇰라호를 향해 노를 저었다. 도중에 큰 파도가 덮치는 바람에 노 젓는 것을 멈추고 열심히 물을 퍼내기도 했다. 심장이 새라도 된 듯 퍼드덕거렸다. 하지만 나는 점점 익숙해져서 파도 사이로 가죽배를 몰고 갈 수 있게 되었고, 그 다음부터는 이

물이 파도에 맞아 얼굴까지 거품이 튀는 일은 거의 생기지 않았다.

가죽배는 범선을 향해 빠르게 다가갔다. 키의 손잡이가 쿵쿵 소리와 함께 제멋대로 돌아갔고 거기에 달린 놋쇠가 번쩍거리는 것이 보였다. 갑판에는 여전히 아무도 없었다. 모두 배를 버리고 달아났거나 배 밑에서 술에 취해 잠들었을 것이었다. 만약 그렇다면 승강구를 막아 버리고 내가 배를 조종하면 되는 일이었다.

범선은 한참 동안이나 멈춰 있었다. 이것은 내게 불리한 조건이었다. 히스파뇰라호는 흔들거리며 정남쪽을 향하고 있었다. 배가 침로에서 벗어날 때마다 돛에 바람이 차면서 금세 배를 다시 바람 방향으로 자리 잡게 해 주었는데, 이것이 내게 가장 불리했다. 히스파뇰라호는 돛이 대포처럼 펑펑 소리를 내기도 했고, 도르래가 갑판을 구르며 쿵쿵 소리를 내기도 하는 등 완전히 이상해 보였다. 하지만 나는 여전히 배에 다가갈 수 없었다. 해류의 속도 때문이기도 했지만 그보다는 커다란 범선 옆에서 커진 바람의 압력 때문이었다.

마침내 기회가 왔다. 몇 초뿐이기는 했지만 바람이 잦아들었던 것이다. 해류가 방향을 조금씩 돌려주었고, 히스파뇰라호는 그 자리에서 천천히 돌기 시작했다. 마침내 배의 고물이 내 쪽으로 향했다. 선실 창문은 여전히 활짝 열려 있었고 탁자 위에 놓인 등은 낮인데도 불구하고 여전히 불을 밝히고 있었다. 큰 돛은 바람이 떨어진 깃발처럼 축 늘어져 있었다. 해류가 없었다면 배는 조금도 움직이지 못했으리라.

잠시 내 가죽배도 범선에서 조금 멀어졌다. 나는 힘을 두 배로 써서 더 열심히 노를 저었고 다시 범선을 바짝 뒤쫓았다.

히스파뇰라호까지 100미터 정도밖에 안 남았을 때 갑자기 바람이 다시 불기 시작했다. 배는 좌현에 바람을 받아 멈칫하는 듯하더니 다시 제비처럼 빠르게 수면 위를 미끄러져 항해를 시작했다.

나는 절망했다. 하지만 그것은 곧 기쁨으로 바뀌었다. 히스파뇰라호가 원을 그리며 빙빙 돌다 마침내 내 앞에 뱃전을 갖다 댔기 때문이었다. 배는 한 바퀴 더 회전한 후 나와의 거리를 반으로 좁혔다. 그 다음에는 3분의 2, 그 다음은 4분의 3까지 거리가 좁혀졌다. 배의 용골 밑으로 파도들이 하얗게 끓어올랐다. 나는 조그만 가죽배에 있었기 때문에 그렇지 않아도 큰 히스파뇰라호는 마치 산과 같이 거대하게 느껴졌다.

나는 상황을 파악한 후 망설이지 않고 바로 행동으로 옮겼다. 내 몸 하나 건질 시간도 빠듯했다. 내가 큰 파도 꼭대기에 올라가 있을 때 범선이 다음 큰 파도를 넘어 앞으로 기울어지고 있었다. 제1사장(*이물에서 앞으로 뛰어나온 돛대 모양의 둥근 나무.)이 내 머리 위에 놓였다. 이때를 놓치지 않고 나는 벌떡 일어나 가죽배가 물에 잠기도록 힘껏 밟고 도약한 후 공중으로 몸을 날렸다. 한손으로 제2사장(*제1사장을 연장시키는 나무막대.)을 잡고 발을 지삭(*돛대를 앞쪽으로 유지하는 굵은 밧줄.)과 아딧줄(*바람의 방향을 맞추기 위하여 돛을 매어 쓰는 줄.) 사이에 끼웠다. 내가 그렇게 매달려 숨을 고르고 있을 때 갑자기 어디선가 둔탁한 충격음이 들렸다. 범선이 가죽배를 들이 박아 가죽배가 산산조각이 난 것이었다. 나는 이제 히스파뇰라호 말고는 어디로도 갈 수 없게 되어 버렸다.

⤜ 25장 ⤛
해적기를 내리다

내가 제1사장 위에 겨우 자리 잡았을 때, 반대쪽에서 불어온 바람으로 이물 앞쪽의 삼각돛이 펄럭이더니 대포 소리를 내며 부풀어 올랐다. 갑자기 바람의 방향이 반대로 바뀌는 바람에 이 큰 범선은 용골까지 진동했다. 다른 돛들은 팽팽한 상태를 그대로 유지했는데, 삼각돛만 한 번 더 펄럭이더니 이내 축 늘어져 버렸다.

나는 튕겨 나가 바다에 빠질 뻔했고, 재빨리 제1사장을 따라 배쪽으로 기어간 다음 갑판 위로 몸을 떨어뜨리며 바닥으로 굴렀다.

나는 앞갑판의 바람이 불어가는 쪽에 떨어졌다. 여전히 부풀어 있는 큰 돛 때문에 뒷갑판의 한쪽은 보이지 않았다. 사람은 하나도 없었고, 폭동 이후 한 번도 걸레질을 하지 않아서 판자 위로 발자국만 수도 없이 찍혀 있었다. 입구 쪽이 부서진 빈 병 하나는 마치 살아 있는 생물처럼 배수구 안에서 데구루루 굴러다녔다.

히스파뇰라호가 갑작스레 바람이 불어오는 쪽으로 방향을 바꿨다. 내 뒤에 늘어선 삼각돛들이 시끄러운 소리를 냈고 키는 쿵쿵 부딪혔다. 배 전체가 요동치며 진동하는 바람에 속이 불편해졌다. 도르래들은 큰 돛의 아랫자락을 펴는 둥근 활대를 배 안쪽으로 향한 채 신음소리를 내며 빙글빙글 돌기 시작했다. 그 덕분에 바람이 부는 쪽의 뒷갑판을 볼 수 있었다.

내 예상대로 그곳에는 두 명의 파수꾼이 있었다. 빨간 두건을 쓴 자는 지렛대처럼 굳은 몸으로 너부러져 있었다. 두 팔을 양쪽으로 펼친 채 누워 있어 마치 십자가 같았고 벌린 입 사이로는 이가 드러났다. 이즈라엘 핸즈는 현장에 기대서서 턱을 가슴으로 처박고 두 손을 앞의 갑판에 늘어뜨리고 있었는데, 검게 그을린 얼굴이 백짓장 같이 질려 있었다.

배는 한동안 못된 말처럼 펄쩍펄쩍 뛰거나 좌우로 움직이며 난리를 부렸고, 돛도 한 번은 이쪽 또 한 번은 저쪽으로 부풀었다가 가라앉기를 반복했다. 돛의 아래 활대가 이리저리 뱅글뱅글 도는 바람에 마침내 돛대도 견디지 못하고 끙끙 소리를 냈다. 가끔씩 가벼운 물보라가 현장 너머로 튀어 올라왔고, 배의 이물은 큰 파도에 부대끼며 힘들어 했다. 장비를 멋들어지게 갖춘 이런 큰 배가 큰 파도를 만나면, 지금은 산산조각 나 바다로 가라앉아 버린, 균형도 잘 잡지 못했던 수제 가죽배보다도 더 많은 고초를 겪었다.

빨간 두건은 범선이 들썩일 때마다 좌우로 미끄러졌다. 그의 자세나 이를 내놓고 고정된 웃는 얼굴은 배의 거친 움직임에도 그대로여서 엽기적인 느낌이었다. 핸즈 역시 배가 크게 요동칠 때마다 점점 더 갑판 깊숙하게 주저앉는 듯했다. 두 발이 점점 더 멀리 뻗어지며, 몸이 고물 쪽으로 기울어지고 있었던 것이다. 그러는 과정에서 그의 얼굴은 점점 더 아래로 묻혔고, 결국에는 그의 귀와 더럽고 구불구불한 한쪽 구레나룻밖에는 볼 수 없게 되어 버렸다.

나는 그때 그들 주위의 판자에 튀어 있는 검붉은 피를 발견했다. 나는 그들이 술에 취해 홧김에 싸우다가 서로를 살해했다고 확신했다.

나는 호기심이 가득해져 주위를 조금 더 찬찬히 살폈는데, 마침 바람도 잠잠해졌고 배의 요동도 멈추었다. 그런데 그때였다. 이즈라엘 핸즈의 몸이 약간씩 꿈틀거리더니, 낮은 신음을 내며 몸을 비틀어 처음 자세로 돌아갔다. 죽음을 목전에 둔 채 약해질 대로 약해진 그의 몸, 그리고 심한 고통을 드러내는 그의 신음, 게다가 입까지 벌린 그의 추한 모습에 마음이 썩 좋지만은 않았다. 하지만 곧 내가 사과 통 속에서 엿들었던 이야기가 떠오르며, 연민은 그대로 사그라졌다.

나는 고물 쪽으로 걸어가 큰 돛대 옆에 섰다.

그러고는 핸즈를 향해 이렇게 비꼬는 투로 말했다.

"승선 완료했습니다, 핸즈 씨."

핸즈는 힘겹게 눈동자를 움직였다. 하지만 그는 기력이 다한 나머지 놀란 표정도 짓지 못했다. 그저 딱 한 마디를 했는데 바로 이것이었다.

"브랜디."

이 말을 듣는 순간 나는 서둘러야 한다는 것을 깨달았다. 나는 갑판을 가로질러 비틀거리는 활대를 피하고 고물 쪽으로 미끄러지듯 달려 승강구 계단을 내려간 다음 선실 안으로 들어갔다.

선실 안은 상상 이상으로 엉망진창이었다. 해적들은 지도를 찾기 위해 자물쇠로 잠긴 곳을 모두 부숴 놓은 상태였다. 바닥은 진흙 투성이였는데, 분명 해적들이 야영지 주변 늪지를 돌아다닌 다음 그대로 이곳에 앉아 술을 마시고 즐겼기 때문이리라. 흰색으로 말끔히 잘 칠해졌고 가장자리에 금박 구슬 장식까지 되어 있던 칸막이는 더러운 손자국들 투성이었고 빈 병 수십 개가 구석에 쌓여 있었다. 선생님의 의학서적 한 권은 탁자 위에 펼쳐져 있었는데 책장들이 반 정도 뜯겨진 상태였다. 아마 담배 파이프에 불을 붙일 때 사용했으리라. 탁자 위의 등잔불은 그을음을 만들며 암갈색 연료처럼 탁한 빛을 희미하게나마 발하고 있었다.

지하실에 가 보니 통들은 모두 없어졌고 술병도 많지 않았다.

해적들이 술을 가져다 마신 후 내버린 것이었다. 반역이 시작된 후 해적들은 매 순간 술에 취해 있었다.

나는 열심히 창고를 뒤졌다. 핸즈에게 가져다 줄 술이 약간 남아 있는 브랜디 병을 하나 찾았고, 내가 먹을 과자 몇 개, 절인 과일 몇 개, 건포도 한 줌과 치즈 한 조각을 챙겼다. 나는 물건을 들고 갑판 위로 올라온 다음 내가 먹을 것은 키의 손잡이 뒤편, 키잡이의 손이 닿지 않을 만한 위치까지 밀어 놓고 물통으로 가서 물을 잔뜩 마셨다. 그리고 맨 마지막으로 핸즈에게 브랜디를 가져다 주었다.

핸즈는 그것을 150밀리리터쯤 들이킨 후 병에서 입을 떼고 이렇게 말했다.

"그래, 이거야. 바로 이게 마시고 싶었다고."

나는 조금 전에 봐둔 구석 자리로 가서 가져온 음식을 먹었다. 그리고 핸즈에게 이렇게 물었다.

"많이 아프세요?"

그는 불만을 토로했다.―사실 개처럼 짖어 댔다는 표현이 더 옳다.―

"만일 그 의사가 배에 있었으면 두어 번쯤 치료 받고 다 나았을 텐데, 나란 놈은 이렇게 지지리도 운이 없지. 그게 문제지, 저 얼간이는 완전히 갔군, 갔어."

그가 빨간 두건을 가리키며 말했다. 그러면서 이렇게 덧붙였다.

"어차피 쟤는 뱃사람도 아니긴 하지. 그런데 너는 어디 있다 나타난 거냐?"

"아― 저는 이 배를 차지하려고 승선했지요, 핸즈 씨. 추후 다른 지령이 있을 때까지 저를 선장으로 대해 주세요."

핸즈는 거북스럽단 표정으로 나를 보았지만 딱히 다른 말은 하지 않았다. 얼굴에 살짝 핏기가 돌아오긴 했어도 여전히 몹시 안 좋아 보였다. 배가 요란한 소리를 내며 이리저리 요동치는 동안 몸은 계속 미끄러져 밑으로, 밑으로 더 깊숙이 가라앉는 듯한 느낌이 들었다.

"그런데 이 깃발은 더 이상 걸 수가 없을 것 같은데요. 핸즈 씨, 허락하신다면 이건 이제 내릴게요. 저런 게 걸려 있으니 차라리 아무것도 안 걸려 있는 게 좋을 것 같아요."

나는 이렇게 말하며 활대를 피해 깃발이 걸려 있는 줄로 가 해적들의 저주받은 검은 깃발을 내렸다. 나는 이것을 배 밖으로 던져 버렸다.

"국왕 폐하 만세!"

나는 모자를 벗어 흔들며 이렇게 소리쳤다.

"실버 선장은 이제 끝났다!"

이렇게도 소리쳤다.

핸즈는 교활해 보이는 따가운 눈초리로 나를 바라보았으나 여전히 얼굴을 들지 못한 상태였다.

"호킨스 선장, 아마 이제 육지에 가고 싶겠지. 그럼 나와 대화 좀 하지."

그가 힘겹게 말했다.

"얼마든지요, 핸즈 씨. 하고 싶은 말씀이?"

나는 다시 음식을 먹으며 이렇게 말했다.

"저 놈 말이다."

핸즈가 자신의 옆에 누워 있는 주검을 보고 고개를 한 번 끄덕하더니 말했다.

"저 놈 이름은 오브라이언이고, 천한 아일랜드 출신이지. 내가 저 놈하고 배에 돛을 달았어. 배를 몰고 떠나려 했지. 그런데 저 놈이 죽었지? 결국 죽었어. 뱃바닥에 고인 더러운 물처럼 말이다. 그러니 누가 이 배를 몰지? 내가 가르쳐 주지 않는 한 너도 절대 몰지 못할 거야, 그렇지? 자, 그러니 이제 네가 나에게 먹을 것과 마실 것을 가져다 준 후 어딘가에서 낡은 손수건 하나를 구해 내 상처에 묶어 주는 건 어때? 그렇게 하면 내가 배 모는 법을 가르쳐 주지. 어때? 이 정도면 서로 밑지는 장사는 아니지, 응?"

"한 가지 알아 두셔야 할 게 있는데요, 핸즈 씨. 나는 키드 선장 정박지로는 가지 않을 겁니다. 북쪽 후미로 들어가 그곳 바닷가에 조용히 배를 정박할 거예요."

"암, 아주 좋은 생각이다."

핸즈가 대꾸하더니 이렇게 말을 이었다.

"얘야, 나도 그런 풋내기는 아니다. 나도 다 알고 있다. 모를 리가 있냐? 그냥 한 번 떠본 거다. 그런데 졌군, 이런. 네가 나를 이겼어. 북쪽 후미라. 나한테 언제 선택권이 있었는가? 네가 이 배를 해적 처형장으로 몰고 간다 해도 너를 도와야지, 암! 이런 망할!"

이 정도면 됐다 싶었다. 우리는 그렇게 하기로 동의했다. 그리고 삼 분 뒤, 히스파뇰라호는 바람을 등에 업고 보물섬의 해안을 따라 순조로운 항해를 시작했다. 이 정도의 속도라면 정오 전까지 북쪽 꼭대기를 돌고 밀물이 밀려들기 전에 파도 너머 북쪽 후미까지 순조롭게 닿을 수 있었다. 밀물과 함께 배는 해변으로 안전하게 떠밀려 갈 테고, 썰물이 빠지면 육지에 완전히 상륙하게 되는 것이었다.

나는 키의 손잡이를 묶어 놓은 다음, 밑으로 내려가 내 선원용 궤에서 어머니가 챙겨 주신 보드라운 비단 손수건을 꺼내 피가 흐르고 있는 핸즈의 허벅지를 감쌌다. 칼에 찔렸던 것이다. 핸즈는 음식을 먹고 브랜디를 한두 모금 더 마셨다. 그러고는 기운을 차리기 시작해 곧 허리를 펴고 똑바로 앉아 커다란 목소리와 분명한 발음으로 말하기 시작했다. 방금 전과는 딴판이었다.

바람은 우리를 확실히 도와주었다. 우리는 바람을 타고 새처럼 날듯이 항해했다. 섬의 해안이 빠르게 뒤로 지나갔고 1분마다 다른 풍경이 나타났다. 우리는 곧 높은 지대를 지나 저지대의 모래땅 옆을 항해했다. 모래땅에는 난쟁이 소나무들이 여기저기 박혀 있었다. 우리는 곧 모래밭을 지나쳤고, 섬의 북쪽 끝에 자리 잡은 바위산 모퉁이를 돌았다.

나는 배 전체를 지휘하는 임무를 맡게 되어 몹시 흥분한 상태였다. 날씨는 눈부시게 아름다웠고, 계속해서 바뀌는 해안의 풍경도 아름다웠다. 물도 양껏 마실 수 있었으며, 맛난 것들도 많았다. 요새에서 몰래 나왔다는 사실에 불편했던 마음도 배를 정복했다는 자부심으로 인해 많이 누그러졌다. 갑판 여기저기에서 나를 조롱하는 듯한 키잡이의 눈빛과 그의 이상야릇한 웃음이 따라다니는 것을 빼고는 모든 것이 좋았다. 그의 웃음은 고통과 나약함이 뒤섞여 나오는 웃음이었다. 초라하고 늙어빠진 노인의 웃음처럼 말이다. 하지만 내가 하는 것들을 교활한 눈빛으로 지켜보고 또 지켜보고, 계속 지켜보는 그의 얼굴에는 그것 말고 뭔가 다른 것이 있었다. 어쩐지 배신자의 그것이 희미하게나마 느껴졌다.

26장
이즈라엘 핸즈

바라던 대로 우리를 도와주던 바람이 서쪽으로 방향을 틀었고, 덕분에 우리는 섬 북쪽 곶의 북동쪽 모퉁이로부터 북쪽 후미의 입구까지 쉽게 이르렀다. 우리는 닻을 내릴 수가 없어서 조류가 세지기 전에는 해변으로 접근할 수가 없었다. 조류를 기다리는 동안에는 아무 일 없이 시간을 보내야 했다. 키잡이가 내게 배를 멈추는 방법을 가르쳐 주었고, 여러 번 시도 끝에 배를 멈추는 데 성공했다. 우리는 한동안 아무 말 없이 앉아 있다 결국은 또 음식을 먹었다.

"선장."

핸즈는 아까와 같이 거북스런 웃음을 지으며 나를 불렀다.

"내 오랜 배 친구 오브라이언 말인데, 저 친구를 배 너머로 던져 줄 수 있나? 까다로운 자였고, 저 자가 저렇게 된 데 내 책임은 하나도 없지만, 어쨌든 장식물처럼 저렇게 있어서야 쓰겠는가?"

"저는 그럴 힘이 없어요. 그리고 별로 그렇게 하고 싶지도 않은데요? 저는 저자가 저기에 누워 있어도 별로 상관없어요."

"이 배 말이네, 아주 운이 없는 배지. 이 히스파뇰라호 말이야, 짐."

핸즈가 눈을 껌뻑이며 이렇게 말했다.

"이 히스파뇰라호 위에서 많은 사람들이 죽었지. 너와 내가 브리스톨에서 이 배를 탄 후 가엾은 뱃사람들이 얼마나 죽어 나갔는가? 내가 이렇게 운이 없었던 적은 처음이야. 암 그렇고말고. 지금 여기 오브라이언을 봐. 이 친구도 죽었잖아? 나는 학자가 아니지만, 너는 어리긴 해도 읽기도 잘하고 계산도 할 줄 알잖아? 어이, 솔직히 말해 사람이 한 번 죽으면 영원히 죽은 거라고 생각하나? 아니면 다시 살아난다고 생각하나?"

"몸은 그럴 수도 있지만 영혼은 그렇지 않겠죠. 이미 아시지 않아요? 저기 오브라이언도 이미 다른 세계에 가 있을걸요. 어쩌면 지금도 우리를 내려다보고 있을지 모르죠."

"오! 이런 불행한 일이 있나. 그럼 사람을 죽여도 헛수고라는 말인가? 하지만 말야, 내가 봐 온 바로는 영혼이라는 게 사실 별 게 아니다. 내가 영혼들과 한번 맞장이라도 떠 볼까, 짐? 자, 네가 하고 싶은 얘기를 다 했으면 아래 선실로 내려가 그거– 그거 좀 가져다주련? 뭐더라? 망할, 이제 이름도 까먹었네! 아 그렇지! 포도주 한 병만 가져다 줘라, 짐. 브랜디는 너무 독해서 머리가 아프거든."

키잡이가 그렇게 말을 버벅거리는 게 이상했다. 브랜디보다 포도주를 더 마시고 싶다는 말도 전혀 납득이 가지 않았다. 이 대화 자체가 어떤 음모 같았다. 그는 지금 나를 갑판에서 떠나게 하려고 했다. 여기까지는 쉽게 알겠는데, 대체 그 이유가 무엇인지는 알 수 없었다. 그는 나와 눈 마주치는 것을 피했으며 계속해서 눈을 사방으로 움직였다. 하늘을 보는가 하면 어느새 오브라이언을 곁눈질하고 있었다. 그 와중에 표정도 계속 변해서 웃음 짓는가 하면 잘못했다는 듯 혀를 내밀기도 했다. 어린아이라도 그에게 무슨 꿍꿍이가 있다는 것은 쉽게 알아차릴 수 있었다. 나는 그러겠다고 대답했다. 그게 내게 유리할 것 같다고 판단했기 때문이었다. 그리고 나는 이런 멍청한 자에게 의심하고 있다는 것을 들키지 않을 자신이 있었다.

"포도주 말씀이시죠? 그쵸, 그게 더 좋죠. 백포도주를 원하세요, 아니면 적포도주를 원하세요?"

"글쎄다. 우라질, 나한테는 그게 그거로구나, 뱃친구여. 술맛이 강하고 양이 많으면 장땡이지, 뭐 별 차이 있냐?"

"알겠어요. 포트와인(*발효 중에 브랜디를 첨가하여 만든 포도주.)을 가져올게요, 핸즈 씨. 찾느라 시간이 좀 걸릴 거 같은데요."

나는 이렇게 말한 후 있는 힘을 다해 승강구 계단을 우당탕탕 소리 내며 내려갔다. 그리고 신발을 벗고 둥근 재목이 돌출된 복도를 소리 나지 않게 뛰어 앞갑판 사다리로 갔다. 핸즈는 내가 그쪽으로 나와 볼 것이라고 상상도 못하겠지만 어쨌거나 나는 조심했다. 사다리를 올라가 앞쪽 승강구 밖으로 머리를 내밀었다. 아니나 다를까, 내 의심이 옳았다.

핸즈는 두 손과 무릎으로 자리에서 일어났다. 움직일 때마다 다리가 아픈지 온힘을 다해 참는 듯 보였는데도 앓는 소리가 내가

있는 곳까지 들려왔다. 핸즈는 굉장한 속도로 갑판을 가로질러 30초 만에 좌현 배수구까지 가더니 꼬여 있던 밧줄 속에서 긴, 아니 짧은 단검을 꺼내 들었다. 이미 손잡이까지 피가 묻어 있는 칼이었다. 그는 잠시 그 칼을 내려다보더니 아래턱을 내밀고는 손으로 칼날이 아직 날카로운지 만져 보았다. 그러더니 단검을 얼른 가슴에 감추고 빠르게 다시 현장 앞의 자리로 돌아왔다. 더 알아야 할 것

은 없었다. 이즈라엘이 움직일 수 있다는 사실 그리고 몸에 무기를 감추고 있다는 사실이면 충분했다. 나를 다른 곳으로 보내려고 했던 것을 보면 그가 노리고 있는 사람은 나였다. 나를 처치한 다음 북쪽 후미에서 섬을 가로질러 늪지의 야영지까지 갈 생각인지 아니면 우리 편보다 자신의 동료들이 먼저 와 주리라 믿고 대포를 쏠지, 나는 전혀 짐작할 수 없었다.

하지만 믿는 것이 하나 있었다. 우리에게는 범선이라는 이해 관계가 하나 있었던 것이다. 우리 둘 다 이 배를 해변에 무사히 정박해 놓은 뒤 때가 되면 별다른 노력이나 위험 없이 다시 바다에 띄울 수 있게 되길 원하고 있었다. 그 일이 확실해질 때까지는 내 목숨도 안전할 것이었다.

나는 몸은 바삐 움직이면서도 머릿속으로는 앞으로의 일에 대해 차근히 계획을 세웠다. 그러고는 얼른 선실로 돌아가 다시 신발을 신고 아무 포도주나 하나 집어 들고 갑판으로 올라갔다.

핸즈는 내가 떠날 때처럼 그대로 누워 있었다. 몸을 잔뜩 웅크려 마치 묶어 놓은 꾸러미 같았다. 몸이 약해져 햇빛조차도 눈부시다는 듯 눈을 감고 있었는데, 내가 다가서니 고개를 들고 익숙한 듯 병의 목을 쳐 병을 땄다. 그러고는 그가 가장 좋아하는 건배의 말 "행운을 기다리며!"를 외친 후 포도주를 오래 들이켰다. 그 뒤 그는 잠시 누워 있다가 씹는 담배 한 토막을 꺼내 짧게 끊어 달라고 부탁했다.

"그것 좀 한 덩어리만 끊어 줘. 나는 칼도 없지 않나. 있다 해도 그걸 끊을 힘도 없고 말야. 아참, 짐. 나는 바람이 부는 쪽으로 방향을 돌리는 건 이제 틀렸어.(*뱃사람들이 쓰는 표현으로, 자신의 운명이 다했다는 의미.) 담배를 끊어 줘, 아마 내 마지막 담배가 되겠지. 곧 내 마지막 거처로 가게 될 테니까 말이야."

"그럴게요. 끊어 드릴게요. 하지만 내가 핸즈 씨고, 그렇게 몸이 안 좋은 느낌이라면 기독교인답게 기도를 드릴 거예요."

"왜? 대체 왜 그런지 말해 봐."

"왜냐고요?"

"조금 전에 내게 죽은 사람들에 대해 물어 보지 않으셨나요? 핸즈 씨, 당신은 사람들의 신뢰를 저버리고 죄와 거짓과 피로 뒤섞인 삶을 살았죠. 보세요, 지금도 당신이 죽인 자가 당신 발 밑에 쓰러져 있잖아요. 그런데 왜냐니요? 당연히 하느님의 자비를 구해야 하지요, 핸즈 씨."

나는 살짝 흥분해 버리고 말았다. 그가 나를 죽이려고 호주머니에 피 묻은 단검을 감추고 있다는 것을 알고 있어서 그랬던 것 같다. 핸즈는 포도주를 양껏 들이켰다. 그러고는 평소와 달리 아주 엄숙한 얼굴로 이렇게 말하기 시작했다.

"내가 바다에서 배를 탄 지 삼십 년이 되었다. 좋은 것, 나쁜 것 가리지 않고 봤지. 더 좋은 것도, 더 나쁜 것도 말이다. 좋은 날씨를 만날 때도 있었고 나쁜 날씨를 만날 때도 있었다. 식량이 바닥난 적도 있었고, 칼을 휘두른 적도 있었지. 산전수전을 다 겪었다. 그런데 말이다, 나는 여태껏 한 번도 좋은 일에서 좋은 결과가 나오는 것을 본 적이 없다. 먼저 선수를 치는 것, 그게 바로 좋은 거다. 죽은 놈은 물지 않는다. 그게 내 생각이다. 아멘, 그리 될지어다. 그런데 말이다, 내 말 좀 들어 봐라."

그가 갑자기 목소리를 바꾸며 말을 이었다.

"지금까지 우리는 쓰잘 데 없는 말들만 했다. 봐라, 밀물이 꽤나 들어찼다. 너는 이제 내가 하라는 대로만 움직이면 된다, 호킨스 선장. 우리 배는 안으로 들어갈 테고 모든 게 깨끗이 끝나겠지."

우리가 배를 끌고 가야 할 거리는 이제 3킬로미터 정도밖에 남지 않았지만 조종하기는 까다로운 편이었다. 북쪽 정박지의 입구가 좁고 얕은 데다 동쪽과 서쪽으로 육지가 있었기 때문에 범선을 잘 조정해야만 했다. 핸즈는 뛰어난 키잡이였다. 그리고 나도 유능하고 민첩한 조수라고 말할 수 있을 것 같다. 우리는 조금씩 방향을 틀며 양쪽 모래톱을 아슬아슬하게 피해 정박지 안으로 들어갔다. 아주 정확하고 깔끔한 상륙이었다.

우리가 두 모래톱 사이로 들어가자 사방이 육지였다. 북쪽 후미의 해변은 남쪽 정박지처럼 나무로 빽빽한 숲이 들어차 있었다. 그 숲이 조금 더 좋고 길 뿐, 꼭 강어귀 같은 모습이었다. 우리 바로 앞 쪽 끝에는 곧 쓰러질 것 같은 난파선 한 척이 놓여 있었다. 돛대가 세 개씩이나 달린 대형 선박이었지만, 오랫동안 자연에 있었기 때문에 물에 젖은 해초들이 거미줄처럼 배를 덮고 있었다. 갑판 위에는 해안의 덤불들마저 뿌리를 내리고 꽃을 피웠다. 처량한 모습이었지만 이쪽 정박지의 파도가 잔잔하다는 것을 증명해 주었다.

"저기를 봐라, 배를 올려놓기에 저만한 데가 또 있을까. 고운 모래가 깔린 평지에 바람도 한 점 없고 나무들 투성이네. 낡은 배 위가 정원처럼 꽃 투성이고."

핸즈가 말했다.

"그런데요, 해변에 배를 올린 후 다시 물에 내릴 때는 어떻게 하

251

는 건가요?"

"그건 말이다, 썰물 때 해변 건너편으로 줄을 가져간 다음 거기 있는 큰 소나무에 밧줄을 감아 놓고 그 밧줄 끝을 배의 캡스턴에 감는 거다. 그러고는 밀물을 기다리는 거지. 밀물이 들어오면 모두 함께 줄을 잡아당기지. 그러면 배는 물로 슬슬 따라 나오게 되어 있다. 얘야, 이제 준비해라. 곧 배를 대야 하는데 속도가 너무 빠르다. 우현으로 조금, 그래 지금 그대로, 우현으로, 좌현으로 약간, 그대로! 그대로!"

핸즈가 내게 계속 지시를 내렸고 나는 지시대로 숨 가쁘게 조종했다. 그런데 갑자기 핸즈가 이렇게 외쳤다.

"자, 선원! 이물 바람 쪽으로!"

나는 지시대로 힘껏 키를 돌렸다. 히스파뇰라호가 빠르게 방향을 틀어 숲이 우거진 해안으로 이물을 앞세운 채 돌진했다.

마지막 조종으로 흥분하는 바람에 그때까지 다잡고 있었던 키 잡이를 향한 경계가 느슨해지고 말았다. 나는 배의 진로에 관심을 기울였고 배가 땅에 닿기를 바랐기 때문에 내 머리 위에 다가온 위험을 완전히 잊어 버렸다. 나는 좌현 현창 너머로 목을 길게 빼고 이물 앞에서 잔물결들이 퍼져 나가는 것을 마냥 지켜보았다. 문득 불안을 느끼고 고개를 돌리지 않았다면 나는 그대로 당했을 것이었다. 아니, 내가 무슨 소리를 들었기 때문일지도 모른다. 아니면 눈꼬리 쪽으로 그의 그림자가 움직이는 것이 언뜻 비쳤던 것인지도 모른다. 아니, 고양이의 본능과 같은 어떤 것이 내게서 나온 것인지도 몰랐다. 어찌되었든 내가 고개를 돌렸을 때 핸즈는 오른손에 단검을 든 채 이미 내 쪽으로 반 정도 확 다가와 있었다.

눈이 마주쳤을 때 우리는 둘 다 큰 비명을 질렀던 것 같다. 내 비명은 공포의 비명이었고, 핸즈는 돌진하며 내지르는 괴성이었다. 핸즈는 내 쪽으로 몸을 날렸다. 그 순간 나는 이물을 향해 펄쩍 뛰었다. 내가 피하며 손에서 키를 놓는 바람에 키는 바람 부는 쪽으로 후르륵 돌아갔고, 그것이 결국 나의 목숨을 구해 주었다. 배의 키가 핸즈의 가슴 중앙을 그대로 내리쳤던 것이다. 핸즈는 그 충격으로 자리에 주저앉았다.

나는 핸즈가 다시 몸을 추스르기 전에 몸을 피했던 구석에서 빠져나와 갑판 위로 나갔다. 나는 큰돛대 바로 앞에 선 다음 호주 머니에서 권총을 꺼내 차분한 태도로 천천히 핸즈를 향해 총을 겨넜다. 핸즈는 나를 향해 돌진해 왔고 나는 방아쇠를 당겼다. 공이는 내려갔지만 섬광도, 소리도 나지 않았다. 점화약이 바닷물에 젖어 이미 오래 전에 망가져 버렸던 것이다. 나는 내 부주의함에 화가 치밀었다. 어째서 이런 상황이 오기 전에 하나뿐인 무기의 화약과 탄환을 점검하지 않았는가? 그랬다면 도살자 앞에서 도망치는 양처럼 굴지는 않아도 되었으리라.

핸즈는 부상당했다는 것이 믿기지 않을 정도로 빠르게 움직였다. 그의 반백의 머리칼이 얼굴 위에 헝클어져 들러붙어 있었고, 화가 난 데다 마음이 급해 얼굴은 영국의 상선기처럼 붉게 달아올라 있었다. 다른 권총은 시험해 볼 시간도, 그럴 마음도 없었다. 모든 것이 망가져 있을 게 뻔했다. 하지만 나는 절대 물러나서는 안 된다고 확신했다. 그랬다가는 조금 전에 그랬던 것처럼 이번에도 구석으로 몰리게 될 터였다. 만일 그렇게 된다면 그가 들고 있는 피로 범벅된 20센티미터 짜리 단검이 내가 이 세상에서 보는 마지막 물건이 되리라. 신경이 온통 곤두선 나는 크고 굵은 큰돛대에 두 손을 올려놓고 그를 기다렸다.

내가 공격을 피하려 하는 것을 눈치챘는지 그도 걸음을 멈추고 잠시 공격하는 시늉을 했다. 나도 그 몸짓에 따라 움직이며 몸을 피했다. 나는 블랙 힐 후미의 바위들 사이에서 친구들과 자주 이런 놀이를 하고 놀았더랬다. 그때는 물론 지금처럼 이렇게 가슴이 쿵쾅거리지 않았다. 이건 분명 실전이었지만 어린 소년들의 놀이와 비슷했다. 그런 면에서 허벅지에 부상을 입은 저 늙은 뱃사람보다 내가 더 유리할 거란 생각이 들었다.

그 생각에 나는 다시 용기가 났다. 이 일을 어떻게 끝낼지 잠시 생각할 수도 있었다. 이런 식으로 시간을 끌면 그의 칼을 피할 수는 있었지만 이 배에서 완전히 탈출할 수는 없었다. 나는 새로 차지한 내 자리에서 큰 소리로 웃음을 터뜨렸다. 그가 침을 한두 번 삼키더니 뭔가 말을 하려고 했다. 그의 얼굴에는 굉장히 당혹스러운 표정이 어려 있었다. 말을 하려고 입에 문 단검을 뺐지만 움직이지는 않았다.

"짐, 우리는 서로 반칙을 한 것 같다, 너와 나 말이다. 계약서라도 쓰던지 해서 화해를 해야 할 텐데. 배가 기울었을 때 너를 잡았어야 했는데, 나는 운이 지지리도 없군. 이제 내가 항복해야 하나, 선장까지 지냈던 내가 너 같은 애송이에게 항복을 하다니."

나는 그의 말에 도취 되어 수탉처럼 자만에 찬 웃음을 날려 주었다. 그런데 그때 순간적으로 그의 오른팔이 뒤로 젖혀지더니 뭔가가 휙 소리를 내며 허공에서 날아왔다. 나는 충격과 함께 날카로운 통증을 느꼈다. 내 어깨는 단검에 찍혀 돛대에 매달려 있었다. 끔찍한 통증과 당황스러움 속에서 무의식적으로 권총 두 자루가 불을 뿜어냈다. 동시에 나는 총 두 자루를 모두 떨어뜨렸다. 하지만 떨어진 것은 내 총뿐이 아니었다. 키잡이가 막혀 있었던 목이 뚫리는 듯 엄청난 비명을 내지르며 손에서 돛대줄을 놓치고 그대로 물속으로 떨어져 버렸던 것이다.

～ 27장 ～
은화 팔 레알

　기울어진 배로 인해 돛대들도 옆으로 멀리 뻗어 있었다. 내가
앉아 있는 돛대의 활대 밑 부분은 바로 만의 물이었다. 내가 있는
곳까지 올라오지 못했던 핸즈는 나와 현장 사이의 물로 떨어져 버
린 것이었다. 그는 물거품과 피로 범벅이 된 채 수면 위로 한 번 떠
올랐다. 하지만 곧 다시 물 밑으로 가라앉았다. 그 부분의 물이 다
시 평정을 되찾자 배 옆면의 그림자가 드리워진 밝은 모래사장에
몸을 웅크린 채 누운 그의 모습이 나타났다. 물고기 한두 마리가
그의 시체를 스쳐 지나갔다. 이따금 물이 흔들릴 때면 그의 시체
가 몸을 일으키려고 하는 것처럼 보이기도 했다. 하지만 그는 총에
맞고 물에 잠겨 있었다. 완전히 죽은 것이다. 그는 나를 죽이려 했
던 바로 그 자리에 누워서 물고기들의 먹이가 되고 말았다.
　그의 죽음을 확인하자 구역질이 났다. 어지럼증이 일며 동시에
두려움도 밀려왔다. 내 등과 가슴팍에서는 피가 철철 흘렀다. 마치

못처럼 내 어깨를 돛대에 박고 있는 단검이 달구어진 쇠처럼 아려 왔다. 하지만 나의 고통은 이런 아픔 때문이 아니었다. 이 정도는 소리도 내지 않고 참을 수 있었다. 나는 다만 활대에서 저 잔잔한 녹색의 물로, 키잡이의 주검 옆으로 떨어질지도 모른다는 생각에 겁이 났다.

나는 밧줄을 꽉 쥐었다. 손톱이 아파올 정도로 말이다. 나는 위험을 보지 않으려는 듯 두 눈을 질끈 감았다. 차츰 정신이 맑아졌고, 맥박도 어느 정도 느려져 정상 속도로 뛰고 있었다. 나는 다시 평정을 되찾았다.

내가 가장 먼저 한 생각은 단검을 뽑아야 한다는 것이었다. 하지만 그러기에는 단검이 돛대에 너무 깊고 단단히 박혀 있었다. 그게 아니라면 내 용기가 부족했던 것이리라. 나는 겁에 질려 벌벌 떨기만 하다 결국 포기했는데, 그렇게 몸서리친 것이 도움이 되었던 것 같다. 단검은 나를 빗나간 것이나 다름없었다. 살을 꼬집는 정도로만 내 몸에 박혀 있었는지 살짝 몸을 떨자 살이 찢기며 내 몸과 분리되었다. 피는 더 많이 났지만 나는 이제 자유의 몸이었다. 윗옷과 셔츠만이 단검과 돛대 사이에 걸려 있었다.

나는 몸을 한번 휙 움직여 옷을 떼어 낸 다음 올라올 때와 반대로 우현의 돛대 줄을 잡고 갑판 위로 내려 왔다. 공중에 걸린 좌현 돛대줄, 그러니까 이즈라엘이 조금 전에 떨어졌던 그곳을 다시 붙들고 내려가고 싶지 않았던 것이다.

나는 아래로 내려와 일단 응급 처치를 했다. 상처는 여전히 화끈거렸고 피도 여전히 흐르고 있었다. 하지만 상처가 그리 깊지는 않았고 치명적이지도 않았을 뿐더러 무엇보다 팔을 사용하는 데도 문제가 없었다. 나는 주위를 둘러보았다. 이제 배는 내 것이나 마찬가지였기 때문에 이 배에 타고 있는 마지막 승객, 죽어 있는 오브라이언을 정리해야겠다는 생각이 들었다.

오브라이언은 현장 아래 곤두박질 쳐진 채 끔찍하고 처량한 꼭두각시처럼 너부러져 있었다. 마치 사람 크기의 인형 같았다. 살아 있는 사람과는 달리 색깔이나 모습이 엉망진창이었다. 그런 자세로 누워 있었던 덕에 나는 그를 쉽게 처리할 수 있었다. 연이어 보아온 끔찍한 사건들에 익숙해졌는지 나는 공포심도 거의 느끼지 않고 마치 겨가 든 자루를 옮기듯 그의 허리춤을 붙들어 홱 뒤집고는 그의 주검을 뱃전 밖으로 내던져 버렸다. 주검은 첨벙 하는 소리를 낸 후 물에 가라앉았다. 그가 쓰고 있던 빨간 두건이 다시 물 위로 떠올라 수면 위를 둥둥 떠다녔다. 물보라가 거의 진정되나 했더니 이번에는 맑은 물 아래로 핸즈와 이즈라엘이 나란히 누워 있는 모습이 보였다. 물살이 움직일 때마다 그들의 주검은 이리저리 흔들렸다. 오브라이언은 젊은 나이에도 머리가 많이 빠져 있었는데, 바다 밑바닥에서 자신을 죽인 사람의 무릎에 자신의 대머리를 처박고 뻗어 있었다. 물고기 떼가 주검들 위를 빠르게 헤엄쳤다.

이제 배에는 오롯이 나 혼자였다. 썰물이 시작되었고, 오늘의 해는 조금만 더 내려가면 온전히 자취를 감추게 되리라. 서쪽 해안에 자라고 있던 소나무들의 그림자는 이미 정박지를 가로질러 갑판 위에까지 무늬를 새기고 있었고, 저녁 바람은 거칠어지기 시작했다. 동쪽의 쌍봉산이 바람을 웬만큼 막아 주었음에도 불구하고 밧줄들이 자기들끼리 노래하기 시작했고, 늘어진 돛들은 덜컹덜컹

소리를 냈다.

배에 위험이 닥쳐오고 있었다. 나는 서둘러 뱃머리의 삼각돛들을 내려 갑판에 내동댕이쳤다. 다음에는 큰돛들을 처리해야만 했는데 만만치 않았다. 범선이 기울었을 때 활대가 배 바깥으로 돌아가 장모(*활대 끝의 금속 고리.)와 돛 50센티미터가 물 밑에 잠겼는데 그것들 때문에 더 위험해진 게 분명했다. 하지만 돛이 너무 팽팽히 당겨진 상태여서 이것들을 건드리기가 망설여졌다.

결국 나는 칼로 마룻줄(*돛을 올리고 내리는 줄.)을 끊어 버렸다. 그러자 비틀어진 활대의 위쪽 끝이 반으로 꺾였고 느슨해진 돛포가 물 위로 넓게 떨어지며 둥둥 떠다녔다. 돛포는 사람 배처럼 가운데가 불룩해져서 물에 떠 있었다. 내림 밧줄은 내가 온 힘을 다해 잡아당겨 보아도 꿈쩍도 하지 않아 포기할 수밖에 없었다. 이제부터는 히스파뇰라호도 나와 같이 운에 맡기는 수밖에 없었다.

정박지 전체가 숲의 그림자로 덮여 있었다. 숲의 빈 공간 사이로 스며 들어온 마지막 햇살 한줄기가 난파선 위에 피어난 꽃들 위로 보석처럼 찬란히 부서지던 그 광경은 아직도 내 머릿속에 또렷이 남아 있다. 썰물이 되어 바닷물이 빠른 속도로 빠져나가자 범선이 점점 들보의 끝에 무게를 실으며 밑으로, 밑으로 내려앉았다. 공기도 차가워지고 있었다.

나는 앞으로 기어가 배 너머를 바라보았다. 이제 물이 충분히 얕아졌다는 것을 알 수 있었다. 나는 마지막 안전 장치였던 끊긴 닻줄을 두 손으로 잡고 뱃전 너머로 천천히 내려갔다. 물은 허리 정도까지 왔는데, 바다의 모래는 단단했고 물결 자국이 선명히 찍혀 있었다. 나는 기쁜 마음으로 해변을 향해 발걸음을 옮겼다. 히스파뇰라호가 내 곁에 놓여 있었고, 큰 돛포는 만의 수면을 넓게 덮은 채 넘실거렸다. 해는 많이 기운 상태였고, 해질녘의 저녁 바람은 낮은 휘파람소리처럼 소나무들을 흔들었다.

마침내 바다에서 벗어났다. 게다가 나는 범선까지 가지고 돌아왔다. 해적들로부터 범선을 빼앗아 언제든 다시 바다로 나갈 수 있도록 가져온 것이었다. 요새로 돌아가 나의 업적을 자랑하고 싶은 마음이 굴뚝같았다. 무단이탈을 했기 때문에 꾸중을 들을 수도 있었지만, 나는 히스파뇰라호를 되찾아 왔고 이것으로 만회할 수 있으리라 생각했다. 스몰릿 선장님도 내가 엉뚱한 짓을 하다 온 것이 아니라고 인정해 줄 것 같았다.

나는 들뜬 마음으로 동지들이 있는 요새를 향해 걸었다. 키드 선장 정박지로 흘러드는 강들 중 가장 동쪽에 있는 것이 나의 왼쪽으로 위치한 쌍봉산에서 시작된다는 것을 기억하고 있었으므로, 폭이 좁은 곳을 골라 강을 건널 요량으로 산 쪽을 향해 방향을 잡고 걷기 시작했다. 숲을 지나는 것은 그리 어렵지 않았다. 낮게 뻗어 있는 산을 따라 계속 걸음을 옮긴 후 산모퉁이를 돌고, 물이 종아리쯤까지만 차는 곳에서 강을 건넜다.

강을 건너고 보니 사람들에게 버림받은 벤 건을 만났던 곳 근처였다. 나는 더욱 주위를 기울이고 사방을 살피며 걸음을 옮겼다. 이제 완전히 어두워진 상태였다. 두 봉우리 사이의 갈라진 틈을 나서자 하늘 아래에 불길이 너풀너풀 타오르고 있었다. 나는 그 섬사람이 저녁을 만드는 것이라고 생각했다. 하지만 저렇게 자신의 위치를 드러내도 괜찮을까 하는 걱정이 들었다. 내가 저 불빛을 볼 수 있다는 말은 해안 늪지대에 머무는 실버도 저 불을 볼 수 있다는 뜻이었기 때문이다.

날이 점점 더 어두워졌기 때문에 나는 목적지 방향으로만 계속해서 걸었다. 내 뒷편의 쌍봉산과 내 오른편의 망원경산이 점점 시야에서 멀어지고 있었다. 별이 거의 뜨지 않은 밤이었고, 별빛도 흐렸다. 나는 저지대를 헤쳐 나가며 계속해서 덤불에 걸렸고 모래 구덩이로 굴러떨어지기까지 했다.

그때였다. 갑자기 주위가 밝아져 고개를 들어보니 한줄기 빛이 망원경산 정상을 비추고 있었다. 은색으로 빛나는 넓은 물체가 나무들 사이 낮은 곳에서 움직이고 있었다. 달이었다.

달빛의 도움으로 남은 거리를 빠르게 줄여 나갔다. 걷기도 하고 뛰기도 하면서 말뚝 울타리로 향했다. 바보는 아닌지라 말뚝 울타리 앞의 숲을 지날 때에는 걸음을 늦추고 최대한 조심했다. 우리 편에게 적으로 오해를 사고 총격을 받아 모험이 그대로 끝나게 된다면 얼마나 허무할 것인가.

달은 점점 더 높이 떠올라 주었다. 숲의 빈터 이곳저곳에 빛을 덩어리째 쏟아부어 주는 것만 같았다. 바로 내 앞의 나무들 사이에 색이 다른 빛이 보였다. 붉고 뜨거운 느낌의 빛이었다. 가끔씩 연기를 내뿜는 깜부기불처럼 어두워지기도 했다. 나는 그 불빛의 정체를 도통 알 수가 없었다. 마침내 나는 숲이 끝나는 곳까지 다다랐다. 서쪽 끝은 이미 달빛이 완전히 점령하고 있었고 나머지 부분과 요새는 여전히 칠흑 같은 어둠에 갇혀 있었다. 가끔씩 은빛 격자무늬만 그 위로 언뜻언뜻 비춰질 뿐이었다. 통나무집 건너편에서는 커다란 모닥불이 다 타고 깜부기불만 남아 꾸준히 빛을 발하고 있었다. 이 빛이 달의 창백하면서도 부드러운 빛과 대조를 이루며 빛났다. 바람소리 외에는 어떤 소리도 들리지 않았다.

나는 걸음을 멈춰 섰다. 궁금증과 함께 약간의 두려움이 느껴졌다. 우리 편은 모닥불을 저렇게 크게 피우지 않았다. 선장님이 우리에게 장작을 최대한 아끼라고 지시했기 때문이었다. 내가 없는 사이에 뭔가가 잘못되었다는 생각이 들었고 겁이 나기 시작했다. 나는 어둠 속에 몸을 감추고 동쪽 끝을 따라 돈 다음 가장 어두운 곳을 골라 말뚝 울타리를 넘어갔다.

나는 더 확실하게 하려고 무릎과 두 손을 사용해 소리를 내지 않으며 통나무집 모서리로 엉금엉금 기어갔다. 집이 가까워지며 마음도 갑자기 가벼워졌다. 친구들이 평화롭게 잠들어 코를 고는 소리가 음악처럼 들려왔다. 기분 좋은 소리도 아니었고 여러 번 불평했던 소리였지만 이때만큼은 보초를 서는 사람이 지르는, 그 아름다운 '이상 없음'이란 소리도 코고는 소리만큼 내 마음을 편하게 해 주진 못할 것 같았다. 하지만 한 가지는 확실했다. 경비가 엉망이었다. 만약 지금 기어들어가는 사람이 내가 아닌 실버와 그 일당이었다면 저 안에 있는 사람 중 누구도 아침 해를 보지 못할 것이었다. 나는 선장님이 부상을 당하니 이렇게 되는구나 하고 생각했다. 그리고 내가 가출을 하는 바람에 인원이 모자라 보초도 세우지 못하는 건 아닐까 싶어 죄책감마저 들었다.

문에 다다르자 나는 몸을 일으켰다. 내부는 깜깜해서 아무것도 볼 수가 없었다. 잠자는 사람들의 끊임없는 코골이 소리와 함께 가끔씩 푸드덕거리는 소리와 뭔가 쿡쿡 쪼는 소리 같은 게 들렸지만 나는 그 소리가 어디에서 나는지 알 수 없었다.

나는 팔을 앞으로 하고 안으로 걸어 들어갔다. 내가 자리에 누워 있는 채로 아침에 동료들이 나를 발견하면 어떤 표정을 지을까 상상해 보았다. 속으로 웃음이 났다.

발이 물컹한 것에 닿았다. 자고 있는 사람의 다리였다. 몸을 돌리며 뭐라 중얼거리긴 했어도 잠에서 깨진 않았다.

순간 어둠 속에서 날카로운 목소리가 이렇게 외쳤다.

"팔 레알! 팔 레알! 팔 레알! 팔 레알! 팔 레알!"

이 외침은 작은 물레방아처럼 끝나지도, 변하지도 않고 계속 돌아갔다.

실버의 녹색 앵무새, 플린트 선장이었다! 내가 들은 소리는 새가 나무껍질을 쪼는 소리였던 것이다. 이 앵무새는 그 어떤 사람보다도 망을 잘 봤고, 나를 발견하자마자 지겨운 후렴구를 외친 것이다!

어떻게 대처할 틈도 없이 앵무새의 날카롭고 빠른 소리에 잠에 빠져 있던 사람들이 모두 벌떡 일어났다. 실버가 거친 욕을 내뱉은 후 이렇게 소리쳤다.

"누구냐!"

나는 되돌아 뛰어 나가려다 누군가에게 부딪혀 튕겨 나갔다. 그리고 다른 사람 품에 안겨 버렸다. 이자는 나를 두 팔로 꽉 붙들었다.

"횃불을 가져와라, 딕."

실버가 명령했다.

내가 그들의 포로가 되는 것이 확실해지는 순간이었다.

그들 중 하나가 통나무집을 나섰다가 잠시 후 불붙인 나무토막 하나를 들고 돌아왔다.

6부
실버 선장

〜 28장 〜
적진에서

통나무집 내부에서 붉게 타오르는 횃불은 내가 우려했던 일이 현실이 되었음을 보여 주었다. 해적들이 이 집과 짐들을 전부 차지하고 있었던 것이다. 집에는 전과 다름없이 코냑 통과 돼지고기와 빵 등이 있었다. 나는 다른 포로가 단 한사람도 보이지 않는다는 것에 공포심을 느꼈다. 그들이 모두 살해당했다고 믿을 수밖에 없었다. 나는 그들과 함께 죽지 않은 것이 사무치도록 미안했다.

남은 해적은 모두 여섯이었고, 그들이 전부인 듯했다. 그 여섯 명 중 다섯 명이 일어났는데, 술에 취해 잠들었다가 갑자기 깨는 바람에 얼굴은 여전히 시뻘겋게 부어 있었다. 여섯 번째 해적은 겨우 윗몸을 일으켜 앉아 있었는데, 얼굴이 시체처럼 창백하고 머리에 피가 벤 붕대를 감고 있는 것으로 보아 부상당한 지 얼마 되지 않은 모양이었다. 붕대도 얼마 전에 감은 것 같았다. 해적들이 공격했을 때 총을 맞고 숲으로 도망간 사람을 기억해 냈다. 이 해적이 그가 틀림없으리라는 생각이 들었다.

앵무새는 키다리 존의 어깨에 앉아 부리로 날개를 다듬고 있었다. 실버는 전보다 조금 더 얼굴이 하얘졌고 조금 더 딱딱한 태도였다. 그는 여전히 우리와 거래를 하러 왔을 때 입었던 고급 옷을 입고 있었지만, 옷에 진흙이 묻고 여기저기가 가시에 찢겨 상태는 그다지 좋지 않았다.

"그래, 짐 호킨스가 왔군 그래. 우라질! 잠시 들렀나, 응? 자 어서 와라. 넌 역시 정이 참 많아, 짐."

실버는 브랜디 통에 걸터앉아 파이프에 담배를 채우며 이렇게 말했다.

"횃불 좀 빌려줘, 딕."

실버는 횃불로 담뱃불을 붙이고 나서 "이제 됐어."라고 말했다.

"불을 저기 장작더미에 꽂아놔. 자, 다들 앉아라! 호킨스 씨가 왔다고 그렇게 서 있을 필요까지야. 호킨스 씨도 이해하실 게야. 그런데 짐."

실버는 담배 피우는 것을 멈췄다.

"이렇게 와 주다니 이 불쌍하고 늙은 존 아저씨는 얼마나 놀랍고 기쁜지 모른단다. 네 눈을 처음 봤을 때부터 네가 똑똑한 아이라는 것을 알고 있었다. 하지만 이번 일은 나도 참 유감이구나."

실버가 덧붙였다.

당연히 나는 실버의 말에 아무런 대꾸도 하지 않았다. 그들은 내가 벽에 등을 대고 서 있도록 했고, 나는 그렇게 서서 실버의 얼굴을 바라보았다. 나는 겉으로라도 내 모습이 대담하게 보이기를 바랐다. 내 마음속은 암흑 같은 절망뿐일지라도 말이다.

실버는 아주 여유롭게 담배 파이프를 두 모금쯤 빨고 다시 말을 이었다.

"자, 짐, 네가 여기 온 김에 내 말 좀 들어 보렴. 내가 널 항상 좋아했다는 건 알지? 너는 언제나 배짱이 두둑했지. 잘생겼던 내 어린 시절과 똑 닮았어. 나는 늘 네가 우리와 힘을 합친 뒤 네 몫을 가져가 훌륭한 신사로 살다 죽길 바랐다. 자, 호킨스 두목 나리, 이제는 정말로 그렇게 되는 거다. 스몰릿 선장이 훌륭한 뱃사람이라는 것은 인정하지, 옛날에도 그랬고 지금도 그렇다. 하지만 그는 너무 규율에 얽매여 있지. '임무는 임무다.'라니. 맞는 말이긴 하지만 너무하지 않냐? 어쨌든 그 선장은 '아니올시다.'야. 게다가 그 의사는 네게 완전히 손을 뗀 듯하던데? '은혜도 모르는 개구쟁이 녀석'이라고 말했던가? 어쨌든 요는 말이다, 네가 원래의 네 편으로는 돌아갈 수 없다는 거다. 그 사람들은 너를 받아 주지 않겠지. 너 혼자 또 다른 부대를 만들기라도 할 테냐? 엄청 외로울 텐데? 고로 너는 이 실버 선장과 함께 해야만 하겠지."

여기까지는 좋았다. 그 말은 친구들이 살아 있다는 뜻이었으니 말이다. 나는 물론 실버의 말에 어느 정도 사실도 포함되어 있다고 생각했다. 내가 무단이탈한 것에 우리 편 사람들이 매우 화가 났으리라는 것은 나도 짐작하고 있었기 때문이다. 그래서 그의 이야기를 듣고 나선 괴롭다기보다는 오히려 마음이 편안해졌다.

"네가 우리 손에 있다는 사실로 왈가왈부하지는 않겠다. 나는 합의라는 것을 좋아하는 편이지. 협박을 해서 이루어진 것 중에 좋게 끝난 것을 본 적이 없다. 네가 이 일이 좋다면 너는 우리 편이 되는 것이고 만약 싫다면, 글쎄다, 짐. 네가 과연 싫다고 대답할 수 있을까? 물론 나는 자유로운 대답을 좋아하지만, 배친구. 이런 우라질. 이보다 더 공정하게 제안할 수 있는 뱃사람이 있으면 데리고 와 봐!"

실버가 소리쳤다.

"이제 제가 대답할 차례인가요?"

나는 매우 떨리는 목소리로 물었다. 나는 대화 내내 죽음이 내 뒷덜미를 잡고 있는 느낌이었다. 내 뺨은 벌겋게 달아올랐고, 심장은 가슴팍 안에서 고통스럽게 두방망이질 치고 있었다.

"얘야, 아무도 너를 압박하지 않으니 충분히 잘 따져 보고 대답해라. 아무도 너를 재촉하지 않아, 친구. 너와 함께 있는 시간은 아주 즐겁단다. 암, 그렇고말고."

"음."

나는 용기를 내 말을 시작했다.

"제가 선택을 앞두고 있다면 뭐가 어떻게 된 건지 정황을 알 권리가 있다고 생각해요. 예를 들면 왜 실버 씨가 여기에 있는 건지 내 친구들은 어디에 있는 건지 같은 거요."

"뭐가 어떻게 된 거냐고?"

해적 중 하나가 낮은 목소리로 으르렁거리며 되물었다. 그리고 이렇게 덧붙였다.

"그걸 아는 놈은 운이 텄지!"

"내가 허락할 때까지 승강구를 누름대로 막아 놔!"

실버가 그 말을 한 사람에게 모질게 소리쳤다. 아무 말도 하지 말라는 뱃사람식 표현이었다.

그러더니 곧 자비로운 목소리로 내 질문에 이렇게 대답했다.

"호킨스 씨, 어제 아침 당직을 서고 있던 중 리브시 선생이 휴전 깃발을 들고 나를 찾아왔지. 그러고는 이렇게 말했지. '실버 선장, 당신은 배반당했습니다. 배가 사라졌지요.'라고 말이야. 우리는 잔을 들고 한잔씩 하며, 술잔을 돌리는 데 도움이 되는 노래를 조금 불렀겠지? 아니라고는 하지 않겠지. 어쨌든 아무도 망을 보고 있지 않았던 것은 사실이야. 여하튼 그 말을 듣고 내다보니, 이런 우라질! 배가 난데없이 사라져 있더군. 이런 정신 나간 바보 무리하고는! 물론 그중에 내가 가장 정신 나간 사람이지. 의사가 이렇게 말하더군. '자, 거래를 하십시다.'라고 말이야. 그래, 그래서 우리는 거래를 했지. 의사하고 나하고 말이야. 그래서 우리가 여기에 있는 거야. 식량과 브랜디와 이 요새, 게다가 친절하시게도 우리를 위해 패 놓은 장작들까지, 돛대의 활대에서 안쪽 용골까지 배 전체가 전부 우리 손에 들어왔다는 말이야. 그 사람들은 힘없이 터벅터벅 걸어 나갔지. 어디로 갔는지는 나도 모른다."

실버는 잠시 말을 멈추고 파이프를 한번 빨고는 다시 말을 이었다.

"네가 그 거래에 포함된 거라는 생각을 방지하기 위해 우리의 마지막 대화를 더 들려 주마. '그쪽은 몇 명이 떠날 건가?' 내가 이렇게 물었고 '네 명이오.' 의사는 이렇게 대답했지. '넷이오, 그런데 한 명은 부상을 당했소. 그리고 그 아이는 지금 어디에 있는지 모릅니다. 나쁜 녀석입니다. 이제 별 관심도 없습니다. 이제 그 아이라면 지긋지긋하지요.' 의사가 이렇게 말했지."

"말씀 다 끝나셨나요?"

내가 물었다.

"글쎄다, 하여튼 네가 들어야 할 것들은 다 말한 것 같다."

"그럼 이제 제가 선택하면 되나요?"

"그렇지, 이제 네가 선택해야지. 암, 그렇고말고."

"그럴게요. 저는 이렇게 말하고 뭘 각오해야 하는지 모를 정도로 바보는 아니지만, 최악의 사태가 닥친다고 해도 별로 상관없어요. 실버 씨를 만난 후로 많은 사람들의 죽음을 보았으니까요. 어쨌든 한두 가지 꼭 말하고 싶은 게 있네요."

나는 흥분한 상태였다.

"첫 번째는 말이죠, 지금 실버 씨가 불리한 상황이라는 걸 아셨으면 좋겠어요. 당신은 배도 없고, 보물도 없고, 부하들도 없죠. 실버 당신의 업적 자체가 모두 난파당한 거예요. 누가 그렇게 만들었느냐고요? 바로 저지요! 우리가 육지를 발견하던 그날 밤, 저는 사과 통 안에 있었고, 거기에서 여기 있는 존 씨 그리고 여기 계신 딕 존슨 씨 그리고 지금은 바다 밑에 가라앉은 핸즈 씨가 하는 대화를 들었지요. 그 후 한 시간도 채 안 되어 나는 우리 편한테 실버 씨가 한 말을 모두 전했어요. 그리고 배 있잖아요. 제가 닻줄을 잘라 버렸지요. 여기 있는 사람 누구도 그 범선을 두 번 다시 보지 못하도록 옮겨 놓은 것도 바로 저예요. 이곳에서 웃을 사람은 저예요, 실버 씨. 처음부터 저는 이 일에서 실버 당신보다 한 수 위에 있었어요. 이제는 실버 씨가 파리만큼도 안 무섭네요. 나를 죽이든 살리든 마음대로 해 보시지요. 하지만 하나만 더 말하고 그만하지요. 만일 나를 살려준다면 이미 모든 것이 지나간 일일 테니까 이곳 사람들이 법정에 섰을 때, 최선을 다해 변론할 거예요. 이제 선택은 여러분의 몫이에요. 여기서 저 하나를 더 죽인다고 뭐가 달라지나요? 하지만 저를 살리면 여러분은 교수형을 면할 증거를 하나 확보하시는 거예요."

나는 숨이 차서 말을 멈추었다.

놀랍게도 한 사람도 움직이지 않고 모두 양 떼처럼 얌전히 앉아 나만 멀뚱멀뚱 바라보았다.

나는 다시 말을 시작했다.

"실버 씨, 당신은 이곳에서 가장 높은 분이시니까 만약 일이 안 좋게 흘러간다면 제가 여기서 어떻게 했었는지 의사 선생님께 꼭 전해 주시길 부탁드릴게요."

"그렇게 하지."

실버가 알 수 없는 말투로 대답했다. 나의 요청을 비웃는 건지 아니면 나의 용기를 높이 산 건지 알 수가 없었다.

"한 가지 할 말이 있어!"

얼굴이 밤색인 뱃사람 하나가 소리쳤다. 이름은 모건이었는데, 브리스톨 부둣가의 키다리 존네 술집에서 본 적이 있는 사람이었다.

"검둥개를 알아본 게 저놈이었어."

그가 말했다.

"그렇지, 게다가 말이야."

주방장이 그의 말을 이어받았다.

"하나 더 있지, 우라질! 빌리 본즈의 지도를 훔친 것도 이 아이란 말이야. 처음부터 끝까지 우리는 짐 호킨스에게 걸려 계속 난파당하고 있다니까!"

"그렇다면!"

모건은 이렇게 외친 후 욕을 하며 스무 살 청년마냥 벌떡 일어나 칼을 뽑아 들었다.

"멈춰! 톰 모건, 여기 선장이라도 되는 것마냥 날뛰네? 우라질, 확실하게 본을 보여 주겠다. 한번 해보시지? 지난 삼십 년 동안 많은 놈들이 너보다 앞서 간 그곳으로 너를 보내 주겠다. 어떤 놈들은 돛의 활대 끝에 매달려 죽었지, 우라질! 어떤 놈들은 판자 위를 걸어 바닷물에 빠져야만 했고 말이야. 모두 물고기 밥이 되었지. 지금까지 내 눈을 똑바로 바라보고 다음날까지 무사했던 놈들이 있었는 줄 아느냐? 톰 모건, 정신 차려."

실버가 호되게 소리를 질렀다.

모건은 거기서 멈췄다. 하지만 곧 다른 사람들이 웅성거리기 시작했다.

"톰이 옳아요."

누군가 말했다.

"나는 이제껏 오랫동안 한 놈한테 당할 만큼 당해 왔습니다. 여기까지 와서 내가 당신에게 당하는 일은 절대 없을 겁니다, 존 실버."

또 다른 사람이 말했다.

"여기 있는 신사 분들, 나하고 한번 결판을 내자는 것 같군?"

실버가 술통에 앉은 채로 상체를 앞으로 내밀며 이렇게 소리쳤다. 그의 오른손에는 여전히 담배 파이프가 들려 있었다.

실버는 이렇게 말을 이었다.

"원하는 것을 말해라, 벙어리도 아니니 말을 하라고! 원하는 것을 주겠다. 이렇게 오래 산 내가 럼주 통의 아들놈 하나가 반대편

닻줄 구멍에서 나를 거스르고 모자를 치켜드는 것을 그냥 두고 보진 말아야지? 너희도 다 나름대로 '부의 신사'이니 방법은 알겠지? 나는 이미 준비됐다. 용기 있는 자들이여 단검을 꺼내라. 목발은 짚었지만 담배가 다 타기 전에 창자 색깔을 보여주겠다."

그 누구도 움직이지 않았고, 뭐라 입을 여는 사람도 없었다.

"이런 게 바로 너희 수준이다, 알겠냐?"

그는 담배 파이프를 다시 입에 물었다.

"너네는 겉으로만 선장처럼 보일 뿐, 싸울 가치도 없는 놈들이다. 너희 같은 놈들도 조지 왕의 영어는 이해하지? 나는 선거를 통해 이곳 선장이 되었다. 물론 내가 너희보다 뛰어난 사람이기 때문이었지. '부의 신사답게 싸우지도 못하는 것들아, 그럼 복종이라도해야 할 것 아니냐! 나는 이 아이가 마음에 든다. 이 아이보다 나은 놈을 본 적이 없어. 여기 이 아이가 너희 들쥐 같은 놈들 둘을합친 것보다 훨씬 낫단 말이다. 내 말은 끝났다. 이 아이한테 손을대는 놈은 알아서들 해라. 이게 내가 하고 싶은 말이다."

실버가 말했다. 그의 말이 끝나고 모두 오랫동안 침묵을 깨지못했다. 나는 벽에 기댄 채 꼿꼿이 서 있었지만 심장은 여전히 쿵쿵거리며 뛰고 있었다. 이제 내 마음속에 한 줄기 희망의 빛이 생겼다. 실버는 팔짱을 낀 채 벽에 몸을 기대고 파이프 담배를 물었다. 그는 마치 교회 의자에 앉아 있는 것처럼 차분하고 안정된 표정을 짓고 있었다. 하지만 그는 계속 사방을 두리번거리며 통제하기 어려운 자신의 부하들을 감시하고 있었다. 부하들은 차츰 반대편으로 물러났다. 저들끼리 낮게 속삭이는 소리가 내 귀에 들렸다. 가끔 한 사람씩 고개를 들었는데, 그럴 때마다 붉은 횃불 아래로그들의 초초해 보이는 표정이 드러났다. 그들은 실버를 보고 있었다.

"아직도 할 말이 남아 있나? 그러지 말고 큰 소리로 말해! 들어나 보자! 그러지 못할 거면 아예 입을 다물란 말이다!"

실버가 멀리로 침을 퉤 뱉으며 이렇게 말했다.

"선장, 나 좀 봐 주쇼."

한 사람이 말을 시작했다.

"당신은 어떤 규칙들은 마음대로 할 수 있소. 하지만 나머지 규칙들은 좀 지켜 주셔야 하는 거 아니유? 선원들이 얼마나 불만이 많은지. 우리를 밧줄을 꿰는 뾰족한 막대로 찌르며 괴롭히지를 않나. 우리 선원들에게도 다른 선원들이랑 똑같이 권리라는 게 있는데 말입죠. 선장님이 직접 만든 규칙에 따르면 우리가 우리끼리 얘기하는 게 뭐가 잘못됐단 말입니까? 지금은 선장님을 선장으로 인정하고 있으니 허락해 주죠. 우리는 우리의 권리가 있으니 밖에 나가 회의 좀 하겠수다."

나이가 서른다섯쯤에, 키가 크고 인상이 나쁘고 눈이 누렇게 뜬 이 남자는 선원처럼 멋지게 경례를 올리더니 침착한 태도로 문밖으로 걸어 나갔다. 나머지 해적들도 선장에게 경례를 하고 사과를 하며 모두 그를 따라나섰다.

"규칙에 따르는 겁니다."

한 사람이 그렇게 말했다.

"선원 회의 같은 거라고나 할까요?"

모건이 말했다.

이제 집 안에는 횃불과 함께 실버와 나만 남겨졌다.

"잘 들어라, 짐 호킨스."

주방장이 담배 파이프를 입에서 떼며 이렇게 말했다.

실버는 들릴까 말까한 작은 목소리로 차분히 말을 시작했다.

"너는 지금 뱃전 밖으로 내밀어진 사형 판자를 반쯤 걸어 온 거나 마찬가지다. 더 큰 문제는 고문을 당할지도 모른다는 거고. 저놈들은 나를 밀어내려 하고 있지만 말이다, 똑똑히 봐 둬, 짐. 나는 무슨 일이 있어도 네 편이다. 그럴 생각이 있었던 건 아니다, 그랬지. 네 말을 듣기 전까지만 해도 말이다. 나는 돈을 다 잃고 교수형까지 당할 판이라 자포자기 상태였다. 하지만 나는 알았다. 너의 가치를 말이다. 나는 속으로 내게 말했다. '너는 호킨스 편이다, 존. 그러면 호킨스도 네 편에 설 거다. 호킨스가 너의 최후의 비밀 병기다. 그리고 존, 서로 도와야만 한다. 너는 너의 증인을 살려주는 거고, 그러면 그는 네 목숨을 구해 줄 거다!' 이렇게 말이다."

나는 이제야 약간씩 실버를 이해하기 시작했다.

"모든 걸 잃으셨단 말씀이세요?"

내가 물었다.

"그렇다. 그랬어! 나는 다 잃었다! 배도, 목숨 줄도 다 사라졌다. 정박지를 보고 범선이 없어졌다는 걸 알았을 때 말이다. 나도 여간 강한 놈이 아니지만 포기해야만 했지. 저놈들이 지금 회의를 한답시고 저러고 있지? 하지만 내 말 잘 듣거라, 짐. 저들은 바보 멍청이에 겁쟁이들이다. 내가 저놈들에게서 있는 힘껏 네 목숨을 구해줄 테다, 하지만 짐, 너는 대신 이 키다리 존이 교수대에 매달린 채 흔들거리는 것을 막아 주어야 한다."

나는 당황스러웠다. 그가 말하는 것은 이미 가망이 없는 일처럼 보였다. 이 늙은 해적은 언제나 두목 노릇을 해 온 사람이었다.

"최선은 다 해 볼게요."

"약속한 거다! 너는 배짱이 두둑해 할 말은 다 하는 아이니까 믿는다. 우라질! 드디어 내게도 기회가 생겼다!"

키다리 존이 외쳤다.

실버는 절뚝이며 장작 사이에 놓인 횃불로 다가가 담배 파이프에 다시 불을 붙였다.

"나를 이해해 줘, 짐."

그가 뒤돌아보며 내게 이렇게 말했다.

"나도 목 위에 머리는 달고 있어. 이제 나도 지주 편이야. 네가 그 배를 어딘가에 안전하게 갖다 두었다는 것은 나도 알지. 어찌 그리 했는지 신통하군. 배는 안전하겠지? 핸즈와 오브라이언도 네 말에 넘어갔겠지. 그놈들 둘 다 한 번도 믿었던 적이 없었지. 자, 이제 잘 들어라. 아무것도 묻지 말아라, 저 놈들에게도 아무것도 묻지 말라고 하겠다. 언제 승부가 날 지 나는 느낄 수 있어. 그리고 강한 아이도 한눈에 알아볼 수 있다. 아, 너는 젊다. 나는 너와 함께 좋은 일을 많이 할 수도 있었을 텐데 말이다!"

실버는 통 안의 코냑을 양철 컵에 약간 따르고는 내게 맛을 보겠느냐고 물었다. 나는 거절했다.

"어쩔 수 없군, 나 혼자 마시는 수밖에. 짐, 나는 센 거 한 잔이 절실해. 머리 아픈 일이 터지는 날에는 말이야. 참, 머리 아픈 일 얘기를 하는 마당에 하나 묻자면 왜 의사가 내게 그 지도를 주었을까, 짐?"

실버는 더 이상의 질문이 무의미하다는 것을 금방 깨달았다. 나는 놀란 표정을 감추지 못했고, 그는 그것을 보았기 때문이었다.

"뭐, 됐다. 하지만 뭔가 이상하다, 뭔가가 있어. 대체 무슨 이유일까, 짐? 좋은 이유가 됐던, 나쁜 이유가 됐던 말이다."

실버는 브랜디를 한 모금 더 마셨다. 그리고 최악의 상황을 예감이라도 한 것마냥 커다란 금발의 머리를 좌우로 저었다.

29장

또 하나의 흑점

해적들은 꽤 오래 회의했다. 한 번은 그들 중 하나가 집 안으로 다시 들어와 아까와 같은 경례를 했다. 내 눈에는 그가 나와 실버를 비꼬는 것 같이 보였다. 그가 횃불을 잠시 빌려 달라고 했고, 실버가 횃불을 내주자 그는 우리를 어둠 속에 남긴 채 다시 밖으로 나갔다.

"바람이 불어오는구나, 짐."

실바가 다정한 말투로 말했다.

나는 가까운 곳에 있는 총구멍으로 가 밖을 내다보았다. 커다란 모닥불이 불씨가 거의 꺼져 희미하게 타오르고 있었다. 저 음모자들이 횃불을 빌려간 이유를 알 것 같았다. 그들은 말뚝 울타리로 연결되는 경사면 중간쯤에 자리를 잡고 앉아 있었고, 그중 하나가 횃불을 들고 있었다. 다른 하나가 무리 한가운데 무릎을 꿇고 앉아 손에 칼을 들고 있었다. 칼의 칼날이 달빛과 횃불의 빛을 받아 가지각색의 빛깔을 반사하고 있었다. 나머지 사람들은 모두 허리를 구부린 채 가운데 앉아 있는 사람을 바라보았다. 가운데 있는 사람이 들고 있는 것은 칼뿐만이 아니었다. 그는 책도 한 권 들고 있었다. 나는 그자가 대체 왜 극과 극의 물건을 한꺼번에 들고 있을까 궁금했다. 드디어 무릎 꿇은 사람이 몸을 일으켰고, 해적들이 모두 다시 통나무집으로 걸어오기 시작했다.

"그들이 오고 있어요."

나는 실버에게 이렇게 말하며 다시 이전의 자세로 돌아갔다. 훔쳐보았다는 것을 들키는 일은 여간 체면 깎이는 일이 아닐 터였다.

"그래, 오라지. 나는 아직 비밀 병기가 남아 있다."

실버가 이 상황을 즐기고 있다는 듯 말했다.

문이 열렸다. 사내 다섯 명이 문 바로 안쪽에서 어깨를 맞대고 서서 그들 중 한 명을 앞으로 밀어냈다. 그는 오른손을 꽉 쥔 채 앞으로 내밀고 걸었다. 걸음을 옮길 때마다 매우 망설이는 게 느껴졌다. 아마 다른 경우였다면 이런 느린 걸음이 우스꽝스럽게 보였으리라.

"가까이 와라. 안 잡아먹는다. 그리고 그걸 내놔라, 아가야. 나는 규칙을 지킨단다. 대표로 나선 자를 해치거나 그러지 않는단 말이다."

그 해적은 그제야 조금 더 당당하게 앞으로 나와 무언가를 실버의 손에 넘겨주었다. 그러더니 재빨리 자신의 동료들에게로 돌아갔다.

실버는 자신의 손에 쥐어진 것을 바라보았다.

"흑점이로구나, 그럴 줄 알았다. 근데 이 종이는 대체 어디서 난 거냐? 허허, 이 봐라, 이 봐라. 이 어리석은 것들이 성서를 찢었군."

"그것 봐! 내가 그렇게 하면 안 된다고 했잖아, 응?"

모건이 말했다.

"그래, 너네들이 상의해서 결정했다 이거지. 너네는 곧 모두 교수형을 당하겠지. 그런데 대체 성경을 갖고 있던 건 어떤 놈이냐?"

"딕입니다."

누군가 말했다.

"딕이란 말이지? 딕은 이제 기도를 올리기 시작하는 게 좋을 거다. 네 운도 다했다. 암, 그렇고말고."

그때 눈동자가 누렇게 뜬 키 큰 해적 하나가 끼어들었다.

"그만두시오, 존 실버. 우리 선원들은 모두 의무 규정에 정해진 대로 회를 거친 후 당신에게 흑점을 전하는 것이오. 어서 그것을 뒤집어 적힌 것을 읽으시오. 얘기는 그 다음에 해도 늦지 않아."

"고맙군, 조지. 너는 언제나 일 처리가 빠르단 말이야. 규칙도 잘 지키고. 나는 그런 자네가 좋았지. 어쨌든 이건 뭐— 아, 해임당한 건가? 아주 글씨를 잘 썼네그려. 마치 인쇄한 것 같이 말이야. 네가 쓴 건가, 조지? 이 일에 아주 적극적으로 나섰나 보군, 조지. 차기 선장이라도 되려나 보지? 예상했던 일이지. 그 횃불이나 다시 다오. 담배 파이프가 잘 빨리지 않는군."

"서두르시오. 그리고 더는 우리 선원들을 조롱하지 마시오. 스스로 재미있는 사람이라고 생각하는 모양인데, 착각입니다. 그 통에서 내려와 투표나 도와주시죠."

"자네가 규칙을 알고 있다고 생각했는데 유감이군. 하지만 자네는 몰라도 나는 알아. 나는 여기서 기다린다. 아직은 내가 선장이다. 너희가 불만을 말하고, 내가 대답할 때까지는 적어도 그렇단말이다. 그 전에는 이 흑점이 과자 한 조각만한 가치도 없지. 그 뒤에는 지켜보면 될 일이고 말이네."

실버가 경멸하듯 말을 내뱉었다.

"오, 너무 많은 것을 걱정하고 계십니다, 선장님. 우리는 공정할것입니다. 첫째로 당신은 이 항해를 엉망으로 만든 장본인입니다. 당신이 아무리 뻔뻔하다 해도 그것은 인정하시겠죠? 둘째로 당신은 적이 함정에서 빠져나가도록 내버려 두었습니다. 어째서 그들이나가고 싶어 했는지는 알 수 없지만 그들은 분명 이곳을 나가고 싶어 했습니다. 셋째로 당신은 그들이 이곳에서 나갈 때 우리에게 그들을 공격하지 못하게 막았습니다. 우리도 이제는 알고 있어요, 존실버. 당신은 저들과 한패고 지금 우리를 이용하고 있는 겁니다. 넷째이자 마지막으로 여기 이 소년도 문제입니다."

조지가 대답했다.

"그게 다인가?"

실버가 침착하게 대답했다.

"이미 충분합니다. 우리 모두 당신의 어설픈 선장 노릇 때문에교수대에 매달려 말라비틀어지기 일보 직전이란 말입니다!"

조지가 대들었다.

"좋다. 이제 들어 보아라, 내가 그 네 가지 질문에 하나씩 답해주지. 내가 항해를 엉망으로 만들었단 말인가? 너희 모두 내가 무엇을 원했는지 알고 있어. 만일 내가 원하는 대로 되었다면 우리는언제나처럼 오늘 밤에도 히스파뇰라호에서 살아있는 모든 동료들과 건포도 푸딩을 배불리 먹고 있을 것이다. 화물칸에 보물을 잔뜩 실은 채 말이다. 그런데 누가 나를 망쳐 놨느냐? 누가 공식 선장인 내가 원치 않는 일을 하도록 압박했지? 우리가 육지에 상륙하던 날, 누가 내게 흑점을 주며 춤판을 시작했느냐? 아주 훌륭한 춤판이었지. 나도 함께 추겠다. 런던 외각에 있는 해적 처형장의 밧줄 끝에 매달려 추는 것과 진배없지. 생각해 봐라. 대체 누가 이 꼴로 만들었냐? 앤더슨, 핸즈 그리고 바로 너 조지 메리다! 너는, 조지. 참견하기 좋아하는 선원들 중에서 유일한 생존자가 되었군. 그런데 그런 네가 마치 바다귀신이라도 되는 것처럼 오만무도해져서는 나를 끌어내리고 선장 자리를 꿰차겠다? 우리 모두를 물속에 빠트린 네가 감히 말이냐? 이제껏 내가 봐온 일 중에서 제일 기막힌다."

여기까지 하고 실버는 말을 멈추었다. 조지와 그의 동료들 사이에서 실버의 말이 먹히고 있었다. 그들의 표정이 변하고 있었다.

"이것이 첫 번째 항목에 대한 나의 답이다."

실버는 이렇게 큰 소리로 외친 후 이마의 땀을 닦고 다시 말을 이었다.

"아니냐, 이런 말을 하는 것도 이제 지긋지긋하군. 생각도 없고 기억력도 그 모양이라니. 너희 어미들은 대체 어디 계셨기에 너희가 바다로 나서는 것을 막지 못했는가? 바다? 부자 신사? 다 관둬라! 재단사나 하면 딱 좋을 놈들이!"

"계속 하시오, 존. 다른 것들도 대답해 보시오."

모건이 말했다.

"아, 다른 것들!"

존은 말을 이었다.

"암, 많은 것들을 해명해야겠지. 이 항해가 엉망이 되었다고 했나? 그야 그렇지! 이 항해가 얼마나 망했는지 이해할 수만 있다면 너희도 지금이 무슨 상황인지 깨닫게 되겠지. 우리 눈앞에 교수대가 놓이리란 생각을 하니 뒷목이 다 당기는구나. 주변에서는 새가 빙빙 돌고 해적들은 쇠사슬에 목이 매달린 채 물에 둥둥 떠내려가는 것을 보았겠지? 사람들이 그런 사람 하나를 보며 '저건 누구야?'라고 물으면 '저거? 존 실버야. 글쎄, 저 사람이……'라고 다른 사람이 말하겠지. 뱃머리를 돌려 다음 부표 쪽으로 가려 하면 쇠사슬들이 철거덩철거덩 소리를 내겠지. 우리 모두 그렇게 될 거다. 바로 너 그리고 핸즈와 앤더슨 그리고 다른 바보들 덕분에 말이다. 네 번째 항목도 말해 주련? 우라질! 저 놈은 인질이다! 왜 인질을 버리기라도 하자고? 안 된다, 안 돼. 어쩌면 저 아이가 우리의 마지막 기회다. 저 아이를 죽이자고? 난 그렇게 못한다. 그리고 동지들이여. 셋째 항목에 대해서도 할 말이 많지. 진짜 대학을 졸업한 의사가 너희를 보러 오는 것이 얼마나 대단한 건지 모르는 거냐? 너 그리고 머리가 깨진 너도, 아니면 너 조지 메리. 여섯 시간 전만 해도 너는 학질로 몸을 부들부들 떨고 있었다. 지금도 눈이 레몬 껍질마냥 누런 네 놈도 말이다. 게다가 너희는 구조선이 올 거라는 말도 생전 처음 듣겠지? 하지만 구조선이 오게 되어 있다. 그리고 이제 곧 올 것이다. 그때가 되면 인질이 있는 게 얼마나 기쁜 일인지 알게 될 거다. 둘째 항목 말이냐? 내가 왜 그렇게 협상을 했냐고? 이놈들아! 무릎 꿇고 기어 와 나더러 협상을 하라고 애걸복걸한 놈들이 바로 네놈들이다. 그 무릎으로 기어와서 말이지. 내가 협상을 안했다면 너네는 지금쯤 모두 굶어 죽어가고 있겠지. 그리고 그거 아느냐? 그딴 거와 비교도 안 될 게 또 하나 있지."

실버는 이렇게 말하며 바닥으로 종이 한 장을 집어던졌다. 나는 그것이 무엇인지 단번에 알아보았다. 그것은 바로 누런 종이 위에 붉은 십자가 표시가 세 개 그려진 지도였다. 내가 죽은 선장의 궤 밑바닥에 있던 기름 먹인 헝겊에서 찾아낸 바로 그 지도 말이다. 나는 의사 선생님이 대체 어쩌다 저것을 실버에게 건네준 건지 상상이 되질 않았다.

내가 그것을 납득할 수 없었으니, 해적들에게는 아예 믿을 수 없는 일이었다. 그들은 마치 쥐를 본 고양이처럼 지도를 향해 달려들었다. 서로 낚아채려고 하는 바람에 지도는 해적들의 이 손 저 손으로 옮겨 다녔다. 그들은 지도를 보며 욕을 하기도 하고, 소리를 지르기도 하고, 애처럼 마구 웃어 대기도 했다. 그들은 금을 만진 것뿐 아니라 아예 그 금을 싣고 안전한 항해를 하고 있는 상황이라도 된 것처럼 기뻐했다.

"그렇다. 플린트 것이다. 확실해, 확실해! J. F.라고 쓴 뒤 그 밑으로 밧줄의 매듭 표시를 하던 것은 그의 버릇이었어!"

누군가 이렇게 말했다.

"굉장해! 그런데 보물을 어떻게 운반하냐? 우리는 이제 배가 없는데."

조지가 말했다.

"자, 이제 내가 경고하지. 조지, 한마디만 더 했다가는 너와 끝장을 볼 테다. 보물을 어떻게 옮기냐고? 사사건건 끼어들다가 배를 잃어 버린 장본인이 바로 네놈이 아니냐. 하지만 너네는 아무것도 모르지. 너네 머리는 바퀴벌레 머리만큼도 안 되거든. 하지만 말을 공손히 할 수는 있겠지, 조지 메리. 안 그러냐?"

"이제 그만하슈."

늙은 모건이 말했다.

"그만하라고? 그래, 나도 그렇게 생각해. 너희는 배를 잃어버렸지만 나는 보물을 찾았다. 지금 누가 더 잘하고 있는가? 나는 선장 자리에서 물러날 테니 너희가 마음대로 선장을 뽑든지 말든지 하려무나. 나는 이제 내 할 일을 다 했으니까."

실버가 말했다.

그러자 해적들이 이렇게 외쳤다.

"실버님! 바비큐 만세! 바비큐 선장은 영원하리!"

"그럼, 결정난 건가? 그렇지? 조지, 다음번에 기회가 있겠지, 친구여. 내가 복수심이 강한 사람이 아니라는 것을 다행이라고 여겨야 할 거야. 예전엔 내가 이렇지 않았거든. 자, 이제 이 흑점은 어찌할 것인가? 이제 다 소용없지 않은가? 괜히 딕만 제 운을 날리면서 성서를 찢었군."

"그 책에 입맞춤을 해 주면 되지 않을까요?"

딕이 외쳤다. 스스로 행한 저주에 꽤나 마음이 불편할 터였다.

"조금 찢긴 성서라! 안될 말이지. 이제 일반 노래책 정도의 구실밖에 못하게 생겼으니 어쩌나!"

실버가 대꾸했다.

"그런가? 하지만 그 정도라도 되니 갖고 있어도 되겠지?"

딕은 기쁜 듯이 외쳤다.

"짐, 이게 궁금했을 게다."

실버가 이렇게 말하며 종이를 내게 던져 주었다.

그것은 둥근 크라운(*왕관 그림을 박아 넣은 5실링짜리 영국의 은화.) 만한 크기였는데, 한 면은 백지였고, 다른 한 면에는 요한계시록이 한 구절 정도 적혀 있었다. 마지막 장을 찢어 만들었기 때문이었다. '개와 살인자는 문밖에 남게 되리라.(*신약 요한 계시록 22장 15절 구절.)' 이 구절이 내 마음에 깊게 각인되었다. 인쇄된 면은 숯으로 검게 칠해져 있었는데, 여전히 재가 떨어져 나와 손에 묻었다. 백지 쪽에는 숯으로 '해임'이란 단어가 적혀 있었다. 나는 이 신기한 물건을 아직도 가지고 있다. 하지만 지금은 글씨가 모두 지워져 엄지손톱으로 한번 긁고 지나간 흔적 같이 남아 있을 뿐이다.

이렇게 그날 밤 일은 모두 마무리됐다. 모두 술을 한잔씩 돌려 마시고는 잠을 청했다. 실버는 조지 메리에게 보초를 서게 했고, 한눈을 팔면 골로 보내 버리겠다는 끔찍한 협박을 했다. 나름의 복수였으리라.

나는 누웠지만 잠이 들기까지 꽤 오래 걸렸다. 내가 죽인 남자들과 내가 처해 있는 상황에 대해서 많은 생각을 했으며 실버가 지금 부리고 있는 꼼수에 대해서도 생각했다. 그는 한편으로는 해적들을 압박하고 조정하면서, 다른 한편으로는 어떻게든 우리 편과 화해해 자신의 비참한 목숨을 지키려고 하고 있었다. 실버는 이미 깊이 잠들어 큰 소리로 드르렁드르렁 코를 골고 있었다. 실버가 사악한 사람인 것은 확실했다. 하지만 그 주위의 검은 위험들과 그를 기다리고 있을 교수대를 생각하니 왠지 그가 안쓰러워졌다.

∽ 30장 ∽
가석방

나는 잠에서 깼다. 그리고 우리 모두 잠에서 깨 버렸다. 심지어 보초마저 문간에 기댄 채 잠들어 있다 화들짝 놀라며 일어났다. 명료하면서도 활기찬 목소리가 숲 가장자리에서 우리를 부르고 있었다.

"어이! 통나무집 사람들! 의사가 여기 왔소!"

의사 선생님이었다. 나는 그 목소리에 무척 기뻤지만 무작정 기뻐할 수만은 없었다. 나는 갑자기 마음이 급해졌고 마음대로 집을 떠났던 나의 행동을 생각했다. 그 행동의 결과가—내가 지금 대체 누구와 함께 있는지 보라.— 이렇게 되고 보니 리브시 선생님을 보기가 민망했다.

아직 날이 완전히 밝지 않았는데 도착한 것을 보니 선생님은 동이 트기도 전에 일어나 온 것이 분명했다. 나는 달려가 총구멍으로 밖을 내다보았다. 선생님은 언젠가 실버가 그랬던 것처럼 낮게 깔려 있는 안개에 다리를 반쯤 가린 채 서 있었다.

"의사 선생님! 이렇게 새벽부터 행차를!"

실버는 잠이 하나도 묻어 있지 않은 목소리로 밝게 인사했다.

"좋은 아침 아닙니까? 일찍 도착하셨군요. 예로부터 일찍 일어
나는 새가 먹이를 차지한다고 했지요. 조지, 후딱 일어나 리브시
선생님께서 울타리 넘는 것을 도와드려라. 환자들 모두 많이 좋아
졌고, 모두 잘 지내고 있지요."

실버는 언덕 꼭대기에서 한 손으로는 목발을 짚고 한 손으로는
통나무집 벽면을 잡고 선 채로 이렇게 말했다. 그의 목소리와 행
동 그리고 표정은 예전 그대로였다.

"참, 그리고 보니 놀라실 일도 있습니다그려. 꼬마 손님 하나가
여기 와 있답니다. 새로운 하숙생으로 받았는데, 아주 건강하지
요. 우리 옆에서 화물 관리사처럼 잠을 자더군요. 바로 내 옆에서
재웠지요. 우리는 밤새 이물을 맞대고 잔 셈이지요."

리브시 선생님은 말뚝 울타리를 넘어 꽤 많이 다가와 있었다.
선생님은 믿을 수 없다는 듯이 이렇게 물었다.

"짐은 아니겠지?"

"바로 그 짐이옵지요."

실버가 대답했다.

의사는 그 자리에서 멈춰 서서 아무 말도 하지 않았다. 몇 초가
흐른 뒤에야 다시 걷기 시작했다.

"좋습니다, 좋습니다. 하지만 일단 할 일 먼저 해 놓고 다른 일
을 해야겠지요. 그렇게 생각하지 않습니까, 실버? 먼저 환자를 보
겠습니다."

선생님이 통나무집으로 들어왔다. 그는 내게 굳은 표정으로 고개를 한 번 끄덕하더니 곧장 환자를 진료하기 시작했다. 선생님은 그들이 배신이 취미인 후안무치들임을 잘 알기에 이곳에서 자신의 목숨이 안전치 않다는 것을 분명히 인지하고 있었을 텐데도 불안해하는 표정이 전혀 없었다. 그는 영국의 가족을 왕진하러 온 의사처럼 환자와 이야기했고, 그런 그의 태도가 해적들의 마음을 편하게 했는지 해적들도 마치 그가 여전히 자신들의 선박 의사고 자신들이 여전히 충성스런 선원인 것 마냥 선생님을 대하고 있었다.

"어이쿠, 이 사람. 아주 좋아졌군. 구사일생이란 게 바로 자네를 두고 하는 말이야. 자네 머리는 쇠처럼 단단할걸. 조지, 자네는 좀 어떤가? 얼굴빛은 여전히 안 좋은 것 같은데. 자네는 그 간이 문제야. 약은 챙겨 먹었나? 이보게들, 조지가 약을 먹었나?"

"아, 예. 물론 먹었습죠!"

모건이 대답했다.

"이보게들, 나는 반란자의 의사라네. 아니, 감옥 의사라고 부르는 게 낫겠지. 그렇기 때문에 조지 국왕 폐하(국왕 폐하 만세!)와 교수대를 위해 여기에서 단 한 사람도 잃고 싶지 않다네."

선생님이 유쾌하게 말했다.

악당들은 얼굴을 들어 서로를 바라보았지만, 자신들의 아픈 곳을 찌르는 선생님의 말을 그저 조용히 삼킬 뿐이었다.

"딕이 몸이 좀 이상하답니다."

누군가 말했다.

"그런가? 딕, 어디 보세. 혀 좀 내밀어 보게. 아니, 이런. 이상하지 않으면 그게 이상하지. 이 혀는 프랑스인들을 놀래키는 데 쓰기 딱 좋겠군. 또 열병이야."

"아, 그거. 성서를 찢어서 그렇게 됐겠지."

모건이 말했다.

"자네들이 구제 불능이기 때문에 이렇게 된 거라네. 독과 깨끗한 공기를 구별 못한 죄야. 병균이 득실거리는 늪지와 마르고 좋은 땅을 구별하지 못한 죄란 말일세. 몸에서 말라리아를 모조리 몰아내지 못한다면 자네들은 모두 저세상으로 가게 될 상황이었네. 늪지대에서 야영을 하다니 그게 말이 되는가? 실버, 나는 자네한테 실망했네. 자넨 그래도 다른 자들과는 다르지 않나? 건강에 대해서는 기본적인 상식도 없는 것 같더군."

선생님은 해적들에게 약을 나누어 주며 이렇게 말했다. 그들은 뻔뻔하게도 의사의 처방을 모두 받았는데, 사람을 죽이는 해적이라기보다는 차라리 자선 학교의 아이들 같았다.

"이제 다 됐네. 그럼 오늘은 이만 저 소년하고 이야기를 좀 나눠야겠는데, 그래도 될까?"

리브시 선생님이 나를 향해 머리를 끄덕이며 말했다.

선생님이 이 말을 하자마자 문간에서 쓴 약을 삼키고는 침을 뱉고 있던 조지 메리가 얼굴이 벌게지며 몸을 돌렸다. 그는 욕설을 내뱉으며 이렇게 소리쳤다.

"당치 않아!"

"조—용히 못해?"

실버가 이렇게 소리쳤다. 그러고는 사자처럼 단호한 태도로 사방을 훑었다. 실버는 평소와 같은 목소리로 돌아와 선생님께 이렇게 말했다.

"선생님, 저도 그렇게 생각하고 있었지요. 당신도 저 아이를 얼마나 아꼈습니까? 우리를 이렇게 보살펴 주시는 데 감사하고 있소. 보시다시피 우리는 당신이 준 약을 술 마시듯 꿀꺽꿀꺽 잘 받아먹고 있습니다. 나는 말입니다, 모두가 만족할 방법을 하나 찾아냈지요. 호킨스, 너는 젊은 신사의 명예를 걸고 하나만 약속해라. 비록 가난하게 태어났어도 너는 젊은 신사가 맞다. 그렇지? 자, 달아나지 않겠다는 약속을 하거라."

나는 기꺼이 약속했다.

"그러시다면 선생님, 말뚝 울타리 밖으로 나가서 기다려 주시죠. 제가 짐을 데리고 말뚝 울타리로 가요. 그럼 울타리를 사이에 놓고 대화를 하실 수 있으시겠죠. 안녕히 가십시오, 선생님. 지주님과 스몰릿 선장께도 안부 전해 주시고요."

선생님이 통나무집을 나서자마자 실버의 화난 얼굴에 기죽어 있던 해적들이 불만을 말하기 시작했다. 그들은 실버가 이중 게임을 하고 있다, 이기적인 협상을 펼치고 있다, 그를 위해 희생한 동지들의 이익에는 관심이 없다 라고 불만을 토로했다. 실버의 잘못을 정확하게 꼬집는 것들이었다. 이번 일은 누가 봐도 명확했다. 나는 실버가 이 상황을 어떻게 모면할지 짐작할 수 없었다. 하지만 실버는 다른 사람들보다 머리가 두 배는 좋은 사람이었고, 한술 더 떠 지난밤의 승리로 그들의 마음을 얻은 상태였다. 실버는 일단 그들 모두에게 바보 같다고 다그치며, 의사와 나의 대화는 반드시 필요한 것이라고 말했다. 그는 지도를 그들의 얼굴 앞에서 흔들면서 보물찾기를 하기로 한 바로 그날이 다가왔는데 이걸 무효로 만들고 싶냐고 물었다.

"그건 안 된다! 좀 더 좋은 때에 우리가 협정을 깨면 된다. 그때까지는 브랜디로 의사의 장화를 닦아 주는 한이 있더라도 그를 속여야 한다."

실버는 이렇게 말한 후 부하들에게 불을 피우라고 명령했다. 그러더니 목발을 짚고 다른 손을 내 어깨에 얹은 후 그곳을 나섰다. 해적들은 여전히 혼란 상태인 듯했다.

"천천히 가라. 천천히. 우리가 서두르는 것처럼 보이면 쟤들이 눈 깜빡할 새에 달려들지도 모른다."

우리는 느리게 모래를 지나 선생님이 기다리고 있는 말뚝 울타리로 갔고, 선생님과 얘기를 나눌 수 있는 거리가 되자 발걸음을 멈췄다.

"의사 선생님, 여기에서 일어난 일을 잘 기억해 주시길 바라는 바입니다. 내가 이 아이의 목숨을 구해 주었고, 그것 때문에 해임까지 당할 뻔했다는 이야기를 곧 이 아이가 해드릴 텐데요, 사실이고말고요. 나처럼 바람을 가까이 맞으며 키를 잡는 자—다시 말해, 마지막 남은 숨을 걸고 투전 놀이를 하는 사람—를 두고 말 한마디쯤 해 주는 게 뭐 그리 대단합니까? 이제 우리의 거래에 내 목숨뿐 아니라 이 아이의 목숨도 함께 걸려 있다는 것을 좀 헤아려 주십쇼. 내게 아무것도 숨기지 말고 말입니다. 기부하는 셈치고 내게 좁쌀만큼의 희망이라도 좀 주시지요."

통나무집을 나서 밖으로 나온 실버는 완전 딴사람 같았다. 두 볼은 축 늘어졌고 목소리는 힘없이 덜덜 떨렸다. 가엾은 영혼 같으니라고.

"고맙긴 하지만, 존. 두렵지는 않나?"

선생님이 물었다.

"선생님, 나는 겁쟁이가 아닙니다요. 그렇고말고요! 그, 그렇게 까지는 아니란 말입니다."

실버는 손가락을 꺾으며 대답했다. 그리고 이렇게 덧붙였다.

"내가 겁쟁이라면 이런 말을 하지도 않겠죠. 솔직히 고백한다면 교수대 생각에 떨리긴 하지요. 당신은 착하고 진실된 사람이지요. 나는 선생님보다 좋은 사람은 여태껏 본 적이 없어요. 내가 좋은 일을 했다는 것을 잊지 않으시리라는 것을 잘 압니다. 아, 물론 내가 했던 나쁜 짓도 잊지 않으시겠지만요. 소인은 이만 물러가지요. 선생님과 짐에게 시간을 드리지요. 참, 그런데 지금 이것도 저를 위해 기록해 주셨으면 하는 작은 바람이……. 아주 어렵게 하고 있는 일이거든요, 그렇고말고요."

실버는 이렇게 말한 후 우리의 대화가 들리지 않을 정도로 뒤로 물러서서 근처의 나무 그루터기에 걸터앉아 휘파람을 불기 시작했다. 실버는 이따금 몸을 돌려 주변을 살폈는데, 때로는 나와 의사 쪽을 때로는 난장판을 하고 있는 악당들 쪽을 살폈다. 해적들은 모닥불과 통나무집 사이 모래밭을 서성이고 있었고, 모닥불을 다시 피우고 아침 식사를 준비하려는 듯 통나무집 안에서 돼지고기와 빵을 들고 나왔다.

"그래, 짐. 여기로 왔구나. 네가 빚은 술을 네가 마시게 된 셈이구나. 하늘에 맹세코 말이다, 너를 비난하지 않았다. 하지만 말이다, 미안하지만 할 말은 해야겠구나. 얼마나 비겁한 짓이었는지 알고 있느냐? 스몰릿 선장이 말짱할 때는 도망칠 생각을 못하다가 그가 아파 자리에 눕자 도망쳐 버리다니."

선생님이 슬픈 표정으로 진지하게 이렇게 말했다.

고백하자면 나는 이 말을 듣고 울음을 터뜨리고 말았다.

"선생님, 용서해 주세요. 저도 스스로 얼마나 책망했는지 몰라요. 어차피 저는 죽은 거나 다름없어요. 실버가 제 편을 들지 않았다면 이미 죽었을 거예요. 하지만 선생님, 이것만은 믿어 주셔야 해요. 죽을 만큼 잘못을 했으니 저는 죽어도 좋은데요. 고문만큼은, 저자들이 고문을 한다면……."

"짐."

선생님이 내 말을 잘랐다. 그의 목소리가 변해 있었다.

"짐, 더는 안 되겠다. 이리로 넘어오거라. 함께 도망치자꾸나."

"선생님, 하지만 전 약속을 했어요."

"안다, 알아. 하지만 어쩔 수가 없구나. 짐, 어서 오거라. 내가 책임지마. 비난과 수치는 내가 다 견디마. 너를 여기에 혼자 두고 가진 못하겠구나. 어서 뛰어라. 한번만 뛰어넘으면 너는 건너올 수 있다. 그리고 영양처럼 빨리 달리는 거다."

"안 돼요, 선생님. 만약 선생님이 저라도 그렇게 안 하실걸요. 지주님도, 선장님도 그렇게 하지 않으실 거예요. 그러니까 저도 그렇게는 못해요. 실버는 저를 믿었고, 저는 약속을 했어요. 그러니까 저는 실버에게 돌아가야 해요. 하지만 그 전에 선생님, 제 말을 들어주세요. 그들이 고문을 시작하면 저는 배를 어디에 두었는지 실토할지도 몰라요. 저, 배를 손에 넣었어요. 반은 행운 덕에, 반은 제 모험심 덕에요. 지금 북쪽 후미의 남쪽 해안에 두었어요. 밀물 때 물이 차는 곳 바로 아래예요. 물이 반만 빠져도 모래 위로 올라와 있을 거예요."

"배를!"

리브시 선생님이 외쳤다.

나는 최대한 간단하고 빠르게 그동안 내가 겪은 모험에 대해 말씀드렸고, 의사 선생님은 아무런 방해 없이 내 말을 끝까지 들었다.

"마치 운명 같구나."

내가 말을 끝낸 뒤 리브시 선생님이 말했다.

"네가 항상 우리의 목숨을 구하는구나. 그런데 그런 너의 목숨을 우리가 잃도록 내버려 둘 것 같으냐? 그게 바로 배은망덕한 거란다. 넌 저들의 음모를 밝혀냈고, 벤 건도 만났다. 아, 그건 네가 지금껏 한 일 중 최고란다, 짐. 알고 있느냐? 네가 아흔 살까지 산다 해도 이보다 더 훌륭한 일은 하지 못할걸? 벤 건 말이다……. 아, 이 무슨 운명의 장난이란 말인가. 실버!"

선생님이 소리쳤다.

"실버, 자네에게 충고를 하나 해야겠네."

실버가 우리에게 다가오자 선생님이 말했다.

"보물 찾는 거 말이네, 너무 서두르지 않아도 되네."

"글쎄, 그게 가능해야 말입죠. 보물을 찾아야만 이 아이와 제 목숨을 구할 수가 있어놔서……. 암요."

"좋네, 실버. 정 그리해야 한다면 한마디만 더해 주겠네. 보물을 찾으려거든 예상치 못한 일에도 대비를 해야 할 걸세."

"선생님, 남자 대 남자로 대체 무슨 말씀이신지 짐작이 안 가는 걸요? 당신이 원하셨던 게 뭔지, 왜 그렇게 순순히 통나무집을 떠났는지, 지도는 또 왜 내게 준 건지 나는 아는 게 하나도 없습니다. 그렇지 않습니까? 헌데도 나는 그저 순순히 당신의 명령에 따랐습니다. 하지만 이번에는 정말 너무하시는군요. 만일 제게 전부 말씀해 주실 수 없으시다면 그렇다고 말씀해 주십시오. 만일 하고 싶은 말을 제가 이해하기 쉽게 전부 말하실 수 없다면 그렇게 말씀하십시오. 그럼 나도 이 일을 그만둘 테니."

"안 되네."

의사는 고민하는 듯하면서 말을 이었다.

"나는 더 이상 말해 줄 권리가 없어. 이것은 나만의 비밀이 아니기 때문이야, 실버. 그렇지 않다면 벌써 예전에 자네에게 다 말해 주었겠지. 하지만 말할 수 있는 데까지는 말을 하겠네. 만약 더 했다가는 아마 스몰릿 선장이 날 용서치 않겠지. 희망을 달라 했나? 약간의 희망이 되길 바라며. 실버, 우리 둘 다 이 늑대의 소굴을 벗어나게 되면 자네를 구하기 위해 최선을 다하겠네. 위증을 해 주는 것만 빼고 말이네."

실버의 얼굴이 밝아졌다.

"아, 그 이상 어떻게 해 주실 수 있을까요. 내 어머니라도 못하시겠지요."

"그럼 좋네, 이것이 내가 할 수 있는 첫 번째고. 두 번째는 충고인데, 이 아이를 자네 옆에 꼭 붙여 데리고 다니고, 자네가 도움이 필요할 때는 '이리 오너라.'라고 외치게. 내가 바로 도우러 가겠네. 그것만으로도 이 말이 허튼소리가 아니라는 것을 알게 되겠지. 나중에 보자, 짐."

선생님은 말뚝 울타리 사이에 손을 넣어 내게 악수를 하고, 실버에게 고개를 한 번 끄덕여 준 다음 빠르게 숲 속으로 사라졌다.

31장

보물찾기 : 플린트 선장이 남긴 단서

"짐."

우리 둘만 남자 실버가 이야기를 시작했다.

"내가 네 목숨을 구했지만, 너도 내 목숨을 구해 주었다. 결코 잊지 않을 것이다. 의사가 도망가자고 손짓하는 것을 저쪽에서 보았다. 그리고 네가 거절하는 것도 직접 들은 것처럼 또렷이 보았지. 짐, 네게 빚을 하나 졌구나. 내가 말뚝 울타리 공격에서 패한 후 얻은 최초의 희망이다. 고맙구나, 짐. 자, 이제 우리는 보물을 찾으러 나서야 한다. 물론 봉인된 명령도 함께 가지고 말이다. 이건 좀 마음에 안 들지만, 어쨌든 너와 나는 말 그대로 등을 맞댄 것처럼 꼭 붙어 있어야 한다. 그렇게 하면 운명 때문이든지 운 때문이든지 우리 두 사람 목숨은 건질 수 있지 않겠냐?"

그때 모닥불 쪽에서 한 선원이 아침을 먹으라고 우리를 불렀다. 우리는 선원들과 함께 모래밭 여기저기에 앉아 과자와 구운 고기를 먹었다. 그들은 황소 한 마리를 통째로 구워도 될 만한 크기로 불을 피워 놓아서 불이 너무나 뜨거웠다. 바람을 등져야만 불 가까이 갈 수 있었고, 그것마저도 아주 주의를 기울여야 했다. 그들의 낭비 습관은 요리할 때도 예외가 아니었는데 우리가 먹을 양보다 세 배쯤 더 많이 요리를 해 놓았다. 그중 한 사람이 공허한 듯한 웃음을 터뜨리며 남은 음식을 불에다 던졌다. 불은 이것을 연료 삼아 다시 활활 타오르며 타닥타닥 소리를 냈다. 내일의 일에 이렇게 대책 없는 사람들이 또 있을까? 꼭 '내일 일은 내일 걱정한다'가 인생 철학일 것이었다. 음식을 낭비하는 모습이나 보초이면서도 잠을 자는 모습들을 보며 이들이 작은 싸움에는 유리하지만 장기전에는 전혀 승산이 없는 사람들이라는 것을 알 수 있었다.

심지어 플린트 선장을 어깨 위에 올려놓고 음식을 먹는 실버조차도 이런 어이없는 행동들에 전혀 꾸지람을 하지 않았다. 최근 실버가 매우 열심히 지내고 있다고 생각했던 나는 이런 실버의 모습에 꽤나 놀랐다.

"이봐 들, 너희 옆에 생각이란 걸 할 줄 아는 이 바비큐가 있으니 얼마나 다행이냐? 나는 원하는 것을 얻었지. 저놈들은 범선을 갖고 있어. 분명하다. 어디 있는지 아직은 모르지만 일단 보물만 찾으면 우리는 당장 범선을 찾을 수 있다. 나룻배를 가진 우리가 유리하다."

실버는 입안에 뜨거운 베이컨을 가득 문 채 계속해서 이런 식으로 해적들의 희망과 믿음을 되살려 주고 있었다. 그러면서 본인의 희망과 믿음도 회복했으리라.

"그리고 인질 말이다. 이 아이는 아까 의사와 이야기를 나누었지. 녀석이 자신이 좋아하는 사람과 이야기하는 것은 그게 마지막이겠지. 하지만 이 아이 덕분에 나도 중요한 정보를 알게 되었다. 우리가 보물을 찾으러 갈 때 저 아이를 밧줄로 묶어 데리고 갈 것이다. 그전까지는 만일에 대비하여 이 아이를 황금 다루듯 해야 한다. 우리가 배와 보물을 둘 다 차지하고 기쁜 마음으로 바다에 나서면 호킨스를 우리 편으로 끌어들일 거다. 녀석이 우리에게 친절을 베풀었던 대가로 녀석 몫을 조금 나누어 주면 되겠지."

실버의 말에 해적들은 기분이 좋아졌지만 옆에 있던 나는 매우 착잡해졌다. 방금 말한 계획이 이뤄질 수만 있다면 이중간첩인 실버는 분명 그렇게 할 것이었다. 실버는 여전히 양쪽에 한 발씩 담그고 있었고, 우리 편에서 얻을 수 있는 최대의 이익, 즉 아슬아슬하게 교수형을 피하는 쪽보다는 해적들과 함께 부와 자유를 얻는 쪽을 택할 것이 분명했다.

만일 실버가 리브시 선생님과의 약속을 지키는 쪽으로 일이 진행된다고 치자. 그렇다 해도 실버와 나에게는 또 다른 위험이 기다렸다. 해적들이 실버의 배신을 알아차린다면 우리를 가만둘 리 없기 때문이었다.

외다리인 실버와 고작 어린아이일 뿐인 내가 다섯 명의 건장한 뱃사람을 상대로 잘 싸울 수 있을까? 우리의 목숨을 지켜 낼 수 있을까?

이런 불안감 말고도 나는 우리 편에 대한 풀리지 않는 의문 때문에 괴로웠다. 아무리 해도 통나무집을 버리고 실버에게 지도를 넘겨준 일을 이해할 수가 없었다. 게다가 의사가 '보물을 찾으려거든 예상치 못한 일에도 대비를 해야 할' 것이라고 했던 경고 또한 이해할 수 없었다. 내가 아침을 먹을 때 얼마나 식욕이 없었을지 그리고 보물찾기에 나선 해적들을 따라다니며 얼마나 힘겨웠을지 여러분은 알 수 있을 것이다.

누군가 우리를 보았으면 정말로 이상한 무리라고 생각했을 것이다. 모두 진흙투성이의 선원복을 입고 있었고, 나를 제외하곤 모두가 무기를 들고 있었다. 실버는 장총 두 자루를 하나는 앞으로 하나는 뒤로 어깨에 나눠 멘 뒤 허리춤에는 커다란 칼을 차고 있었으며, 밑단을 사각형 모양으로 만든 윗옷 양쪽 주머니에는 권총까지 한 자루씩 끼고 있었다. 그것이 다가 아니었다. 앵무새 플린트 선장이 실버의 어깨에 앉은 채 선원들이 쓰는 말을 아무렇게나 마구 질러 대고 있었다. 이건 가뜩이나 이상한 실버의 행색을 더 이상하게 만들었다. 게다가 나는 어떤가. 실버는 내 허리춤에 밧줄을 묶어 손으로 잡거나 자신의 튼튼한 이로 물거나 하면서 붙잡고 갔다. 나는 마치 서커스에서 춤을 추는 곰마냥 그에게 끌려가고 있었다.

다른 사람들은 모두 짐을 나눠지고 있었다. 몇 사람은 그들이 히스파뇰라호에서 가장 먼저 빼내 온 그들의 필수품인 곡괭이와 삽을 짊어지고 있었고, 또 몇몇은 점심 때 먹을 돼지고기와 빵과 브랜디 등을 나르고 있었다. 모두 우리 편의 것이었던 식량이었다. 지난 밤 실버가 한 말은 사실이었다. 실버가 리브시 선생님과 협상을 하지 않았다면 그들은 물만 마신 채 사냥감을 찾아 이리저리 헤매야 했을 것이다. 맹물 따위가 그들의 식성을 채워 줄 리도 없었지만 뱃사람들 중 누구도 사격을 잘하지 못했다. 화약도 부족했기 때문에 총을 마음껏 쏘지도 못했으리라.

어쨌든 우리는 그렇게 무장한 채 출발했다. 머리를 다친 사람은 집에 남아 쉬어야 했지만 함께 떠났다. 그들은 무자비하게 걸어 해안 쪽으로 갔다. 나룻배 두 척이 우리를 기다리고 있었다. 해적들이 술에 취해 난동을 벌인 흔적이 아직도 나룻배에 그대로 남아 있었다. 한 척은 노를 젓는 사람이 앉는 자리가 박살 나 있었고, 두 배 다 진흙투성이였으며 바닷물까지 흥건히 들어차 있었다. 만일을 위해 나룻배 두 척을 모두 가져가야 했기 때문에 우리는 두 나룻배에 각각 나눠 타고 정박지를 향해 나아갔다.

노를 저으며 앞으로 가는 도중에도 해적들은 지도를 가운데 놓고 실랑이를 벌였다. 붉은 십자 표시가 너무 컸기 때문에 정확한 행로를 잡을 수가 없었고, 뒷면에 나와 있는 기록들도 애매모호했던 것이다. 독자들도 기억하겠지만 뒷면에 적혀 있는 기록들은 아래와 같았다.

－키 큰 나무, 망원경산의 등성이, 북북동에서 북쪽으로 1포인트

－해골섬 동남동에서 약간 동쪽

－열 걸음

키 큰 나무가 가장 중요한 나침반 역할을 해야만 했는데, 우리 앞에 있는 정박지는 60~90미터 높이의 고원으로 둘러싸여 있었다. 고원의 북쪽으로는 망원경산의 비탈진 남쪽 등성이와 연결되어 있었고, 고원의 남쪽으로는 뒷돛대산이라는 아주 가파르고 거칠기 그지없는 산이 하나 솟아 있었다. 고원 꼭대기에는 높낮이가

다른 소나무들이 빽빽이 자라고 있었는데 중간중간 다른 종의 나무가 주변 나무들에 비해 15미터 정도 더 높게 자라고 있었다. 이 나무들 중 어느 것이 플린트 선장이 말한 '키 큰 나무'인지는 그곳에 직접 가서 나침반을 놓고 정확하게 조사를 해야만 했다.

하지만 목적지까지 절반도 가기 전에 나룻배에 탄 사람들은 저마다 자기가 좋아하는 나무들을 가리키며 저게 맞다고 아우성이었다. 키다리 존 실버는 어깨를 한 번 으쓱하며 도착할 때까지 잠자코 있으라고 명령한 것이 전부였다.

우리는 실버의 지시를 받아가며 지레 팔 힘이 빠지지 않도록 살살 노를 저으며 나아갔고, 한참 뒤 두 번째 강어귀에 상륙할 수 있었다. 그 강은 숲이 울창한 망원경산의 골짜기로부터 흘러내린 물이 만나 만들어진 것이었다. 우리는 그곳에서 왼쪽으로 방향을 틀어, 고원으로 가는 비탈길을 오르기 시작했다.

초반에는 질퍽한 땅과 빽빽이 자라고 있는 늪지 식물 때문에 진도가 매우 더뎠다. 비탈은 조금씩 더 경사가 심해졌고, 땅에는 돌이 늘어났다. 환경이 변해서인지 수풀도 아래처럼 빽빽이 자라지 않았다. 우리는 지금 이 섬에서 가장 쾌적한 장소로 가는 중이었다. 풀 대신 향기 좋은 양골담초와 각양각색의 꽃이 피는 관목들이 자라고 있었고, 초록빛 육두구 나무가 붉은 소나무 줄기와 소나무가 드리운 넓은 그늘 아래 한데 어우러져 자랐다. 공기가 아주 맑고 신선했으며, 생동감이 넘쳤다. 육두구 나무의 묘한 향과 소나무의 은은한 향이 공기 중에 뒤섞여 있었다. 눈부시게 밝은 햇살 아래에서 신선한 공기를 마시니 기운이 났다.

해적들은 부채 모양으로 흩어지며 소리를 지르고 이리저리 날

뛰었다. 실버와 나는 일행보다 한참이나 뒤처진 채 따라갔다. 실버는 나를 밧줄에 묶은 채 매끈거리는 자갈 위를 힘겹게 걸어 올라갔다. 내가 이따금씩 손을 잡아 주지 않았다면 아마 실버는 발을 헛디뎌 언덕 아래로 굴러떨어졌을 것이다.

우리는 그렇게 800미터쯤 걸어 올라가 고원의 산마루에 다가갔다. 갑자기 맨 앞 왼쪽에서 가던 해적이 끔찍한 비명을 질러 대기 시작했다. 다른 사람들이 서둘러 그가 있는 쪽으로 뛰어갔다.

"벌써 보물을 찾았을 리가 없는데, 보물은 꼭대기에 있던 거 아니우?"

늙은 모건이 오른쪽에서 우리를 앞질러 쌩하니 달려가며 이렇게 말했다.

우리가 그곳에 도착해 보니, 보물과는 전혀 관계없이 비명을 지른 것이었다. 키가 큰 소나무 밑동에 사람 해골이 너덜너덜한 옷조각을 걸친 채 뻗어 있었다. 땅에서는 초록 덩굴이 자라 해골의 작은 뼈 몇 개가 이 덩굴 위에 걸쳐져 있었다. 순간적으로 모두 뼛속까지 공포를 느꼈으리라.

"뱃사람이었네."

유난히 대담한 편인 조지

메리가 해골에 다가가서 헤진 옷 조각들을 들춰 보며 말했다.

"선원복이 꽤나 고급인데 그래?"

"그래, 뱃사람이었겠지. 설마 여기에 주교가 누워 있을 리는 없잖아. 그런데 뼈가 좀 이상하게 놓여 있지 않나? 뭔가 부자연스러워."

실버가 말했다.

그러고 보니 정말이지 주검의 자세가 무척이나 부자연스러웠다. 약간 자세가 흐트러지긴 했지만-아마도 주검을 파먹은 새가 흩트

려 놓았거나, 덩굴 식물이 자라며 몸을 휘감아 흐트러졌으리라.—
너무나 일직선으로 곧게 뻗어 있었던 것이다. 두 발은 한 지점을
가리켰고, 두 손은 물에 뛰어드는 사람처럼 머리 위로 들어 올리
고 정확하게 반대 방향을 가리켰다.

"늙고 멍청한 내 머릿속에서 한 가지 생각이 떠올랐다. 저기 이
빨처럼 툭 튀어나온 곳이 해골섬 꼭대기이니, 이 나침반으로 저 뼈
다귀가 가리키는 방향과 방위를 확인해 봐라."

선원들은 실버가 시키는 대로 했다. 해골이 놓인 방향은 해골
섬 방향과 정확하게 일치했고, 나침반은 동남쪽의 동쪽을 가리켰
다.

"역시나. 이 해골은 길잡이다. 이 방향으로 가면 북극성과 어마
어마한 보물을 찾을 수 있다. 우라질. 괜히 플린트가 떠올라 가슴
이 오싹해지는군. 이건 플린트의 장난 중 하나가 분명하다. 플린트
와 선원 여섯 명만 이곳에 왔었지. 플린트가 그들을 하나씩, 전부
죽여 버린 거다. 마지막으로 이 친구를 이리로 끌고 와 나침반을
보면서 이렇게 눕혀 놓은 거지. 우라질! 아…… 뼈가 길쭉해, 머리
카락은 누렇고……. 아마 알라다이스일 게다. 톰 모건, 알라다이스
기억나지?"

실버가 말했다.

"물론이죠. 기억하고말고요. 그 자식, 나한테 빚진 것도 있었고,
상륙할 때 가져갔던 칼은 아직 받지도 못했는데."

모건이 대답했다.

"칼 이야기가 나왔으니 말인데, 이 사람 주머니칼은 안 보이네
요? 플린트가 설마 뱃사람의 호주머니까지 뒤졌을까요? 그럴 사람

은 아니지 않나요? 새가 가져갔을 리도 없을 텐데."

누군가가 말했다.

"이럴 수가! 그렇다!"

실버가 소리쳤다.

"아무것도 없어요. 동전 한 닢도, 담뱃갑 하나도 없어요. 이상하군요."

메리가 뼈 사이를 계속 뒤지며 말했다.

"그래, 맞는 말이다."

실버가 동의하며 말했다.

"자연스럽지 않다니까? 이봐들! 만에 하나 플린트가 여기 살아 있다면…… 이곳은 지옥이야. 그들은 여섯이었다. 우리도 여섯이야. 물론 그 여섯은 모두 뼈다귀가 되었겠지만."

"하지만 나는 내 두 눈으로 플린트가 죽는 걸 보았습니다. 빌리가 나를 데려가서 보여 줬어요. 플린트는 두 눈에 일 페니짜리 동전을 올려놓은 채 죽어 있었죠."

모건이 말했다.

"그래, 죽었다니까. 그가 죽어 저 세상 사람이 된 건 확실한데. 만약 유령이 있다면 어쩔 텐가? 플린트야말로 유령이라도 되어 나타날 사람이지, 안 그래? 플린트는 아주 끔찍하게 죽었어. 플린트 그 살인마 말이야."

붕대를 감고 있던 해적이 말했다.

"맞아."

또 다른 사람도 끼어들었다. 그리고 이렇게 덧붙였다.

"화도 잘 냈고, 럼주를 가져오라고 소리도 잘 지르고, 노래도 불러 댔지. '열다섯 놈'은 그가 아는 유일한 노래였어. 솔직히 그 노래, 너무 진절머리 나. 한창 더울 때라 창문을 열어 놓아 그 옛 노래를 분명히 들었어. 그때부터 플린트는 이미 죽을 날을 받아 놓은 사람이나 다름없었는데."

"그만해라! 이제 그런 얘기는 그만해라. 플린트는 죽었어. 그리고 이제 어디에도 없다. 돌아다닐 리가 만무해. 낮에 돌아다니지도 못할 거다. 괜한 걱정을 사서 하느냐? 자, 어서 돈이나 찾으러 가자."

실버가 말했다.

우리는 다시 출발했다. 눈부신 햇빛에도 불구하고 해적들은 더이상 숲에서 이리저리 뛰어다니며 소란을 피우지 않았다. 그저 나란히 걸으며 소리를 낮춰 말했다. 이미 이 세상 사람이 아닌 해적 한 명에 대한 공포가 그들을 주눅 들게 했다.

32장

보물찾기 : 숲 속의 목소리

우리는 산마루에 다다르자 모두 앉아 쉬기로 했다. 해골을 보고 놀라기도 했고, 실버를 비롯한 환자들이 조금 쉴 수 있어야 했다. 고원은 서쪽으로 약간 기울어져 있었고, 우리가 쉬고 있는 지점에서는 양쪽으로 시야가 트여 있었다. 우리 앞에는 나무 꼭대기 너머로 흰 거품이 일며 거센 파도가 쉴 새 없이 밀려드는 숲의 곶이 펼쳐져 있었고, 뒤로는 정박지와 해골섬이 내려다보였다. 동쪽으로는 모래톱과 저지대를 가로지르며 바다가 보였고, 위로는 망원경산이 치솟아 있었다. 우리가 있는 쪽에서 바라보려니 소나무가 한두 그루씩 보이긴 했으나 다른 쪽은 모두 깎아지른 듯한 검은 절벽이었다. 멀리서 들려오는 파도 소리나 덤불 속에서 들려오는 여러 짐승들의 울음소리 외에는 아무 소리도 들리지 않았다. 바다에는 사람도, 배도, 하나도 보이지 않았다. 이 거대한 풍경은 크기만큼이나 적막감도 컸다.

실버는 앉아서 나침반을 이용해 방위를 재고 있었다.

"해골섬으로 이어지는 오른쪽 길로는 '키 큰 나무' 세 그루가 있는데 내 생각에는 망원경산의 등성이란 저곳의 낮은 부분을 말하는 것 같아. 이제 그걸 찾는 일은 식은 죽 먹기나 다름없다. 뭐라도 좀 먹는 게 좋겠다."

실버가 말했다.

"별로 생각 없습니다. 플린트를 생각하니 입맛이 뚝 떨어지는군요."

모건이 투덜댔다.

"아, 그런가? 어쨌든 플린트는 죽었으니 자네 수호신에게 감사라도 드려야 하지 않나?"

실버가 대꾸했다.

"그자는 추악스런 악마였지요! 얼굴은 시퍼래가지고!"

또 다른 해적 하나가 이렇게 외쳤다.

"다 럼주 때문이지. 정말 얼굴이 퍼랬어! 그래 맞아. 시퍼렇게 살기가 어려 있었지!"

메리가 끼어들어 거들었다.

해골을 발견한 후인 데다가 이런 이야기가 오고 가자 그들의 목소리는 점점 작아졌다. 이제는 거의 속삭이다시피 해서 그들의 목소리가 숲 속에 크게 울리지는 않았다. 그런데 그때 갑자기 우리 앞쪽 나무 한가운데서 그 유명한 노래가 들려오기 시작했다. 가늘고 높고 떨리는 목소리였다.

망자의 궤짝 위에 사내 열다섯 —
어기여차 어기여차, 럼주 한 병 들이키세!

310

이제껏 단 한 번도 그렇게 극도로 공포에 질린 사람들을 본 적이 없었다. 마치 주술에라도 걸린 것처럼 해적 여섯 명의 얼굴에서는 순식간에 핏기가 모두 사라졌다. 누군가는 벌떡 일어났고 누군가는 옆 사람을 꽉 붙들었다. 모건은 그대로 바닥에 엎드려 버렸다.

"플린트야!"

메리가 외쳤다.

노래는 시작할 때와 마찬가지로 갑자기 뚝 끝났다. 마치 누군가 노래하는 사람의 입을 갑자기 손으로 막기라도 한 것 같았다. 푸르른 나무들 사이로 맑고 상쾌한 공기와 함께 들려오는 노랫소리는 밝고 감미롭게 느껴졌다. 그래서 그런 해적들의 모습이 더 수상했다.

"이제 가자."

실버가 잿빛 입술을 겨우 떼며 이렇게 말했다.

"신경 쓸 것 없다. 어서 가자. 목소리의 주인이 누구인지 이름을 말할 수는 없지만 이건 분명 누군가의 장난이야. 그렇고말고."

이렇게 말하며 실버는 스스로도 용기를 되찾은 듯했다. 얼굴에 슬슬 핏기가 돌아왔던 것이다. 다른 사람들도 이 말에 조금씩 기운을 차리고 있었다. 그때였다. 그 목소리가 다시 들려왔다. 이번에는 노래를 부르진 않았다. 멀리서 뭐라고 소리쳤을 뿐이다. 그 소리는 망원경산의 골짜기로 메아리쳐 댔다.

"다비 맥그로!"

목소리가 외쳤다.

"다비 맥그로! 다비 맥그로!"

이 말은 몇 번이고 반복되었다. 잠시 후 목소리가 더 높아지며 이곳에 기록할 수 없을 정도로 험한 욕설이 함께 들려왔다.

"다비! 럼주를 가져와!"

해적들은 그 자리에서 얼어붙고 말았다. 눈알이라도 튀어나올 것 같이 겁에 질려서 그 목소리가 사라진 지 한참이 지나도록 아무 말도 못하고 앞만 보고 있었다.

"더 들을 것도 없어. 돌아가자고."

누군가 숨을 헐떡이며 말했다.

"플린트가 살아생전에 했던 마지막 말이야."

모건이 신음하며 말했다.

딕은 성서를 꺼내서 정신없이 기도문을 읽기 시작했다. 그는 가정 교육이 잘된 사람이었다. 바다로 나와 나쁜 친구들과 어울리기 전까지는 말이다.

하지만 실버는 요지부동이었다. 공포에 이가 으드득 부딪히고 있었는데도 그는 물러설 기미가 보이지 않았다.

"이 섬에서 다비에 관한 이야기를 들은 자는 없다. 여기 우리를 빼고는 말이다."

실버는 중얼거렸다. 그리고 다시 힘을 주어 이렇게 외쳤다.

"동지들이여! 나는 보물을 찾기 위해 이곳에 왔다. 인간이든 악마든, 그 누구에게도 굴복하지 않을 것이다. 플린트가 살아 있을 때도 그를 두려워한 적이 없다. 그런데 내가 그의 혼령 따위를 무서워한다고? 이곳에서 사백 미터도 안 되는 거리에 금화 칠십만

312

파운드가 있다. 부자 신사가 이런 돈을 목전에 두고 늙은 뱃사람이 무서워 줄행랑이나 친단 말이냐. 게다가 이미 오래전에 저승사자한테 끌려간 놈을 두고 말이다."

하지만 한번 용기를 잃은 그의 부하들은 다시 용기를 얻지 못했다. 실버의 불손한 말들에 두려움만 더욱 커진 듯했다.

"그만하슈, 존! 괜히 혼령만 더 자극하는 꼴이 되겠수."

메리가 말했다.

나머지 사람들은 겁을 너무 많이 먹은 나머지 한 마디도 하지 못했다. 그들이 조금이라도 용기가 더 있었다면 아마 벌써 뿔뿔이 흩어져 달아났으리라. 하지만 두려움이 너무 커 그것조차도 하지 못한 채 대담한 존이 자신들을 도와줄 것처럼 존에게 바짝 붙어 달달 떨고 있었다. 존은 존대로 자신의 나약함과 허약함에 맞서려고 애쓰는 중이었다.

"유령? 그래, 그럴 수도 있겠다. 하지만 한 가지 애매한 것이 있다. 메아리다. 우리는 여태껏 유령이 그림자가 있다는 말은 듣지 못했다. 그런 유령이 메아리가 있다고? 이상하지 않은가? 뭔가 앞뒤가 맞지 않잖아, 안 그래?"

실버가 말했다.

실버의 말은 내게는 별로 설득력 있게 들리지 않았다. 하지만 미신을 믿는 그들에게는 대단히 효과적인 것 같았다. 게다가 조지 메리는 실버의 말에 완전히 안심하는 듯했고, 이렇게 말했다.

"그렇군요. 당신 머리는 제 구실을 하긴 하는군요. 이봐들, 배를 돌리자! 우리 선원들이 침로를 잘못 들어섰다. 자자, 생각해 보자고. 그래, 플린트의 목소리와 비슷했다는 건 확실히 인정해. 하지만 그의 목소리는 아닌 것 같아. 오히려 다른 사람 목소리 같았는데, 그러니까 그게……."

"벤 건이겠지!"

실버가 외쳤다.

"그거다! 벤 건이다!"

모건이 몸을 일으키며 말했다.

"그런데 그것도 이상한데? 벤 건도 여기에 살고 있을 리가 없잖아? 플린트처럼 말이야."

딕이 말했다.

연배가 좀 있는 뱃사람들은 이 말에 코웃음을 쳤다.

"아무도 벤 건은 신경 쓰지 않는다. 죽었든 살았든 그게 무슨 상관이야!"

메리가 소리쳤다.

해적들은 완전히 용기를 되찾았고, 얼굴에도 다시 핏기가 돌아왔다. 이따금씩 숨을 죽이고 무슨 소리가 또 날까 귀를 기울이기도 했지만 서로 대화를 하기 시작했다. 한동안 아무런 소리도 들리지 않았다. 그들은 다시 물건을 어깨에 짊어지고 행진을 시작했다. 메리가 맨 앞에서 걸으며 실버의 나침반을 들고 해골섬과 직선을 유지하며 걷도록 무리를 이끌었다. 메리가 옳았다. 아무도 벤 건을 신경 쓰지 않았다. 그가 죽었건 살았건 말이다.

하지만 딕은 여전히 성서를 든 채 겁에 질려 사방을 두리번거리며 걷고 있었다. 누구도 그를 불쌍히 여기지 않았다. 실버는 이런 말로 심하지는 않게 놀리기까지 하였다.

"이 성서는 이미 찢겨졌는데, 이런 성경을 보고 유령이 두려워나 하겠냐? 아무 소용없다니까?"

그는 잠시 멈추고 목발에 의지한 채 그 큰 손의 마디를 우두둑 거리며 꺾었다.

그러나 딕은 여전히 불안해 보였다. 나는 곧 이 연약한 자가 진짜 아프다는 것을 알게 되었다. 오랜 더위와 피로에 지친 데다 갑작스런 공포에 충격을 받아 리브시 선생님이 진단했던 그 열병이 악화된 것이었다.

정상은 널찍해서 걷기에 좋았다. 심지어 약간 내리막길이기도 했다. 앞서 밝혔듯 고원이 서쪽으로 기울어져 있었던 탓이다. 키가 다른 소나무들이 듬성듬성 자라고 있었고, 육두구 나무와 진달래 덤불 사이에는 햇볕이 따사롭게 내리쬐는 넓은 공터가 있었다. 우리는 섬의 반대편 북서쪽으로 가고 있었고, 망원경산의 등성이가 점점 더 가까워졌다. 내가 가죽배를 탄 채 죽을 만큼 고생을 했던 서쪽 후미도 내 눈앞에 다시 모습을 드러냈다.

드디어 첫 번째 키 큰 나무에 도달했지만 방위를 재 보니 우리가 찾던 나무가 아니었다. 두 번째로 만난 나무도 역시 마찬가지였다. 세 번째로 만난 키 큰 나무는 낮은 관목 덤불 위로 거의 60미터나 높이 치솟아 있었는데, 오두막집만큼 굵고 붉은 기둥을 가진 거대한 나무였기 때문에 보병 중대 하나가 아래서 작전을 펼쳐도 남을 정도로 그늘이 컸다. 동서 양쪽의 바다가 멀리에서도 보였기 때문에 항해 이정표로 쓸 수 있을 정도였다.

해적들은 이 그늘 아래 어딘가에 70만 파운드의 황금이 묻혀 있다는 사실에 흥분을 감추지 못했다. 황금에 더 가까이 갈수록 그들은 돈 생각에 정신이 빠져 좀 전의 두려움을 완전히 잊은 듯했다. 그들은 두 눈을 번득이며 빠른 걸음으로 나무에 다가갔다. 그들의 영혼은 돈에 정신을 반쯤 놓은 것 같아 보였다. 남은 평생을 사치와 쾌락으로 보내게 해 줄 행운이 땅속에 고이 묻힌 채 그들을 기다리고 있다는 생각에 그들은 광분했다.

실버는 목발을 짚고 절뚝이며 앞으로 걸어 나갔다. 뭐라고 중얼거리고 있었고, 콧구멍이 벌렁거렸다. 벌겋게 달아오른 개기름 낀 얼굴에 파리가 날아와 앉자 미친 사람처럼 마구 욕설을 퍼부었다. 그는 나를 묶은 밧줄을 홱 하고 자기 쪽으로 잡아당기며 끔찍하도록 독한 눈빛으로 나를 보았다. 실버는 이제 모든 가식을 벗어던졌다. 나는 그의 생각을 인쇄된 활자처럼 똑똑히 읽을 수 있었다. 황금이 눈앞에 있다고 생각한 그는 자신과의 약속과 의사의 경고를 모두 망각한 듯했다. 그의 머릿속에는 보물을 짊어 메고선 어둠 속에서 히스파놀라호를 찾아낸 후, 섬에 있는 모든 선한 자들의 목을 베고 보물을 싣고 멀리멀리 달아나리라는 희망만이 가득했으리라.

나는 기진맥진한 상태였기 때문에 보물에 혈안이 된 사람의 빠른 발걸음을 따라갈 수가 없었다. 이따금 비틀거리다가 넘어지기도 했는데, 실버는 그럴 때마다 밧줄을 거칠게 당기며 살기 어린 눈으로 나를 째려보았다. 뒤로 쳐졌던 딕은 맨 뒤에 따라오고 있었는데, 열이 계속 오르는지 기도와 욕을 섞어가며 뭐라고 계속 중얼거렸다. 그의 모습은 보기에도 처절했다. 나는 이 고원에서 일어났던 옛 비극에 대한 생각에 괴로웠다. 이곳은 퍼런 얼굴의 살기 어린 사람 하나가—사바나에서 죽은 그 사람— 노래를 부르고, 술을 더 가져오라고 소리를 지르며, 자신의 공범 여섯을 차례로 죽여 버린 바로 그 장소였다. 지금은 평화로워 보이지만 이 작은 숲에서 비명이 수도 없이 처절하게 울려 퍼졌으리라. 상상만 해도 귓가에 그들의 비명이 들려오는 듯했다.

우리는 숲 가장자리에 도착했다.

"아싸! 자, 함께 가자!"

메리가 외쳤고, 앞에 가던 사람들이 뛰기 시작했다.

하지만 그들은 10미터도 채 못 가서 갑자기 멈춰 섰다. 곧이어 낮은 외침이 들려왔다. 실버는 귀신 들린 사람처럼 목발을 짚어 가며 두 배쯤 빨리 서두르기 시작했다. 잠시 후, 실버와 나도 멈춰 서야만 했다.

우리 앞에는 커다란 구덩이 하나가 있었는데, 이미 파헤쳐진 후였다. 그것도 꽤 오래 전에 이렇게 된 것 같았다. 구덩이의 옆 벽들이 모두 안으로 무너져 내려 있었고 밑바닥에서는 풀까지 자라고 있었던 것이다. 부러진 곡괭이 두 자루가 덩그러니 구덩이 안에 남아 있었고, 궤에서 떨어져 나온 듯한 널빤지들이 여기저기 떨어져 있었다. 그 널빤지 중 하나에는 뜨거운 쇠로 새긴 '월러스'라는 낙인이 보였다. 바로 플린트 선장의 배 이름이었다.

모든 것이 명확했다. 누군가가 보물이 숨겨진 장소를 이미 발견하고 보물을 모두 가져간 것이었다. 70만 파운드의 금화는 그곳에 없었다.

∞ 33장 ∞
실버의 파멸

내가 본 최고의 반전이었다. 해적 여섯 명 모두 무언가에 얻어 맞은 것처럼 멍해 있었다. 하지만 실버만은 빠르게 정신을 추슬렀다. 방금 전까지도 마음속에 온통 돈 생각이 가득 차 있었고, 그것을 위해 경주마처럼 내달렸던 실버였다. 하지만 그는 실망할 겨를도 허락하지 않고 잽싸게 자신의 계획을 바꾸었다.

"짐, 이걸 받아. 곧 일이 터질 거야."

실버가 속삭였다.

실버가 내게 준 것은 쌍열박이 권총이었다. 그 뒤 실버는 조용 조용 북쪽으로 걸음을 옮겼고 겨우 몇 걸음 만에 우리 두 사람과 나머지 다섯 해적이 구덩이를 가운데 두고 대치하게 되었다. 실버 는 '여기가 바로 일이 터질 곳이야.'라고 말하듯 내게 고개를 끄덕 여 보였다. 그건 사실이었다. 실버의 표정이 상냥하기 그지없었다. 나는 계속해서 변덕을 보이는 그의 가식이 역겨운 나머지 낮은 목소리로 이렇게 말했다.

"또 편을 바꾸셨네요?"

하지만 실버는 내 말에 대꾸할 틈이 없었다. 해적들이 욕설과 괴성을 내지르며 하나씩 구덩이로 뛰어들어 손으로 바닥을 파헤치는가 하면 널빤지들을 내던지기 시작했던 것이다. 그러다 모건이 금 한 조각을 발견했다. 그는 그것을 치켜들고 욕설을 내뱉었다. 2기니짜리 금화가 십여 초 동안 이 사람 저사람 손으로 옮겨 다녔다.

"이 기니라니!"

메리가 실버를 향해 그것을 흔들며 괴성을 질렀다.

"네가 말하던 칠십만 파운드가 고작 이거냐? 흥정의 달인이라며? 한 번도 실패한 적이 없다며! 이런 머리에 돌만 가득 찬 머저리 같으니라고!"

"더 파 봐라, 얘들아. 땅콩이라도 좀 나올지 누가 아냐?"

"따앙콩?"

메리가 소리를 버럭 질렀다. 그러고는 동료들에게 이렇게 말했다.

"이봐, 저 놈 말하는 거 들었어? 저 놈은 이걸 전부 알고 있었을 거야. 얼굴을 봐, 얼굴에 그렇게 쓰여 있다니까?"

"메리, 선장 자리에 다시 도전이라도 하려는 게냐? 분수도 알지 못하는 것 같으니라고."

실버가 말했다.

하지만 이번에는 이전과 상황이 달랐다. 모두 메리 편을 들며 실버를 사납게 노려보았던 것이다. 그들은 구덩이에서 기어 올라오

기 시작했다. 다행스러운 점이라면 모두 실버의 반대편으로 올라
갔다는 것이었다.

구덩이를 사이에 두고 두 명은 이쪽에, 다섯 명은 저쪽에 섰다.
하지만 누구도 선뜻 공격을 시작하지 않았다. 실버도 마찬가지였
다. 그는 목발을 짚은 채 꼿꼿이 서 해적들을 유심히 바라보았다.
그는 언제나처럼 냉정함을 잃지 않고 있었다. 실버는 용감한 사람
이었다. 그것만큼은 의심할 여지가 없었다.

"이봐, 저쪽은 둘뿐이다. 하나는 우리를 이곳으로 끌고 와 이런
멍청한 실수를 하게 만든 장본인, 늙어 빠진 절름발이고, 다른 하
나는 심장을 파내면 그뿐인 젖먹이다. 자, 동지들이여 이제⋯⋯!"

메리가 말했다. 그는 목소리를 높이며 팔을 치켜들었다. 곧 돌
격해 올 것이었다. 그 순간이었다.

"탕! 탕! 탕!"

세 번의 총성이 숲 전체에 울려 퍼졌다. 메리는 그대로 구덩이
안으로 떨어졌고, 붕대를 감은 사내는 팽이처럼 제자리에서 빙그
르르 돌더니 그대로 고꾸라져 길게 뻗어 버렸다. 몸은 여전히 부르
르 경련을 일으키고 있었지만 죽은 게 분명했다. 그리고 다른 세
사람은 일제히 몸을 돌려 걸음아 날 살려라 하고 도망쳤다.

눈 깜빡할 찰나에 키다리 존이 메리에게 쌍열박이 총을 쐈던
것이다. 메리가 최후의 고통 속에 괴로워하며 눈을 치켜뜨고 실버
를 올려 보았다.

"조지, 이제 우리의 계산은 말끔히 끝난 것 같네."

그리고 그때, 의사 선생님과 그레이, 벤 건이 연기가 피어오르
는 소총을 든 채 육두구나무 사이에서 나와 우리에게 다가왔다.

"어서 출발해! 더 빨리, 놈들이 나룻배를 타면 안 돼!"

리브시 선생님이 외쳤다.

우리는 빠른 속도로 달리기 시작했다. 때때로 덤불숲이 가슴까지 자라 있어 그것을 헤치며 달렸다. 실버는 우리 속도에 맞추느라 죽을힘을 다했다. 목발을 짚고 가슴 근육이 터져 버릴 정도로 뛰었는데, 건강한 사람도 하기 힘들만큼 힘을 쓰고 있었다. 우리가 비탈의 꼭대기에 도착했을 때 그는 우리 뒤로 30미터쯤 뒤져 있었는데, 곧 질식할 것만 같았다.

"선생님! 저길 보십시오! 서둘 것 없어요!"

실버가 소리쳤다.

정말이지 서두를 필요가 없었다. 고원에서 조금 더 앞이 트인 장소로 나가자, 살아남은 해적 셋은 우리가 맨 처음 출발했을 때와 같은 방향, 즉 뒷돛대산을 향해 뜀박질을 하고 있었던 것이다. 우리는 이미 그들과 나룻배 사이에 와 있었다. 우리 네 사람은 자리에 앉아 숨을 골랐다. 키다리 존이 얼굴의 땀을 닦으며 다가왔다.

"정말 감사하기 그지없군요, 의사 선생님. 아주 정확한 때에 나타나 주셨습니다. 자네는 벤 건이 아닌가!"

실버가 말했다.

"나, 나는 벤 건이다."

섬에 버려졌던 남자는 당황해서 뱀장어처럼 몸을 비틀며 대구했다. 그리고 한참이나 뜸을 들인 다음 이렇게 덧붙였다.

"잘 지내셨나요? 실버 씨? 잘 있었다고, 고맙다고. 이렇게 말씀하셔야지요."

"벤! 벤! 오, 이런. 그래, 자네가 이겼네."

실버가 중얼거렸다.

리브시 선생님은 그레이를 시켜 해적들이 달아나며 두고 간 곡 괭이 하나를 가져오게 했다. 그동안 우리는 그간 일이 어떻게 된 건지 짧게 이야기를 나누며 산에서 내려와 배가 있는 곳까지 왔다. 실버는 이야기에 매우 관심을 갖고 들었다. 반쯤 멍청이가 된 벤 건이 이야기의 주인공이었다.

벤은 오랫동안 홀로 섬을 돌아다니다가 어느 날 해골을 발견했 고—해골의 소지품을 훔친 것도 벤 건이었다.— 보물까지 발견하고 는 보물을 파냈다.—구덩이에 부러져 있던 곡괭이 자루도 벤 건의 것이었다.— 그리고 키 큰 소나무 발치에서 자신이 머무는 동굴까 지 여러 번에 걸쳐 보물을 등에 지고 옮겨 날랐다. 동굴은 섬의 북 동쪽에 있는 쌍봉산에 있었고, 보물은 히스파뇰라호가 이 섬에 도 착하기 두 달 전부터 동굴 안에 안전하게 보관되어 있었던 것이다. 공격이 있던 날 오후, 리브시 선생님이 벤 건에게서 이런 비밀을 알아냈고, 다음날 아침에 정박지에서 배가 없어진 것을 보고 실버 에게로 가서 지도를 건네주었다. 이제 그 지도는 쓸모가 없었기 때 문이었다. 벤 건의 동굴에 소금에 절인 염소 고기가 넉넉히 비축되 어 있었으므로 식량도 쉽게 내어줄 수 있었다. 말라리아를 피하고, 보물을 지키기 위해 그리고 통나무집에서 쌍봉산으로 가기 위해 선생님은 해적들에게 많은 것을 거저 넘겨주었던 것이다.

"짐, 네 생각에 마음이 아팠지만, 나는 의무를 다한 사람들을 위해 그게 최선이라고 생각했다. 그리고 사실 우리를 떠난 것은 네 책임이 아니냐?"

그날 아침, 선생님은 말뚝 울타리의 해적들 사이에서 나를 보고 해적들에게 엄청난 실망을 안겨 주려던 일에 내가 낀 것을 알게 되었다. 선생님은 곧장 동굴로 가서 선장님을 보살펴야 할 지주님만 남겨 놓고, 그레이와 벤 건을 데리고 길을 떠났다. 섬을 대각선으로 가로질러 키 큰 소나무 근처까지 갈 생각이었지만 도중에 해적들이 이미 자신들보다 앞서 있음을 알아차리고 발이 빠르고 섬의 지리에 익숙한 벤 건을 먼저 보내 상황을 반전 시켰던 것이다. 벤 건은 자신의 옛 동료들이 미신을 믿는다는 것과 플린트 선장을 두려워한다는 것을 이용했고 작전은 보기 좋게 성공했다. 해적들이 놀라서 잠시 걸음을 멈춘 사이에 그레이와 의사는 그들을 앞지를 수 있었다.

"아, 호킨스와 함께 있었던 것이 내게 이렇게나 큰 행운이었군요! 당신은 이 늙은 존이 난도질을 당해 처참히 죽어도 거들떠도 안 보셨을 테지요, 선생님."

"거들떠도 안 봤지."

리브시 선생님이 유쾌한 목소리로 말했다.

우리는 이때쯤 배에 도착했다. 선생님이 곡괭이로 나룻배 하나를 부숴 버렸다. 우리는 나머지 배에 함께 올라탔고 해안을 빙 돌아 북쪽 후미로 갔다.

13미터 정도를 돌아가야 했다. 실버는 체력이 떨어져 죽기 일보 직전이었음에도 불구하고 다른 사람들과 마찬가지로 열심히 노를 저었다. 우리 배는 잔잔한 바다를 가볍게 미끄러져 나아가 곧 해협을 빠져나왔고 섬의 남동쪽 모퉁이를 돌았다. 나흘 전 히스파뇰라호를 밧줄로 끌어 정박 시키느라 고생했던 바로 그 모퉁이였다.

쌍봉산을 지날 때 벤 건이 살고 있는 동굴의 시커먼 입구가 보였다. 누군가 소총을 짚고 서 있었다. 바로 지주님이었다. 우리는 그를 향해 손수건을 흔들며 환성을 질렀는데, 옆에서 실버도 가만히 있지 않고 함께 환호성을 질러 댔다.

5킬로미터 가량 더 가니 북쪽 후미의 어귀에 들어섰고, 홀로 물 위에 떠 있는 히스파놀라호가 눈에 들어왔다. 밀물이 들어오며 배를 들어올린 것이었다. 남쪽 정박지처럼 바람이 세다거나 물살이 거칠었다면 떠내려갔거나 엉망으로 망가졌을지도 모르지만, 히스파놀라호는 큰 돛이 조금 망가진 것 외에는 멀쩡했다. 우리는 새로 닻을 준비해 한 길 반 깊이의 물에 내렸고, 다시 해안을 돌아 벤 건의 보물 창고와 가장 가까운 '럼 후미'라는 곳으로 갔다. 밤 동안 배를 지키기로 한 그레이만이 배를 타고 히스파놀라호로 돌아갔다.

해안에서 동굴 입구까지는 부드러운 비탈이었고, 꼭대기에는 지주님이 우리를 마중 나와 있었다. 지주님은 나를 매우 친절하고 다정하게 맞아 주었고, 나의 가출에 대해서는 비난도, 칭찬도 하지 않고 넘어가 주었다. 실버가 지주님에게 인사했다.

"존 실버, 당신은 끔찍한 악당이고 사기꾼이지. 아주 비열하고 악랄해. 당신이 자신을 고발하지 말아 달라고 했다는 말을 전해 들었네. 그렇게 하지, 하지만 죽은 자들이 네놈의 목둘레에 맷돌처럼 매달려 있다는 것을 잊어서는 안 될 것이다."

지주님이 화를 누르며 이렇게 말했다.

"감사합니다요, 지주님."

키다리 존 실버가 대답하며 경례를 올렸다.

"감사하다는 말이 저렇게 쉽게 나오다니 얼마나 뻔뻔한가! 내가 직무 유기를 하고 있는 게지, 쯧쯧. 이만 물러서게."

우리는 모두 동굴 안으로 들어갔다. 동굴은 환기가 잘됐고, 작은 샘과 맑은 물이 고인 웅덩이도 있었다. 그 옆으로 양치류가 자라고 있었으며 바닥에는 모래도 깔려 있었다. 스몰릿 선장님이 큰 모닥불 옆에 누워 있었고, 모닥불 불빛이 희미하게 비치는 한쪽 구석에는 동전 더미와 사각형으로 쌓아 놓은 금괴가 있었다. 우리가 그토록 찾고자 했던 플린트 선장의 보물이었다. 또한 히스파뇰라 호에 탔던 열 일곱 명의 목숨을 희생 시킨 보물이기도 했다. 이만큼의 보물을 모으기까지 얼마나 많은 불쌍한 영혼들이 세상을 떠났을 것이며, 얼마나 많은 피와 눈물을 쏟아야 했을 것인가? 또한 얼마나 많은 배들이 바다에 가라앉았고, 얼마나 많은 사람들이 눈가리개를 한 채 뱃전 밖을 향한 판자 위를 걸어가 죽음을 맞이했을 것인가? 얼마나 많은 대포들을 쏘았을 것이며, 얼마나 많은 수치스런 행동과 거짓말과 잔인한 행동들이 난무했을 것인가? 살아남은 사람 중 누구도 모든 것을 알지 못할 것이다. 하지만 보물을 위한 헛된 꿈을 품고 범죄에 얼마쯤 동조했던 사람들 중 세 사람은 여전히 이곳에 있었다. 실버, 늙은 모건, 그리고 벤 건이었다.

"어서 오너라, 짐. 너는 착한 아이지만 너와 함께 이제 더는 바다로 나가지 않을 것 같구나. 너무 용감무쌍한 일들을 저지르니 나는 도대체가 감당이 안 되는구나, 허허. 실버, 자넨가? 여긴 무슨 일이란 말인가?"

스몰릿 선장님이 말했다.

"근무에 복귀하였음을 신고합니다, 선장님."

실버가 대답했다.

"아!"

선장님의 대답은 그것뿐이었다.

그날 밤, 모두 함께 앉아 저녁을 먹었다. 벤 건이 소금에 절여 놓은 염소 고기와 히스파뇰라호에서 가져온 몇 가지 특별한 요리, 그리고 포도주 한 병이 저녁 메뉴였다. 오늘 밤, 사람들은 너무나 즐겁고 행복한 듯 보였다.

물론 실버도 함께였다. 모닥불의 온기가 거의 닿지 않는 뒤쪽으로 물러나 있긴 했지만 그는 충분히 먹었다. 그리고 원하는 것이 더 있을 때는 앞으로 나와 원하는 만큼 가져갔다. 우리가 웃을 때도 조용히 함께 따라 웃었다. 실버는 이제 맨 처음 항해를 시작했을 때의 그 온화하고 공손하며 순종적인 뱃사람으로 돌아와 있었던 것이다.

∽ 34장 ∽
마지막 이야기

우리는 다음 날 아침 일찍부터 서둘러야만 했다. 어마어마한 양의 금을 1.5킬로미터나 떨어져 있는 해변까지 그리고 나룻배로 5킬로미터를 더 가 히스파뇰라호까지 옮겨야만 했다. 인원이 적은 우리에게는 꽤나 큰일이었다. 산등성이에 보초 한 명을 세워 두었기 때문에 섬에 있는 나머지 세 명의 해적들을 걱정하지는 않았다. 그들도 더 이상 싸움 같은 것은 원하지 않았으리라.

일은 순조롭게 진행되었다. 그레이와 벤 건이 나룻배로 앞바다를 왔다 갔다 했고, 나머지 사람들이 보물을 해변으로 옮기는 일을 맡았다. 밧줄로 묶어 놓은 금괴 두 개는 어른 한 사람이 들기에 크게 무리가 없는 무게였다. 어른들은 기쁜 듯 금괴를 들고 여유롭게 걸었다. 나는 금괴를 옮기는 데 별로 도움이 안 되어서 동굴 안에서 돈을 빵자루에 담는 일을 맡았다.

그 일을 하는 동안 나는 신기한 동전들을 많이 보았다. 빌리 본

327

즈가 궤에 모아 두었던 동전들보다 훨씬 더 많은 종류의 동전이 훨씬 더 많이 쌓여 있었다. 동전들을 분류하는 일은 아주 재미있었다. 영국, 프랑스, 스페인, 포르투갈의 금화들이 있었다. 그리고 조이, 루이, 더블룬, 더블 기니, 모이도, 세퀸 등의 이름이 붙은 금화들도 있었다. 지난 100년 동안 유럽 각국 왕들의 초상화가 새겨진 동전들이나, 실타래나 거미줄 조각 같은 모양이 새겨진 동양의 동전들도 있었다. 동그란 동전, 네모난 동전, 줄에 꿰어 목에 걸라는 의도로 만들어진 것 같은 가운데 구멍이 나 있는 동전 등 온 세상의 동전들이 여기에 다 모여 있는 것만 같았다. 동전들이 가을날

의 낙엽처럼 쌓여 있었다. 나는 너무 오래 쪼그리고 앉아 그것들을 분류한 나머지 등과 손이 저려왔다.

작업은 며칠 동안 계속되었다. 우리는 저녁마다 보물을 배에 실었다. 하지만 다음날이 되어도 옮겨야 할 보물이 전혀 줄어들지 않았다. 그동안 살아남아서 섬을 배회하고 있을 해적들 세 명은 전혀 볼 수 없었다.

아마 사흘째 되던 날 밤이었던 것 같다. 의사 선생님과 내가 섬의 저지대가 내려다보이는 산등성이를 산책하고 있는데 갑자기 아래쪽 어두운 곳에서 비명을 지르는 것인지 노래를 부르는 것인지 알 수 없는 소리가 바람에 실려 들려왔다. 아주 잠깐이었다. 세상은 곧 다시 고요해졌다.

"신이시여, 저들을 용서하소서!"

선생님이 이렇게 말했다.

"취한 것이지요."

실버가 나타나 말했다.

실버는 이제 완전히 자유의 몸이었다. 무시를 당하면서도 예전처럼 얼마간의 특혜는 누리고 있었다. 주인과 가까운 하인이라고 생각하는 것만 같았다. 얼마나 후안무치이던지 그는 끊임없이 깍듯한 태도로 모든 사람들의 비위를 맞추며 돌아다녔다. 벤 건과 나만 빼고 모두 개보다도 실버를 더 무시하는 편이었다. 벤 건은 옛날에 잘나가는 키잡이였던 실버를 여전히 어려워하고 있었으며, 나는 어느 정도 신세를 진 상황이었기 때문에 그를 대우해 주고 있었다. 실버가 고원에서 나를 배신하기 직전의 모습을 잘 알고 있던 터라 그 누구보다도 더 신랄히 그를 비난할 수 있었는데도 말이다. 어쨌든 선생님은 그런 실버의 말에 매우 무심한 태도로 이렇게 말씀하셨다.

"취했거나 돌아 버린 거겠지."

"그렇습죠. 술에 취했든 완전히 돌아 버렸든 뭐 매한가지이지요."

"자네가 내게 사람 취급을 받을 수 없다는 것쯤은 잘 알 텐데."

선생님은 경멸 섞인 말투로 말했다.

"내가 느끼고 있는 감정에 대해 들으면 놀랄지도 모르겠군, 실버. 저 중 적어도 한 사람은 열병을 앓고 있을 테고, 저들이 소리지르는 이유가 미쳤기 때문이 아니라면 나는 지금 당장 야영지를 떠나 그들에게 갈 것이네. 내가 위험해진다고 하더라도 나는 의술을 이용해서 그들을 도울 것이야."

선생님이 덧붙였다.

"죄송합니다만, 선생님. 선생님이 틀리신 것 같습니다. 선생님은 선생님의 소중한 목숨을 잃게 되실 겁니다. 나는 이제 당신 편입니다, 손의 장갑처럼 말이지요. 나는 우리 편이 희생되는 것을 원치 않고, 그렇기 때문에 당신을 혼자 가게 할 수는 없습니다. 나는 당신에게 목숨을 하나 빚지고 있지요. 저 아래 있는 놈들은 약속을 지킨다는 말이 아예 사전에 없습니다. 그럴 수도 없고, 그럴 마음도 없는 애들입니다. 선생님과는 달리 믿음이라는 것도 알지 못하지요."

"그렇지. 그리고 자네가 약속을 지키는 사람이라는 것도 알고 있네."

선생님이 말했다.

어쨌든 우리는 섬을 떠나기 전에 해적들에 관한 마지막 소식을 그렇게 접했다. 언젠가 멀리서 총소리가 한 번 들렸다. 우리는 그들이 사냥을 한다고 생각했다. 우리는 회의를 했고, 그들을 섬에 남겨 두기로 결론을 지었다. 벤 건은 그 결정에 매우 기뻐했다. 그레이도 그 결정을 강력하게 지지했던 사람 중 하나였다는 것을 밝혀야겠다. 우리는 많은 양의 화약과 총알, 소금에 절인 염소 고기, 의약품 몇 가지, 기타 생필품, 연장, 옷, 여분의 돛, 한두 발 길이의 밧줄, 그리고 담배까지 남겨 두었다. 담배는 의사 선생님이 특별히 요청한 그들을 위한 선물이었다.

그게 우리가 섬에서 한 마지막 일이었다. 보물은 배에 모두 실었고, 만약을 대비해 충분한 양의 염소 고기를 배에 실은 상태였다. 다음 날 아침, 우리는 함께 힘을 모아 닻을 올렸고 말뚝 울타리에서 싸울 당시 선장님이 내걸었던 영국 국기를 앞에 걸었다. 국기는 멋지게 펄럭였다. 우리는 천천히 북쪽 후미를 빠져나왔다.

남은 해적들 세 명은 우리가 예상했던 것보다 훨씬 더 가까이에서 우리를 보고 있었다. 우리가 해협을 빠져나오느라 남쪽 곶에 바짝 붙어 갈 때 해적 세 명이 그곳 모래톱에 무릎을 꿇고 두 팔을 높이 치켜든 채 우리를 향해 애원했던 것이다. 그들을 그렇게 비참한 상황에 버리고 가는 것이 매우 안타까웠지만, 또다시 반역의 위험을 감수할 수는 없었다. 그리고 그들을 고국으로 데리고 가 봤자 교수형을 당하게 될 것이 뻔했다. 후자의 경우는 그들을 위한 일이라고 볼 수 없는 잔인한 친절이었다. 리브시 선생님이 우리가 남겨 놓고 가는 물품에 관해 말하며 동굴 위치까지 가르쳐 주었는데도 그들은 계속 우리의 이름을 부르며 신의 이름으로 자비를 베풀어 자신들을 이런 곳에서 죽게 내버려 두지 말아 달라고 애걸복걸했다.

그 와중에도 히스파뇰라호는 순항을 시작했고, 마침내 더 이상 그들의 목소리가 들리지 않는 곳까지 이동했다. 그때였다. 누군지는 확실히 알 수 없지만 그들 중 한 명이 쇳소리가 나는 쉰 목소리로 소리를 지르더니 소총을 어깨에 짊어지고 총을 쏘았다. 총알은 실버의 머리를 스쳐 큰 돛을 관통하고 지나갔다.

우리는 몸을 굽혔다가 현장 밑으로 몸을 피했다. 얼마 후 내다보니 그들의 모습은 모래톱에서 보이지 않았고, 우리 배가 멀어지면서 모래톱 자체도 거의 보이지 않게 되었다. 그게 끝이었다. 정

오가 되기 전에 보물섬에서 가장 높은 지점도 푸른 바다에 가려 보이지 않게 되었다. 기쁜 마음은 이루 표현할 수가 없었다.

사람 수가 부족했기 때문에 배에 탄 사람들은 모두 일을 해야 했다. 스몰릿 선장님은 고물에 있는 매트리스에 누워 이것저것 명령을 내렸다. 많이 회복되긴 했지만 여전히 몸이 성치 않았던 탓이다. 우리는 그곳에서 가장 가까운 스페인령 아메리카 항구로 뱃머리를 놓았다. 선원을 충원하지 않고서는 안전하게 고향으로 돌아갈 수 있을지 장담할 수 없었다. 우리가 일차 목적지까지 갈 때는 바람의 방향이 일정치 않았던 데다 바람도 세서 항구에 도착하기도 전에 우리는 완전히 녹초가 되었다.

우리는 해질녘에 육지에 둘러싸인 매우 아름다운 만에 도착했다. 그러자마자 흑인과 멕시코 인디언과 혼혈인들이 나룻배를 타고 우리를 에워쌌다. 과일과 야채를 팔거나 우리가 동전이라도 던져주면 바다에 뛰어들어 건질 요량이었다. 생명력 넘치고 선량한 수많은 사람들―특히 흑인들―과 맛있는 열대 과일들 그리고 하나둘 눈에 들어오는 도시의 불빛들은 어둡고 피범벅인 보물섬과 극명하게 대조됐다. 의사 선생님과 지주님은 나를 데리고 배에서 내려 초저녁 시간을 함께 보냈다. 우리는 영국군 함장을 만나 끝도 없는 이야기보따리를 풀었고, 아예 함장의 군함에 타서 시간을 보내기까지 했다. 간단히 말하면, 그 뒤 우리는 계속 시간 가는 줄 모르고 즐거운 시간을 보냈고 동이 터올 무렵에서야 히스파뇰라호로 돌아왔다.

갑판에 혼자 남겨졌던 벤 건은 우리가 돌아오자마자 인상을 쓰며 실버가 달아났다는 이야기를 꺼냈다. 벤 건은 몇 시간 전에 실버가 상륙용 배를 타고 탈출하는 것을 봤으나 모른 척했다고 한다. 벤 건의 말에 따르면 우리의 목숨을 보호하려고 그렇게 했단다. '외다리 남자가 계속 배에 있었다면' 분명 우리 모두 목숨을 잃었을 것이라는 것이 그의 주장이었다. 하지만 그게 다가 아니었다. 실버는 칸막이벽을 뚫고 들어가 돈이 든 자루 하나를 챙겨 갔던 것이다. 400기니 정도가 들어 있을 터였다. 앞으로 그가 가는 길에 보탬이 되리라.

사실 우리는 모두 이렇게 싼값에 실버를 떼어 낸 것이 기뻤다.

다음의 긴 이야기는 짧게 줄여 보겠다. 우리는 그곳에서 새로운 뱃사람 몇을 충원해 고향으로 돌아갔다. 히스파뇰라호는 블랜들리 씨가 구조선을 출항시키기 직전에 브리스톨에 도착했다. 항해에 나섰던 사람 중 살아 돌아온 사람은 오직 다섯이었다. '나머지는 술과 악마에게 맡기고 왔다.'는 노랫말처럼 말이다. 우리의 운명이 아래의 노랫말만큼은 가혹하지 않았으니 얼마나 다행인가?

선원 중 한 명만 살아남았네
바다로 나간 사람은 일흔 다섯이었지.

각자의 몫으로 나눠진 보물은 실로 엄청난 양이었다. 우리는 각자의 본성에 따라 그것을 현명하게 또는 어리석게 썼다. 스몰릿 선장님은 완전히 은퇴했고, 그레이는 돈을 저축한 다음 정식 선원이 되기 위한 공부를 해서 장비를 제대로 갖춘 아주 멋진 배의 정식 항해사이자 공동 선주가 되었다. 결혼을 해서 한 가정의 가장도 되었다. 벤 건은 1,000파운드를 받았으나 3주, 아니 조금 더 정확히 말해서 19일 만에 모두 어디론가 날려 버렸다. 20일이 되는 날에 우리에게 돌아와 구걸을 했던 것이다. 벤 건은 결국 문지기 일을 얻었다. 그가 섬에서 두려워하던 그대로 되고 만 셈이었다. 벤 건은 아직 살아 있다. 시골 소년들 사이에서 놀림거리가 좀 되기는 했지만 모두 그를 좋아했다. 주일과 축일이 돌아오면 교회에서 멋들어지게 찬양을 부르기도 했다.

실버의 소식은 듣지 못했다. 끔찍한 외다리 뱃사람이 마침내 내 인생에서 영원히 사라진 것이다. 하지만 나는 실버가 그의 늙은 흑인 부인을 다시 만나 앵무새 플린트 선장과 함께 어디선가 편히 살고 있다고 쓰고 싶다. 그리고 진정으로 그렇게 되어 있기를 바라는 바이다. 저세상에 가서는 실버가 평온한 삶을 누릴 가능성이 거의 없었기 때문이었다.

미처 가져오지 못한 은괴와 무기들은 플린트가 묻어 놓은 곳에 아직 그대로 남아 있을 것이고, 앞으로도 쭉 그렇게 묻혀 있을 것이다. 황소가 와 밧줄로 나를 잡아끈다고 해도 나는 그 저주받은 섬으로 절대 다시 돌아가지 않을 것이다. 나는 아직도 그 섬에 관한 악몽을 꾼다. 그럴 때면 그 섬 해안의 거친 파도 소리가 철썩철썩하고 들려온다. 또 잠에서 깨 일어나 앉으면 앵무새 플린트 선장의 날카로운 소리가 귓가에서 이렇게 외쳐 대기도 한다.

"팔 레알! 팔 레알!"

선과 악의 경계를 넘나드는 해적과의 한판 승부

극악무도하고 술과 쾌락을 즐기면서도 자유롭고 거침없이 한 평생을 살아가는 이들이 있다. 바다를 사랑하고 자유를 동경하며 때로는 일확천금의 기회를 얻기도 하는 이들, 바로 해적이다. 그리고 한 소년이 있다. 그런 해적에 맞서 자신과 배 그리고 자신의 사람들과 보물을 지키기 위해 고군분투하는 소년, 짐 호킨스이다. 『보물섬』은 평범한 소년 짐 호킨스가 예기치 못하게 해적들과 함께 보물을 찾으러 떠난 뒤 겪는 과정을 그린 모험소설이자 성장소설이다.

『보물섬』을 잘 이해하려면 가장 중요한 배경이자 주요 등장인물인 '해적'의 역사적 배경에 대해서 조금 정확하게 알아 둘 필요가 있을 것 같다. 작가 로버트 루이스 스티븐슨은 책에서 정확한 연도와 섬의 위치를 알려 주지는 않았지만 18세기라는 시대적 배경과 남태평양에 위치한 어느 무인도라는 것만은 확실하게 밝혀 두고 있다. 18세기는 영국 해적의 황금기로 불리던 시대이고, 남태평양은 바로 그 해적들이 주로 활동하던 무대였다. 영국에서 해적이 본격적으로 왕성한 활동을 시작한 때는 1713년이라고 알려져 있다. 당시 영국은 스페인과의 오랜 전쟁을 끝내며 '위트레흐 조약'을 체결했다. 이와 함께 바다에 대해 많은 것을 알고 있고 바다에서 훈련을 받아 온 수많은 선원들이 병역의 의무에서 풀려났다. 당

시 바다에서는 영국과 영국의 식민지 사이를 오가는 수많은 배들
이 물건과 돈을 싣고 매일매일 활발하게 항해하고 있었다. 바다에
서만큼은 거칠 것이 없는 뱃사람들이 넘쳐나고, 물건을 가득 실은
수만 척의 배들이 바다에 떠다니는 상황 속에서 해적들의 전성시
대가 열린 것은 어쩌면 예고된 일이었는지도 모른다.

　역사적으로도 왕권이 절대적이며 신분 상승의 기회가 적었던
이전 시대와 달리, 18세기의 영국은 왕권이 분산되고 계층 이동의
기회가 열린 시대였다. 안정적이었지만 폐쇄적이었던 과거와는 다
르게 사회의 흐름이 혼란스러워졌고, 산업혁명 또한 일어났다. 영
국의 영토는 나날이 확장되었으며, 배를 이용한 산업의 발달로 바
다를 무대로 생활하던 해적들의 위상과 그들의 정치적, 경제적 힘
은 강해져만 갔다. 바다에서의 모험과 새로운 땅, 부를 축적할 수
있는 기회, 제국의 영토 확장은 이 시대의 운명이었으며 곧 당대를
살던 이들의 삶이기도 했다.

　이런 사회적 현상은 19세기 영국 문학에 고스란히 투영되어 수
많은 해양모험소설과 해적소설들의 부흥을 일으켰다. 소설들은 나
날이 부강해지던 대영제국의 당시 가치관을 드러냈고 영국에게 부
와 영광을 안겨 줄 수 있는 영국의 식민지와 수많은 미지의 세계
들을 그렸다. 그리고 모험을 통해 부와 권력과 명예를 얻은 주인공
들을 만들어 내며 사람들의 도전 정신을 북돋웠다. 주인공 짐 호
킨스는 나이도 어리고, 특출한 것 하나 없는 평범한 소년이었다.
하지만 보물을 찾아 떠났으며, 해적과 싸워 이겨 보물을 찾아냈

고, 결국은 부자이자 멋진 신사로 성장하는 꿈을 이뤄 냈다. 『보물섬』은 시작 부분의 시에서 외친 것처럼, 그리고 책 속에서 끊임없이 말했던 것처럼 모험심이 결여된 우리 모두에게 바치는 호소의 서사시인 것이다.

『보물섬』에서 우리가 깊이 생각해 보아야 할 작가의 메시지가 또 하나 있다. 바로 인간의 선과 악에 대한 정의와 통찰이다. 앞서 말했듯 이 책에서 '해적'은 이야기의 중심을 이루는 가장 중요한 요소이다. '해적'이란 말을 들으면 '약탈'이나 '무법'과 같은 낱말이 떠오른다. 그러므로 해적들은 자연스레 '악'할 것이라고 생각하게 된다. 하지만 책의 출간 직후부터 수많은 평론가와 비평가들 그리고 독자들은 이 소설의 가장 큰 주제 중 하나가 바로 '선과 악의 모호한 경계와 모순'이라고 말했다.

『보물섬』의 등장인물들은 언뜻 보기에 선과 악의 구별이 확실하다. '선'은 지주인 트렐로니 씨와 의사인 리브시 선생님 그리고 스몰릿 선장이다. 그들은 누군가를 악의적으로 죽이지 않았으며, 대의를 위해 싸웠고, 어린 짐 호킨스를 돌봐 주었다. 그리고 결정적으로 '악'인 해적들과 반대편에 서 있었다. '악'은 해적들과 존 실버이다. 그들은 해적이며 사람들을 죽였다. 남의 것을 빼앗았으며 주인공 짐 호킨스를 위기에 빠트리는 장본인들이다. 게다가 이야기의 끝에서 모두 죽음을 맞이하거나, 죗값을 치르며 악역의 전형적인 길을 걸었다.

》》

하지만 작가는 존 실버라는 인물로 작품에 여러 가지 복선을 깔아 놓았다. 『보물섬』발표 이후 많은 평론가와 비평가들이 존 실버가 정말 악역인지에 관해 글을 쏟아 냈다. 그리고 동시에 '선'의 편에 속한 사람들이 정말로 선한 인물들인지에 대해서도 논의했다. '악'의 중심 인물인 실버는 작품 속에서 가장 똑똑하고 강인하다. 배를 모는 일도, 요리를 하는 일도, 사람들을 통솔하는 일도 훌륭히 해내는 등 실버는 많은 면에서 '이로운' 능력을 갖춘 인물이었다. 게다가 유쾌했고, 자기 절제도 잘했다. 짐 호킨스를 위하고 아끼는 마음 또한 트렐로니 씨나 의사 선생님에 뒤지지 않았다. 진실성 또한 갖추고 있었다.

많은 학자들과 평론가들은 짐 호킨스가 '롤모델'로 삼은 인물이 지주인 트렐로니도, 의사인 리브시도 아닌 존 실버였을 것이라고 이야기한다. 짐은 처음부터 실버의 대담한 성격과 카리스마에 매혹되었고, 자신도 모르게 실버의 그런 성격을 닮으려 노력했다. 짐은 몇 번이고 모험을 감행했다. 몰래 배에서 뛰어내려 해적무리와 합류하기도 했고, 말뚝 울타리의 통나무집을 빠져나가 바다로 나가기도 했다. 이런 짐의 행동들은 짐의 일행이 보물을 찾는 데 결정적인 역할을 했을 뿐만 아니라 짐이 성장하는 데에도 커다란 역할을 했다. 결국 짐이 모험을 통해 얻게 되는 용기와 독립심과 대담함 등은 바로 실버에게 배운 셈이었다. 짐 호킨스는 실버의 속물적이고 이중적인 모습에 치를 떨면서도 실버와 친구로 남고 싶은 마음에 끝까지 괴로워한다.

'선'의 편에 선 사람들은 누군가의 재산을 빼앗으려고 모험을 시작했으며 모험의 과정에서 여러 실수와 실책을 한다. 그들이 보물을 원했던 이유 또한 해적들이 보물을 원하는 이유와 다를 것이 하나 없다. 그들은 그저 부를 쌓고, 더 편하게 살고자 했을 뿐이었다. 또 그들이 적을 처리하는 과정도 해적들과 다를 바가 없다. 지주와 의사 또한 전투 과정에서 많은 해적들을 죽였고, 남은 해적들을 섬에 버리고 떠나 버렸다. 해적들의 계획과 다르지 않았고, 실버의 이중성이나 위선과도 크게 다를 바가 없다. 악역을 섣불리 '악'이라 정의할 수 없으며, '악'과 대치하고 있다 해서 '선'이라고 정의할 수 없는 이유이다.

『보물섬』의 원제는 'Sea Captain', 즉 '선박의 요리사'였다고 한다. 이 사실은 존 실버가 이야기의 중심인물이며, 작가가 전하려던 중요한 메시지 또한 이 인물에게 달려 있다는 사실을 말해 준다. 우리는 '선'과 '악'의 경계에서 아슬아슬하게 줄타기를 하고 있는 존 실버라는 인물을 통해 인간에 대해 조금 더 깊이 생각해 보게 된다. 절대적이거나 영원한 '선'이 없고 절대적이거나 영원한 '악' 또한 없다는 점은 『보물섬』의 커다란 매력이다. 『보물섬』에 녹아 있는 이러한 깊은 통찰력은 『보물섬』이 시대와 국경을 뛰어넘어 오래도록 독자들에게 읽히는, 그리고 읽어야만 하는 고전으로 자리 잡게 했다.

－옮긴이 민예령

《로버트 루이스 스티븐슨 연보》

1850년 11월 13일 스코틀랜드 에든버러에서 태어남.

1857년 가족과 함께 에든버러 뉴 타운에 있는 헤리엇으로 이사 감.

1867년 등대 건축 기사인 아버지의 뒤를 잇기 위해 에든버러 대학 공과에 입학. 그러나 적성에 맞지 않아 4년 뒤 법학과로 전과.

1873년 심한 호흡기 질환으로 프랑스로 요양을 떠남. 이 시기의 여행 경험을 바탕으로 훗날 『내륙 여행』과 같은 여행기와 수필을 집필.

1875년 변호사 시험에 합격하지만 작가가 될 결심을 했기 때문에 실제로 변호사 일을 하지는 않음. 대학에 다닐 때 방학 동안 다른 젊은 화가들과 어울려 프랑스를 여행. 처음으로 출판된 에세이 『길』을 비롯해 초기의 여러 작품이 이 여행 중에 쓴 글들임.

1876년 8월 여행 도중에 그레즈에서 장차 아내가 될 패니 오즈번을 만남. 스물다섯이었던 스티븐슨은 서른여섯 살의 독립적이고 당찬 미국인 오즈번에게 반하는데, 당시 오즈번은 남편과 별거 중이었고 두 아이를 둔 엄마였음. 오즈번을 만난 이후로 스티븐슨의 삶이 완전히 바뀜.

1878년 패니 오즈번이 남편과 이혼하자 스티븐슨은 그녀와 함께 미국 캘리포니아로 떠남. 『내륙 여행』이 출간됨. 벨기에 앤트워프에서 프랑스 북부까지 카누로 여행하면서 쓴 글로, 단행본으로 출간된 스티븐슨의 첫 작품.

1879년 『당나귀와 떠난 여행』 출간.

1880년 미국에서 패니 오즈번과 결혼식을 올린 뒤 가족과 함께 귀국.

1881년 스코틀랜드에서 여름을 보내던 중 때마침 차갑고 궂은 날씨 때문에 집 안에서 시간을 보내던 어느 날, 스티븐슨은 열두 살난 의붓아들 로이드와 함께 상상의 섬 지도 한 장을 그려 '보물섬'이라고 이름을 붙임. 스티븐슨은 이 지도를 보고 영감을 얻어 가족에게 읽어 주기 위해 글 한 편을 쓰기 시작함. 2년 뒤에 출간된 『보물섬』은 스티븐슨에게 작가로서의 부와 명예를 동시에 가져다줌. 이 작품은 장편소설이라고 할 만한 그의 첫 작품인 동시에, 그가 '어린이를 위해' 쓴 첫 작품이라고 할 수 있음.

1883년 〈영 포크스〉지에 3년 동안 연재하던 『보물섬』을 완성하여 출간.

1885년 시집 『어린이 시의 정원』 출간. 소설 『프린스 오토』 출간.

1886년 소설 『지킬 박사와 하이드』 출간. 이 작품은 출간 6개월 만에 4만 부가 팔리며 큰 인기를 얻음. 같은 해 역사 모험 소설 『유괴』 출간.

1888년 건강이 악화되자 요양차 남태평양의 여러 섬을 여행.

1889년 가족과 함께 사모아 제도에 있는 아피아 섬에 정착. 상상력에 새로운 활력을 얻음. 소설 『발란트래 경』 출간.

1890년 남태평양 사모아 섬에 저택을 구입. 정착하여 창작 활동을 계속해 나감.

1894년 부자(父子) 관계를 다룬 소설 『허미스턴의 둑』을 집필하던 중 뇌일혈로 쓰러져 12월 3일 마흔넷의 나이로 사망. 살아 있을 때 바라던 바대로 사모아에 있는 집 근처에 묻혔음.

로버트 루이스 스티븐슨 1850년 스코틀랜드의 에든버러에서 태어났다. 가업을 잇기 위해 에든버러 대학에서 공학을 전공했으나 결국 법학으로 전공을 바꾸었다. 하지만 자신이 변호 업무보다 글쓰기를 더 좋아한다는 사실을 깨닫고 1870년 중반부터 여행을 다니며 작품 활동을 시작했다. 1883년에 출판된 첫 장편소설 『보물섬』으로 유명세를 타기 시작했으며, 대표작으로는 『검은 화살』, 『지킬 박사와 하이드』 등이 있다.

노먼 프라이스 1877년 캐나다 온타리오 주의 브램프톤에서 태어났다. 온타리오 아트스쿨에서 미술 공부를 시작했으며, 1901년에 영국으로 건너가 대부분의 시간을 런던에서 보내며 예술의 꿈을 키웠다. 파리에서 프리랜서로 활동하던 중 미국 출판사들과 연이 닿아 1911년, 뉴욕에서 출판물을 작업하기 시작했다. 『보물섬』, 『삼총사』를 비롯한 많은 소설에 그림을 그렸다.

민예령 1984년 대전에서 태어나, 중학교 때 캐나다로 건너갔다. 브리티시 컬럼비아대학교 영문학과를 졸업했으며, 다수의 출판사에서 영어 동화와 영어 교재 제작에 참여했다. 한국문학번역원의 번역가 과정을 거치며 문학 번역을 시작했고, 마해송문학상 수상작 『날마다 뿌끄땡스』를 영어로, 『명탐정 셜록 홈스와 얼룩무늬끈』, 『명탐정 셜록 홈스와 붉은머리협회』, 『나는 자유다』 등을 한국어로 옮겼다.